路在脚下，心在远方

天翔——著

九州出版社
JIUZHOUPRESS

图书在版编目（CIP）数据

路在脚下，心在远方 / 天翔著. — 北京：九州出版社，2022.6

ISBN 978-7-5225-0944-0

Ⅰ.①路… Ⅱ.①天… Ⅲ.①随笔—作品集—中国—当代 Ⅳ.①I267.1

中国版本图书馆CIP数据核字（2022）第084736号

路在脚下，心在远方

作　　者　天翔　著
责任编辑　周红斌
出版发行　九州出版社
地　　址　北京市西城区阜外大街甲35号（100037）
发行电话　（010）68992190/3/5/6
网　　址　www.jiuzhoupress.com
印　　刷　天津中印联印务有限公司
开　　本　880毫米×1230毫米　32开
印　　张　12.75
字　　数　285千字
版　　次　2022年6月第1版
印　　次　2022年6月第1次印刷
书　　号　ISBN 978-7-5225-0944-0
定　　价　68.00元

“桥都”重庆

到达天涯海角

多元文化的马来西亚独立广场

肤色黝黑的斯里兰卡渔夫

- 冈仁波齐山脚，1314 界碑 -

鬼斧神工的云冈石窟

旅人在老挝南松河上度过愉快的假期

孟买街头，风趣的爷爷带着孙子玩耍

米拉山口，等待亲人下班的小孩们

在尼泊尔跟商家交谈生意经

热情的泰国变性人

上海东方明珠

十月金秋时节的金塔胡杨林

在中俄边界河边静待夕阳西下

徒步在青藏高原

仰光泼水节

察尔汗盐湖的自然风光

序言 PREFACE

——路在脚下，心在远方

我是从小生长在南方边远农村的小孩，童年时过着无忧无虑的生活，我的父母跟很多人的父母一样，都是平凡朴实的农民；青少年时期由于我的叛逆和母亲溺爱等原因，身边没有什么朋友，内心常与孤独相伴。

到了高中时，我的很多困惑一直没有得到解答，所以我想出去看看外面的世界是怎样的，希望能通过双眼看到的东西让自己脚踏实地起来。

于是，我拿着在学校推销班服挣的钱，一个人背着包坐火车来到了北京，见到了繁华的首都，游览了天安门和故宫，攀爬了八达岭长城，见识了三里屯的灯红酒绿……不由得感叹世界是那么大，那么精彩，故而，那时在心中播下了未来要走出去看世界的种子。

大学时期是新的开始，我意识到是要改变自身的时候了，改变自己的懒惰、任性、内向、缺少毅力与恒心等缺点。于是，我很主动地接触外界的事物，丰富自己的生活，在磕磕碰碰中摸索，偶然间在大学舍友的影响下接触了穷游，独自背包从广州出发到川藏线起点开始搭顺风车，一路到西藏拉萨。这次经历给我带来了极大的影响，回来后我改变了许多，领悟到原来旅行可以带给人那么大的成长，这是我想要的自我成长方式，于是从此热爱上了旅行。

自 2015 年开始，我独自背包去了很多地方，通过兼职，还有旅行摆摊的方式走过了三山五岳，走过了中国的 33 省、市、区，游历了亚洲十几个国家，实践了“读万卷书不如行万里路”这句格言。

这几年来，我从旅行菜鸟到资深背包客，从单纯的旅行到在旅行中关注生活，再到后来试着把旅行与生活相融，从最初家人对我热爱旅行的不理解，到最终获得家人的认可。

这几年来我一直在路上，旅途中我体验到了生活的酸甜苦辣，同时交了很多朋友，无数次感动过，也被骗过、迷惘过，独自流过孤独的泪水，甚至曾命悬一线，但从未忘记自己要做一个上进、懂得感恩、不甘于平庸的青年的初心。

2019 年，已是我背包旅行的第 5 个年头了，一直在路上且身心疲惫的我来到大理选择旅居，在很多朋友的鼓励下我勇敢尝试着写了这本属于我自己的旅行故事。本书主要以我 5 年的背包旅行经历为主线，记录旅途的见闻故事、成长经历以及对旅行生活、社会、家庭、教育、婚姻等方面的感悟认知。

我想写的，是一部可以让读者看了有思考，觉得有趣、有味道的书。同时，我也想把这本书作为自己多年旅行生活的一份答卷！

2022 年初，我的《路在脚下，心在远方》[①] 终于写完了。

现在，跟着我一起去旅行吧。

① 本书以时间顺序为轴。

Contents | 目 录

第一卷　独上天路（2015 年）

第二卷　探索之旅，快速成长（2016 年）

第三卷　游历诸国，走出去，走回来（2017年）

第四卷　背包中国，寻找心中的归宿（2017 年）

第五卷　路在脚下，心在远方（2017—2018 年）

第一卷 01

独上天路（2015年）

偶然的机会，我接触了穷游，从约定结伴同行到独上天路以及搭乘顺风车到拉萨的过程中，我体会了天路上的喜怒哀乐，见闻了令人震撼的信仰，从而意识到心灵力量的重要性，自此尝试把坚持、不放弃作为自己的信念、精神能量源泉。

01 一扇大门，两个世界

大学期间，我有三个与众不同的舍友，一个是院学生会主席，一个是文化部部长，一个是体育部部长，都是我的师兄。

我庆幸自己运气不错，想到身兼“要职”的他们应该是比较上进的，身上会有我要学习的东西。

可事与愿违，起初我还能跟几位舍友一块玩儿，可后面发现这几位哥们与我并不是同道中人。

故而在我意识到环境以及朋友的重要性后，决定要换一个环境。

而同窗小磊彼时也正在寻找合租的舍友，我看他也是挺上进的人，便自荐与其做舍友。

最终，我们成功租到了房子，室友外加一位高冷、比我小上几岁的短发精瘦青年，这是我对其的第一印象，因为初见面我跟他说话时，他都是爱答不理的。小磊一直叫他老王，我也跟着这样叫开了。

“他就是那样的人，不熟悉的人就不会搭理。”小磊解释道，我放下心来，心想，是正常人就好。

搬到新住所后，我每天主动跟老王搭话，慢慢熟悉了，老王对我终于从高冷模式变为熟人模式，话竟比我还多。

据老王自己说，他平时会给留学生拍摄毕业视频挣外快，而赚钱目的是旅行。彼时我对“旅行”这个词还没概念，只是觉得我这个新舍友有些特别。

新环境，新的心情，两点一线的日子就这样缓慢地过着……

直到有一天，我走在校门口的一条长街上，望见一位背着大包小包的人，正穿梭在人流当中，显得与众不同，与他擦肩而过的人们总是因他特别的着装频频回头。我走近一看，原来是新舍友老王，只见他风尘仆仆，刚从远方归来的样子。

“老王，你这是去哪儿了？”我很好奇他为什么要背着这么大的一个包。

“我去漠河看北极光了！”

漠河？北极光？我听都没听过，更加觉得新奇了，追问道：“漠河在哪儿？”

长街遇到从远方背包旅行归来的舍友，听他讲述旅途的故事（Mandy 绘图）

“它是我国东北中俄边境的一个县，这次我运气不错，看到了可遇不可求的北极光了，很多人专门去看都见不到。”

老王说起漠河经历时，抬头 45° 仰望天空，似在重温看到北极光的那一幕，这让我印象很深刻，不禁好奇是否真的有那么美的景色。

“有没有照片，快让我看看！”

“给你，拍了很多，你看！”老王把单反递给我。

“哇！”好多精美的风景照，我一张张翻看，不断发出惊叹，问老王他这次出行十几天的开销。

“去那边不用多少钱，总费用一千多块吧。”

“一千多？这么少！”这个回答属实让我意外，毕竟老王在漠河待了那么久，我心里估摸怎么也得花了好几万。

“我是背包客，出去穷游不用怎么花钱。”老王解释道。

“背包客，穷游？”这又是我未曾接触过的领域。

他说的这些信息，我都很陌生，似乎一扇大门向我打开了，里头有另外一个精彩的世界。

如果以穷游的旅行方式，用很少的钱可以去很多地方，那么我努力去兼职挣钱，是不是也能去很多地方呢？于是，这个念头一发不可收拾地在脑海里萌生、翻腾。

街上不便驻足长谈，待回宿舍后，我细问起其旅途发生的故事。

说起这个，老王眉飞色舞：“我们到漠河的时候，遇上大风雪封路，所有的人都被堵在路上过夜，以为晚上要冻死了，包车司机特厉害，像离弦的箭一般，一下子就开出了雪区。

“北极光下，有对情侣激动相拥，哭泣许愿，我在后边给他们当摄影师。”

听着老王讲述他在外的旅行经历，我的心颇不平静，想起2013那年，我独自坐火车去首都北京游览天安门和八达岭长城后内心萌生的去看世界的梦想，也许我可以提前去实践它。

对老王背包旅行的方式，我心生向往，请求他有机会带我出去走一次。

“我之前也带小磊出去过一次，路上没走几步就喊累，瘫坐休息，连包也拎不动，最后把我的行程都耽误了。”老王犹豫地看向我，似乎担心带着我也会同样拖他后腿。

我讶异地看了眼坐在床头的小磊：“他这么壮实的人，竟然不能吃苦？”

“嘿嘿，我那是虚胖，走不了太多路咯！”小磊说完，不好意思地低下头。

见状，为让老王安心，我郑重跟他保证绝不会拖后腿，老王这才应下来，说时机到了就把我带上。

时机不期而至，老王有天问我：“你要去西藏吗？”

“啊，西藏？”我脑海里顿时浮现布达拉宫这个名词，因不了解，只有神秘的印象。

“10天后的暑假，我们准备走路、搭顺风车去西藏，还缺个队友。”

老王告诉我只需要准备三千块就行，行程半个月左右，需要能吃苦。刚好我也在寻找不同方式自我锻炼，搭车旅行需要吃苦的人才能做得到，这点很吸引我。

“你只有今天下午的考虑时间，不去的话我就去找他人了。”

老王看我有些犹豫。

的确，西藏对于我来说是一个比较遥远的存在，且对其不太了解，担心自己出什么意外，故而产生了退缩的念头，但转念一想，现在不但有有经验的人带领，而且可以锻炼到自己，况且，如果这次错过了，那下次机会更是遥不可及。于是心一横，把杂念扫出脑海，便跟老王约定了一起去西藏。

出发前，我做了些准备。

因为要适应西藏的高原气候，于是我便跑步以锻炼肺活量，而筹集旅费的方法就是去兼职……一切准备就绪，只待出发时，父亲得知这个消息，大怒，家人也都不了解那边情况，一致反对我去，尽管如此，我还是坚定地选择继续我的旅程。毕竟，已与小伙伴约定好，而且费用是我自己打工赚来的，没有给家人增添负担，更重要的是，我要把我的世界“变大一些”！所以我便以在旅途中每隔一段时间就给家里报平安这个承诺来减轻他们的顾虑。

老王先我一步去川藏线的起点成都，我们打算在成都汇合，再同行前往拉萨。

暑假一到，我就背着朋友送给我的旧旅行包，满怀期待，独自踏上征程。

“不到目标终点——拉萨，绝不放弃，归来后必将有改变！”

这一去，便是我背包旅行的始点。

02　康定情歌

悠闲的成都天刚蒙蒙亮，薄雾还未散去时，我就爬起来准备出发去西藏，由于事先约定一起同行的伙伴和他朋友先去拉萨，我只好独上天路。

通过热心人指引，我背负约 40 斤的大包沿着国道走，几小时后走到 G318 入口，准备在入口搭顺风车。我未曾尝试过这样的旅行方式，难免心中发虚。

第一天定下的目的地是康定，其实我心里也不大自信能顺利到达，看着车来车往，忐忑不安。

“既然已经踏出第一步了，那就不能轻易后退了，豁出去吧！”我鼓足勇气，站在路边高高竖起大拇指来，结果没过几分钟，就有一辆川牌小车在我身边停下，我觉得意外极了！因为之前听说其他人起码要几个小时才能搭到一辆顺风车，故而窃喜不已，原来真的有人愿意为我停留。

我赶紧小跑到车窗前，只见司机轻轻把车窗摇下，大概三十多岁的样子，问道：“小弟你去哪儿呢？”

“我去康定，司机大哥你能顺风搭我一程吗？”

“不好意思小弟，我的车只到雅安。”司机神情带有些许歉意，对我说道。

“没关系，那方便搭您的车到雅安吗？后面我再重新搭车。”

“方便的，你上来吧！”

“哎好，谢谢您，大哥！”

搭上了藏族同胞扎西的顺风车

上车后我特别开心，毕竟是第一次挑战搭免费的顺风车，且成功了，这给了我极大的信心。

在车上为了避免冷场，我主动跟司机搭话："大哥，您是雅安人吗？"

"是的，你呢？"

"我广东人。"

司机大哥也对我独自搭车去西藏有些好奇，问道："你怎么想到以这样的方式去西藏呢，家人不担心吗？"

"学校刚放暑假，我想出来通过徒搭[①]旅行的方式锻炼下。"

"小弟有勇气，要加油哦！"

听到司机大哥的赞扬，我挠头"嘿嘿"一笑，就这样我们搭着话儿，一路开到了雅安地界。分别时司机大哥关心地对我说："小

① 徒搭：即徒步和搭顺风车的意思。

弟后面你要多注意安全，有缘再见！”

“谢谢，司机大哥，有缘再见！”我轻推开车门，离开了。

在司机大哥走后，我才意识到应该留一下联系方式，可惜已遗憾错过。这是我在川藏线收到的首份善意，铭记于心。

天色还早，我并未马上搭顺风车，而是继续徒步走了近三个小时，约 40 斤的背包对我来说，确实沉重，走走停停，累了，就在路边竖起大拇指重新拦车，没车就继续行走。

常走川藏线的司机们，一般都会知道背着大包旅行的人在路边竖起大拇指的寓意，所以很快又有陌生司机把车停留在我旁边。

一位头顶缠绕粗红绳子装饰的司机探出头问：“去哪儿？”

“师傅，我去康定，能搭下你便车吗？”

“去可以，要给钱。”司机伸出几个指头，边摩擦边示意。

这……我心下犹豫，便婉拒了。

这趟高原天路之旅，主要是为了挑战自我，一路搭免费顺风车到达拉萨，如果给钱，就失去了原本历练的意义。

我拾起背包继续前行，过了许久，终有一辆面包车停下来，其车上载满了货物，他开始跟我要 200 块钱，同样被我婉拒了。

但车开走没多远，他探出小半边身子回首问：“一百，就一百，走不走？”

感受到这个司机显露出的善意，我忙小步跑上去，真诚看向他，并双手合十请求道：“司机大哥，我还是学生，身上没有多少钱，但我很向往西藏，想去拉萨看一看，您能载我一程吗？”

“那好吧，你上来！”听我这么说，师傅稍犹豫了下，点头同意了。

“谢谢！”得到允许，我的心情也非常激动。

上车后我发现车上塞满了货物，空间很挤，就蹲坐在一个靠窗角落。我跟司机闲聊，得知他名字叫扎西，工作主要是给私人老板运货，路段则是成都到康定。

扎西把车开得飞快，车在狂奔，景在快速后移。车虽是在路上跑的，但我感觉像是在空中飞，小小面包车硬是让扎西开出超跑法拉利的感觉，让我一路心惊胆战。

“哎大哥啊，慢点儿开，慢点儿！”车速太快了，有几次我都感觉我命休也，连忙让扎西减缓速度。

“今天算是慢了，你放心，我老司机，技术大大地好！”看着扎西的迷之自信，我欲哭无泪，有种上了“贼车”的感觉。没办法，我只好转头看窗外的风景以分散注意力。

“噢，好美啊！”

一群来自全国各地的旅行者交流着各自的梦想

车窗外沿途绿树葱葱，偶有雄鹰带着高亢的尖啸声掠过树梢，天空是那么碧蓝，那云朵都是一团挨着一团的，像棉花一样，似乎伸出手就能触碰到它们。

午后的阳光透过车窗照进车内，在城市未曾见过的景色，让我沉醉其中！我一个人独自来西藏冒险，又能看到如此美景，在面包车上的心情很是亢奋！

“到康定城咯，下车咯！”耳边传来司机的叫声，让我从美景中惊醒，再细看周边景观，原来不知不觉已到康定城了。

一首《康定情歌》让康定这个高原城市名扬四海：跑马溜溜的山上，一朵溜溜的云哟，端端溜溜地照在，康定溜溜的城哟……这首情歌不断地在康定小城回响，很多旅人因此慕名而来，他们在这个地方坐一坐，看一看，也算是了却了心愿。

下车后刚好是午饭时间，于是我请扎西吃了一顿饭，以表谢意。

“我这辈子都未曾去过拉萨，特别想去，但因工作太忙了，要养老婆孩子，脱不开身，你到那边之后，可以给我寄送个信物吗？只要是拉萨的，任何东西都可以！”席间扎西向我请求。

“好，这个不是问题，我答应你。”感动于扎西虔诚之心，我应了下来。

与扎西分别后，我顺着康定河边找了家客栈，放下背包，去护城河边转悠。高原天色黑得晚，八点多的时候还有落霞，驻足在康定小城的街道上，我抬头望向四周山顶，只见山上面有千年不化的积雪，夕阳余晖照在上边金黄发亮，一时，我的心情很是愉悦。

回到客栈后，沿着木扶梯，我走到二楼转角间时看到一束光，

光圈里有群人在静悄悄地听着歌谣，有披着粉红披肩的外国金发女郎，有头发斑白的老骑友，有轻轻摇着酒杯喝酒的文艺青年，也有稚气未退的男孩……气氛非常好，走进人群我看到前方有位青年正在轻轻地哼唱一首叫《画》的歌曲："画一个姑娘陪着我，再画个花边的被窝，画上灶炉与柴火……"歌美词也美，很有画面感，听着听着我不禁着了迷，想象着自己以后也会拥有一段美好的爱情，身边有个可爱的姑娘陪伴着我。

当掌声四起，我回过神才意识到表演结束了，观众各自散开，也有一小群人与主唱的青年围坐在窗边说话，我主动加入交流，了解到男歌手叫叶珂，是一名大三的学生，这次暑假来雅安是为了出来放松一下身心。

大伙儿聊起各自的梦想，"我的梦想是出一个属于自己的专辑。"叶珂意气风发地跟我们说出他的追求。

"我想要开一间喜欢的店铺，跟喜欢的人一起。"一位叫莎莎的女孩子静静地看着我们说道，她是川妹子，川妹子性子火辣，但她看着特别温柔，让人很舒服。

"我想要创业，拥有自己的品牌公司。"来自广西的青年话不多，很沉稳。

"我想大口大口地喝酒，喝最烈的酒，交最好的朋友。"东北青年摆摆手，大大咧咧道。

"我想考进理想的大学。"稚气未退的男孩双眸中似乎有光显露，满怀期待。

随后叶珂问我："你呢，你的理想是什么？"

"我第一次来这么远的地方，想通过这次旅程历练一番，开下眼界，梦想以后能成为一个独当一面的人。"见大伙看向我，我也放开心怀分享了自己的最初梦想。

分享完各自的人生目标，大伙儿关系亲近了很多，聊到深夜才意犹未尽地回屋休息。

我钻进了暖窝，想起今天经历的一切，好多的收获，心中还依然有种做梦的感觉，自己就这样独自来到了川藏线，就这样结交了一群有梦想的朋友。安抚着自己亢奋的情绪，自我鼓励，明天还要继续，有新的挑战，要加油！后面前往拉萨的路，不管怎样艰难，我也要坚持到达终点，绝不能放弃目标！

看着窗外柔和的月光，脑海中再次回响起《康定情歌》的歌词，我安然入睡。

03 折返而归的顺风车

独行天路，并没有我想象中那么容易，有时徒步七八个小时，我也未能搭到顺风车，在波密之后的那段路，大半天才见到两辆鄂牌轿车路过，见车开得不快，我忙上前招手，但最后他们还是走了，不由得有些沮丧，但还是得低着头继续徒步前行。

不知是过了多长时间，突然听到身后传来“嘀嘀”的鸣笛声。抬头望去，发觉声音是从一辆轿车里传来，细看了下惊讶地发现，这不是刚才路过的鄂牌轿车吗，它怎么又折返回来了？

“小伙子快来上车！”后车门打开，一位老哥大声对我说。

顾不得疑惑我连忙上车，车里有四位男性，年纪都比我大，通过交流得知他们是通过网络临时组成的车队。

搭上藏族同胞的顺风车，一路向西往拉萨

开车的司机姓周，来自湖北，约三十来岁；坐在我左边戴着素色帽子的中年男子，是我的广东同乡；坐我右边是一位环抱双手的大爷，此时他带着拒人千里之外的神情，似乎并不欢迎我这个陌生人上车；副驾驶上，另外一位中年男子正眯着眼睛休息。

“小弟你真的应该感谢这位老总。”戴素色帽的大叔，指着副驾驶的中年男子，示意我道，“他是某企业董事长，看到你这个小伙子独行在高原国道上，担心出现意外，我们路过你一会儿后，他恳求我们折返回来，把你给捎上，他高反这么严重都还惦记着你。”

听到这话，我这才注意细看副驾驶上的中年男子，只见他脸色发青，不时皱着眉头，鼻子和耳朵都流血了，难受程度可见一斑。

看到这幕我心里震撼不已，原来他们不但是特意折返回来载我的，而且坐副驾驶的大叔都难受成这样了，竟还惦记着我这个陌生人，一时间我被感动得说不出话来。

据了解，他们是早上从邦达一直赶路，经过一个超过四千米的垭口后副驾的老总突然有了高原反应，而后就变成这样了。

担心副驾的老总出事儿，大伙儿提议再次折返，但由于他不同意，便打算再往前方走一段路看看情况，状态如果还不恢复，就要折返回左贡了。

车内的众人沉默，气氛一时变得无比凝重，都担心下一秒那老总可能出现意外，我也揪心地看着对方，毕竟他好心帮我，希望他能快点康复。

当车往前走到三千米左右的海拔地段，戴帽子的同乡惊喜的声音在车内响起：“哎，快看快看，他活过来了，活过来了！”

我闻言看去，只见副驾驶上的那位老总脸色已恢复正常了，变

和天真无邪的藏族小孩们互动，我给他们送了笔和糖果作为小礼物

得生龙活虎，我惊讶之余更多的是开心。

车上的人都把悬着的心放了下来，开始把注意力转到我身上。戴帽子的同乡用略带责怪的眼神看着我，叹气道："唉，你爸爸妈妈知道你来这儿吗？我替你父母担心你啊，如果我有儿子，绝不会让他独自来西藏高原冒险，这风险太大了！"

他的话让我心生感激，被人关心的感觉还是温暖的。

"年轻人嘛，多出来走走看看也好。"驾驶员周哥很支持我。他是车上组队乘客年纪最小的一位，做事周到，言谈举止得当，我见车上其他人对他很认可，心想：何时才能做到像这位大哥一样，懂得人情世故，能独当一面且受到身边人欢迎呢？目前我无其他更好办法，只能通过行万里路，去历练成长了。

随车到通脉天险时，我们发现道路被限流了，因为那里的旧桥梁承重力不够，一旁的工程队还在抢建新桥，车辆只能在旧桥上一辆辆地通行，过完一边，才能换对面桥头那一边的车辆通过。

通脉天险这个路段，号称为“死亡路段”“通脉坟场”“世界上第二大泥石流群”，是让老司机都谈其色变的险路。

知道可能要等到傍晚车才能通行，在众人停车等候期间，我跑到通脉桥上，俯瞰从雅鲁藏布江流下来的波涛汹涌的江水，通脉天险雨季最险，当下起连绵暴雨，都会有泥石流从上流俯泄而下，情况严峻时，横跨河中的桥梁随时都可能被激流给冲垮。

时近黄昏，终轮到我们通行，开车的司机换成戴帽子同乡，他谨慎地把车开往旧桥，过程中，我能感觉到旧桥梁在随车大幅度晃动。

过了旧桥梁和附近那段线路后，仍不算安全，我们还要经过一段叫一线天的悬崖小路，之所以叫一线天，是因为路太窄了，最多能容纳两台小车通行，崖边并没有护栏，悬崖下方有激流，也似万丈深渊。开车的司机是不能往下看的，看了心慌乱，悬崖下方的河道四周，偶尔能见到散落的废车废铁，那是以往发生事故后残留的痕迹。车辆一旦落下悬崖，车上旅客注定会被激流吞没，十死一生。

过了一线天，我们还要经过落石路段，那段路左边是崖壁，右边依然是汹涌的激流，每隔一段路，都能见到被激流或者泥石流冲垮大半的道路，来自全国各地的司机们在这暂时完好的路段小心翼翼地前行着。

我望着这些路的基础建设，感叹修建这条国道的不易，多年来不断有人默默地养护着天路。雨季时，川藏南线道路被河水冲毁是正常的事情，一旦道路被冲垮，很快就有负责养护的工程队冒着生命危险抢修，直到能正常通行。

当我们行车走进落石路段，我见到有山顶巨石滚落，把一大块

道路砸垮，心下不安，又不时有小块落石，从山顶滚落到下方的318 国道。车的前后落石越来越多，越来越急，加上大风带来的雾气模糊了行车视线，我们车子进退两难，情况异常险峻，“别停，冲过去，快！！”副驾的周哥大喊，主驾的戴帽子同乡依言加大油门往前冲，我则在后座捏着拳头，紧张地看着他们操作。

“你不担心车子被石块砸中吗？”我见周哥胆气十足，便问道。

“有的人，就算在家足不出户也会祸从天降，有的人，就算怎么在外折腾都没有事儿，既然命中注定，那就不要畏惧，只管向前，其他交给天意！”

周哥一边专注地望向车前路，一边回答我，关于生死这点，他似乎看得很开。

听了他的话，我也释然了，便不再多想和畏惧，车在行进，壁崖上的零散落石落在车顶，砸得哐哐地响，我们在车里谈笑风生。

安然过了落石路段，轿车虽有小损伤，但也算是有惊无险，这

进藏途中遇到骑行者时，我们都会互相鼓励对方一定要到达此行终点拉萨

注定是我行走川藏线途中一个难忘的经历。

李白诗中写道："蜀道难，难于上青天。"我想，走"天路"也很险难，难点在高原气候反应，在自然灾害，亦在坚持。不坚持，一切都白谈。

随车到达林芝，那位好心的企业老总邀请我一起吃饭，我没有考虑太多，就答应了，但其中那位大爷很不爽地站了起来，指着我鼻子骂道："最讨厌你们这种人，就爱占便宜！"

我顿时尴尬极了，是周哥给我解了围，说今天的饭由他请客，在他的极力挽留下，我还是吃了这顿饭。

周哥、同乡戴帽子大叔、陌生老总，我把几位对我伸出援手的人的面容刻入脑海深处，铭记于心，有机会必将回馈！

必须拥有感恩的心和坚忍不拔的信念，往后我的路才能越走越远，越来越宽。

04　父子骑友

搭车一路向西到拉萨，我想只要有勇气，基本都能实现。在西藏自治区的城市或县城中心，很难搭到顺风车，走到郊区才有概率成功，宾馆门口、加油站、检查站、高速入口……这些搭车地点比较合适，当然还需要主动上前，跟司机交流才行。

在这路途中，我遇到不少与我一般的背包客，大都是二十多岁的青年，一般是男女组队或者俩女生一块儿，像我这样独身一人的则较少见，男女搭配一块搭车成功率是最高的，因为有意给人

搭便车的陌生司机，看到有女生在旁会安心些，停车的概率也会比一个男生或者两个男生组队大。

眼见其他组队的旅行者陆续上了便车，而我只好独自向前走，一个人的旅途难免感到孤寂。在318国道我自娱自乐走了许久，终有位开着轿车的藏族大哥愿为我停留，副驾驶上还有位藏族同胞。

车上见两位藏族大哥并不善言辞，我们没过多交流，互相之间更多的是以微笑示意。

到了他们目的地，也就是离新都桥镇还有一段距离的地方他们把我放下，道谢后，我拿着求搭车的牌子与两位藏族大哥合影留念。他们默默帮助我，又默默走了，不带走一片云彩。

我看着远去的车影，若有所思，高原上的他们把善举当成了一种常态，载上我这个来自远方的旅人，完全是顺心而为不求回报，助人为乐也是一种境界。

我继续徒步往前走，下午时分，终于到了被摄影爱好者誉为摄影天堂的新都桥镇。

我到达的时候，正是当地风景最美的夏季，沿路碧绿的草原，弯弯的小溪，山峦连绵起伏，藏寨散落其间，笔直的国道两旁种着金色的柏杨树，牛羊在安详地吃草，一副世外桃源的模样，实是美极了！

我顺着天边的落霞，寻找可以留宿的地方，因还不会用网络软件订房，只能傻傻地一间一间找。

离道路不远处，当地人在举行赛马节，参赛选手牵着马儿与我擦肩而过，还不时回头好奇地瞅着我这个陌生来客。我看自己肩背大包，身着冲锋衣，脚踏着山地靴，双手拄着登山杖，围着魔

参赛选手牵着马儿与我擦肩而过，还不时回头好奇地瞅着我这个陌生来客

两位藏族大哥默默帮助我，又默默走了，不带走一片云彩

法防尘巾，还戴着一副太阳墨镜，这身行头对他们来说，的确算是稀奇。

看到路边放养的落单的马儿，我兴奋极了，我来自南方，还未曾实地见过马儿，上去与它们玩耍，像个幼稚的小孩一样，玩得不亦乐乎。

顺利找到客栈后，我遇到了一对特别的旅人——一对父子。风尘仆仆的父亲始终面带笑容，听他说，他儿子还是个小学生，这次期末小孩成绩考得好，所以带他出来骑行，目的是锻炼下儿子的吃苦能力，说起儿子时，这位父亲脸上满是笑容。

“你看，这位哥哥很勇敢，一个人出来锻炼，你要跟哥哥学习才是，以后也要独立去面对些事情。”也许是见我年纪不大，独自来这么远的地方游历，那位中年父亲挺欣赏我，指着我跟他儿子说。

小男孩听了他父亲的话后狠狠点头，落落大方地跟我打招呼：“哥哥好！”小男孩虽年幼，却有着远超同龄人的稳重，我像他这么大时，还什么都不懂呢。

这对父子骑友让我心生感动，我从他们的身上感受到了一股正能量，这位用心良苦的父亲，身体力行地教育他的孩子，这榜样的力量给他儿子的影响，是无限大的。

而与此同时，我心里难免会想，如果自己小时候，也有这样开明的父亲教导，多好啊！可惜小时候我的父亲不懂教育，只知棍棒之下出孝子，无人教我人情世故，所以才有这次的自我历练之旅。

教育是如此重要，假如未来哪天我也有孩子了，也要循循善诱引导他，不要像我少年时期留下那么多遗憾。

告别父子骑友后我回到了宿舍，我住的是十几个人一间房的床位，每个床位不贵，每天二三十块钱，由于太困了，不一会儿我就沉睡过去。

半夜感觉宿舍似乎有异动，但我没有理会，早上起来后听到楼下有喧哗声，下楼经过询问，我才知道有人的相机和电脑被偷窃了，据客栈老板说那小偷是我宿舍的一位青年，早晨他早早就退房离开了。我没有带太贵重的东西，小偷可能不屑于偷窃，所以没损失。

“一般的旅行者是不会当窃贼，因为都有自己的信念，但总有些‘老鼠’混在其中，一粒老鼠屎能坏了一个大环境。”老板叹着气说道，毕竟这事儿发生在他店里，影响很不好，“贵重物品你们要随身带着，不怕一万就怕万一，遇上这事儿也糟心。”

此事给了我一个警示，川藏线上什么人都有，除了有梦想的人，也有堕落者，防人之心不可无，还是要多留点儿心眼。

05 高反猛如虎

川藏公路南线，1969 年完工，为了加强东西部地区交流，11 万人民解放军、工程技术人员和工人奔赴雪域高原，为了修建这条被后人称之为“天路”的川藏公路南线，有 3000 多名干部、战士和工人捐躯，平均每一公里，就有一个有志之士永远“埋藏”在了“天路”。

听过一首歌：“二呀么二郎山啊，高呀么高万丈……解放军，铁打的汉……”把修建川藏公路的艰难告诉了世人。作为 G318 国道的一部分，这段公路东起四川省成都市，西至西藏自治区拉萨市，是国内知名度最大，也最为险峻、崎岖的一条公路，北线全长约 2412 公里，南线全长约 2146 公里，每年吸引着无数旅行爱好者踏上前往拉萨的冒险之旅，我就是其中一位普通的旅行者。

川藏天路上，我搭了一周的顺风车，才到达海拔 4000 米以上，也是世界上海拔最高的城市之一——理塘。

傍晚时分的理塘北风怒号，那风就像抽打脱缰野马的鞭子一般，刮得脸一阵阵生疼，夕阳西下后，众多的旅行者在这里休整，我看时间已晚便不再赶路，也找了一间旅馆留宿。

旅馆老板在理塘生活了多年，知晓许多关于西藏地区的见闻。

高原反应导致我脑袋刺痛，难受得捂住心口，慢慢倒在楼梯上 （Mandy 绘图）

晚饭其间，他就给我们讲述西藏高原上的故事，抑扬顿挫的语气、眉飞色舞的神情，让我们这些住客不但听得津津有味，吃得也津津有味。讲到兴起时，他干脆站在凳子上手舞足蹈，大伙儿看着都笑了，气氛高涨。

最后他说到高原反应，神情变得有些严肃，因为很多要去拉萨的旅行者，在理塘这个城市都得了这种“高原病”，有太多人因此放弃了目标，铩羽而归，而更多的人则选择继续坚持。

当老板说到前几天就有一位青年因高原反应导致的肺水肿去世时，在场听者瞬间变得沉默，气氛一时有些压抑，我心里不免也为其遗憾。

由于并没有亲身经历与体会，所以即使听完故事，我也并没有把高原反应放在心上，随后就到理塘县城里闲逛观光，尽管物资匮乏，基建落后，但当地人都很友善。

返回住处，顺着楼梯小跑到二楼时，我突然感觉心脏怦怦直跳，脑袋犯晕，心想这是咋回事儿。

碍于探索心作祟，于是我连蹦带跳顺着楼梯折返一楼，再以更快的速度往楼上跑，还没到楼上，我突然感到心脏猛地一痛，就像被一只无情的手狠狠捏住，我不得不停下脚步，弯下腰，右手捂着胸膛，慢慢地倒在了楼梯口。随之而来的便是胸闷加头痛，就像有人拿着锋利的锥子砸向我的脑袋……

我感觉自己真的快要死了，闭起双眼，一幕幕场景，就好似昨日发生的那般，从我眼前急速闪过，当父母的身影在脑海闪现时，我心里生出无限内疚：爸，妈，我对不起你们。

由于此时店内没有其他人，我不得不忍着窒息感与疼痛，用

尽全力往上爬，爬到床边时用最后的力气，鼓足劲一下翻到床上，快速拉被子盖上躺下，这时终于可以呼吸一点微弱的空气，但头痛欲裂，自语道："我是死是活，就看今晚了。"而后便晕睡过去。

早晨听到声响，我猛地从床上坐起，双手摸了摸自己的脸：哎？我还活着呢？精神还特别好，难道昨日的经历是在做梦吗？

最后确认了并不是在做梦，后知后觉才意识到昨晚是遇到高原反应了，连道好险，差点儿人就没了。

高原反应猛如虎，经过这事，我再也不敢在高原上乱跑动，老老实实地慢步行走，自此，我开始主动联系父母，当然不会告诉

徒步往左贡县高地途中

他们我遇险的经历，只是每隔一段时间给他们报个平安。

虽遇高原反应，但我并不畏惧，反而更坚定了到拉萨的决心，自己选的路，一定要把它走完。

理塘往后的路，才算真正进入了西藏自治区，理塘县——巴塘县——芒康县——左贡县——邦达镇——八宿县，整个路程我用了大概五天时间。

在巴塘县到芒康县之间的地区，是世人所知的“康巴汉子”的主要聚居地，这里的人狂野、强壮、直率、重情义，如果被他们当成朋友，是一件很幸运的事情。

当搭乘当地人的顺风车时，听着那悠长、情感朴实且热烈的当地歌曲，我的心儿跟随着歌声，飞翔在广阔的青藏高原之中，仰望藏地那蓝天、白云，会让我心胸变得辽阔，我的精神世界也随之更加恢宏。

人都说高原蓝，人都说高原险，高原上的危险不可预测，也不知道下一刻会发生什么，但这些都不能阻挡人们对拉萨的向往。

这些来自全国各地的旅者们，有七十多岁搭伴骑行的老年夫妻，有拄着木杖、独腿行走的中年大叔，有穿着轮滑鞋同甘共苦的小情侣，也有带着小狗徒步的少年，而更多的，是来自全国各地的车友、骑友，以及像我这类的背包客。

川藏南线上“大神”云集，我们彼此不问来处，不比身份的贵贱，我们是“战友”，也是旅行者，大家都有一个共同目标——拉萨！

“加油！加油！加油！”在前往拉萨的旅途中，骑行者和背包客偶遇时，都会给对方竖起大拇指互相鼓励，自驾的人也满脸佩服，给路上的旅者行注目礼。

芒康县到左贡县这段路的山坡比较多，不好走，我拄着登山杖翻山越岭，渴了，就喝路边从冰川流下来的水，累了，就放下包躺着晒太阳，汗流浃背，痛苦并快乐着。

走到左贡县一高坡处，有辆轿车停到我身旁，司机递给我一瓶饮料，用佩服的语气道："小伙！加油啊！"

惊喜就像龙卷风那样来得那么突然，我愣住了，下意识地看向司机。

"我们车没位置了，你这种精神十分可嘉，想送你一瓶饮料补充下体力。"

"谢谢！"我接过饮料，跟司机道谢，感觉内心又被注入能量，似乎双脚更有力了！

终于走到左贡县的最高点，我俯瞰着整个县城的风光，那朵朵白云似乎铺满了蓝天，阳光透过云层照射在下方的小城，炊烟缓缓升起，好一番灿烂的人间烟火！微风吹拂我身，整个人都放松了下来，疲惫一扫而空，身躯又重新充满力量。

又过了几天，我到了波密县，抵达时已是黑夜，没有找到住宿的地方，G318 道路旁有位当地青年叫住我，问需不需要帮助。知道我要借宿之后，他为难道："我家住满人了，厨房还有一个小床，晚上会有油气和老鼠，你不介意就跟我来吧。"

通过交流得知，青年家里是做民宿的，客人可以与他们家同住一屋。

夜幕笼罩下的波密县，寒风刺骨，条件也不允许我挑剔，只要有个休息的地方就行，环境差点儿没关系。于是我跟着青年到他家休息，给了他住宿费。经过一天疲惫洗礼的我躺倒到床上，透过橱窗望着点点星空，渐入梦乡。

06 到达拉萨

平均海拔 3100 米的林芝市，被称为“西藏的江南”，从林芝到拉萨是一马平川。

林芝跟川藏南线其他高海拔地区不同，海拔不高氧气充足，植被茂盛，特别是三四月份，林芝漫山遍野的高原野桃花，吸引国内各地的旅客慕名而来。

就算是我来的夏季，湖光山色的林芝依然云遮雾绕，仿若世外桃源一般。

自从机场建好后，交通便利了许多，这让那些专程来林芝市观光的人们更加方便了。

我一路搭顺风车前往林芝市，虽然错过了当地的“十里桃花”，但沿路却收获了别的美好：有“众山之父”——南迦巴瓦峰；有号称“十人九不遇”的“色拉山云海”；有世界上第一大峡谷——雅鲁藏布江大峡谷；有中国最美的六大冰川之一的米堆冰川；亦有鲁朗林海和野生的油菜花海。这对我来说无疑是一场又一场视觉盛宴。由于时间关系我并没有在每个地方停留许久，继续徒搭前行，这时已是我走上川藏南线的第十四天了。

这天我搭上了一辆本地大叔的牛车，坐在上头一晃一晃的，兴奋地拍照留念，大叔微笑地看着我，这也是我人生第一次体验坐牛车。

牛车之后，我的好运气似乎用得差不多了，到林芝市的车基本没位置，从早上六点一直走到下午两三点，千百辆车从我身边驶

高原的云海、蓝天、群山随处可见，身处其中，心情也会变得非常愉悦

过，却没有愿意为我停留的。

独行天路，什么情况都可能遇到，如果内心不够强大，那么很容易前功尽弃。每当我脑海中升起一丝想要放弃的念头时，我就会快速把它掐灭，实在不行就苦中作乐分散注意力，心中始终有个信念：不能放弃，我要坚持到拉萨！自己选的路，跪着也要走完。

其间，我遇到一个从云南纯徒步而来、名叫张超的青年。刚大学毕业的张超为了锻炼自己而走上滇藏线，我们在林芝相遇时，他已经走了近三个月。看着张超黝黑的脸庞、眉宇间透着坚毅、双肩被高原的超强紫外线晒得干裂的皮肤，以及抱着的几十斤重的帐篷睡袋，一瘸一拐地往拉萨方向前行时，我内心倍受触动：是怎样的信念，支持他行走这么长的路？不过可以肯定的是，我们都是有梦想的人，都是为了梦想，也为了历练。

与张超道别后，我赶路去前方找可以借宿的地方，若非特殊情况，我是不会走夜路的，每到夜晚，这里的温度就会急剧下降，G318 国道也有野兽出没。按以往经验，下午几乎不可能搭到顺风车了，所以我必须要在太阳下山前，找到住的地方，否则会有生命危险。

正在我急着寻找住宿时，一阵车辆的鸣笛声从身后传来，紧接着一辆红色小轿车缓缓开到我身旁，长有小胡子的司机笑着把车门打开，就像多年好友对我说了一声："来，上车！"我很惊喜，没想到这么晚了还能搭到顺风车。

那司机大哥约 30 岁的模样，叫智海，随车途中，他还请我吃了人生第一顿"牦牛肉面"，还有那热乎的酥油茶，他知道我此行的最终目的地后，便跟我分享关于拉萨市的相关信息。

"天翔，我们到拉萨市区了。"不知过了多久，听到海哥叫我。

这么快就到了？我忙看向窗外景观，只见道路两旁商铺林立，拉萨似乎比我想象中要繁华。

"今天麻烦海哥了。"

"哪里话，不用客气，拉萨还是很美的，你可得好好逛逛。"

"往布达拉宫怎么走呢？"左看右看，我一时找不到传说中的布达拉宫，好奇地问。

"转个弯就到了，呐，你看！"海哥指向远处高山上的建筑群。

随着指引，我看到远处的山顶有雄伟建筑群，上空的月光照在它身上，折射出银色的光芒，把山顶建筑群包裹其中，显得格外神秘、神圣，原来那就是布达拉宫啊！远看布达拉宫已经如此壮丽，我心急地想去更接近它，领略它的全貌。

"哥，你就在这儿把我放下来吧，我要走路到布达拉宫跟前

海哥请我吃了人生第一顿“牦牛肉面”

终于到达拉萨

瞅瞅。”

“好嘞，那后面咱们多联系！”

“一定，谢谢哥。”

看着海哥的小轿车渐行渐远，我朝着车消失的方向再次轻轻鞠躬，心里真诚地再道声“谢谢”！

到布达拉宫要经过一个大广场，广场上有五星红旗迎风飘扬，一旁伫立着纪念碑。

我终于看到了气势雄伟、依山而建的布达拉宫全貌，它是世界珍贵的文化遗产，也是海拔最高的大型古代宫殿，更是无数人心中无可替代的“灯塔”！

布达拉宫下方四周，有身着藏袍的人们顺时针绕行，轻轻低语，亦有来自全国各地的游客们，兴高采烈地跟布达拉宫合影留念，我激动地看着这一幕幕景象，自己真的实现了目标，以全程搭顺风车的方式，走过雪域高原上这条最美的“天路”，来到了布达拉宫，这一路的坚持也终于有了结果。

07　羊卓雍错

羊卓雍错，简称“羊湖”，藏语意为“碧玉湖”，湖面海拔4441米，与纳木错、玛旁雍错并称西藏自治区三大湖。

羊湖湖面碧波如镜，宛若人间仙境，是喜马拉雅山脉北麓最大的内陆湖泊。来到西藏的旅行者，一般都不会错过距离拉萨一百多公里的羊卓雍错。

我和老王在拉萨汇合后，便搭着顺风车前往羊湖，途中搭到拖拉机、小货车、工程车、小轿车等，不时见当地人欢快地唱着粗犷而豪放的民歌，我听着心情舒畅，意气风发，主动与他们打招呼：“你好啊，吉祥如意！”

老王：“吉祥如意！”

“哎，吉祥如意！”放声高歌的本地人，也笑着挥手，如同好久不见的朋友一样，开心地问好、道别。

待到午后三四点时，我和老王搭到最后一辆顺风车，其是一所小学校长的座驾，车主叫索罗，说话很温和，给我一种文质彬彬且大度的感觉，他所在的小学在羊湖之后，还需行车六十多公里才到目的地，那里有四千多米的海拔。

聊天中，索罗校长告诉我们，他一直因为学校的位置而无比烦恼，除了高海拔，还地处偏僻，因而学校严重缺乏汉语和英语老师，刚好我有很多英文很好的朋友，于是向索罗校长推荐了一位，他们相谈甚欢，还约定好等寒假时我那位朋友去探访一下学校，如果情况属实，后续将会有很多的老师去学校支教。

轿车在蜿蜒的高原山路上行驶，到达岗巴拉山顶后，我们下车休息，而映入我们眼帘的是一片巨大的湖泊，湛蓝的湖水，湖面平滑如镜，像一幅摊开的油画，也像一块镶嵌在群峰中的蓝宝石，阳光下，散发出耀眼的光芒，原来，这就是传说中的羊湖。

羊湖四周都是牧场，无数牦牛和羊群都在吃草，我凝视眼前令人惊叹的景色，内心不禁欢呼：“真美！”

索罗校长对此十分自豪，告诉我们，这里的人一般都很朴实，自家的羊群可以在山上放养几个月，都没有任何问题。如果哪家哪头牛羊走丢了，村民们也会帮忙找回。

关于羊湖，索罗校长还给我们分享了一个凄美的神话爱情故事。

传说在遥远的以前，羊卓雍错湖边，有一个叫白地的村子，村里有位漂亮善良的姑娘，每天夜里都会到湖里洗澡，因此，她的肌肤像白玉一般洁净。村中一恶霸看中了姑娘，要把她霸为己有，但姑娘已有自己的心上人，说什么也不愿意嫁给恶霸。

在羊湖湖畔吹风，晒太阳

有一天夜里，恶霸躲在湖中，趁姑娘下水洗澡时，一把将姑娘抱出水面，要把她抱回家去。

这时，天上飘来一朵彩云，云端站着一位仙女，她用佛珠将凶残的恶霸打死，但恶霸还是死死抱着姑娘不松手，结果两个人都沉入湖中，姑娘也被溺死了。

第二天黎明，姑娘的心上人闻讯赶来，到湖边寻找并呼喊她的名字，听闻姑娘死讯，绝望之下他便投湖殉情而死，不久，从湖中飞出了一对白色的水鸟，这对水鸟就是溺死的姑娘和她心上人的化身。

从此以后，那对水鸟比翼双飞，在湖里戏水，在湖面上空翱翔。白云似的羊群，白色的水鸟，守护着羊湖的宁静，也守护着

羊湖一方居民的平安。从此，人们为了感恩，每年都要顺时针绕羊湖一圈以纪念姑娘和她心上人，如果是情侣，湖面的白色水鸟会给予祝福，让有情人终成眷属。

我被羊湖这凄美的爱情故事所吸引、感动！美丽动人的爱情故事，是每个人内心深处所向往的，于是我更加亲近这潭高原圣湖。

我和老王俩人在山顶静静地看着，领略羊湖的湖光山色，索罗校长默默站在旁边微笑等待着，我不时回头感激地望向他。这青藏高原上不单有湖泊之美，人心更是美得“不可方物”，人与人之间真诚相待，形成一幅和谐的画面。

与索罗校长挥手告别，我们沿着湖边的公路前行，打算到湖畔看看不一样的风景，因中途要路过一座又陡又斜的山坡，故老王想翻山抄近路，快些走到湖边，而我看那山坡就那么百来米，觉得很快就会翻过，所以两人想也没想就开始往上爬，但没想到刚爬上几步就气喘如牛。

回头望向老王，只见他更是不堪，脸色涨得通红不说，还弯着腰双手撑着双膝，喘得上气不接下气，就差累趴下了。

“老王别急，慢慢来，加油！”我站在陡坡那儿给他打气，把登山杖递给老王，他拄杖爬山稳了许多，看着也不再那么累了。

脚下的陡坡不时有石块滚落，一个不小心人就会被砸伤，我看似冷静，实则内心慌得不行，毕竟没了登山杖支撑平衡，万一不留神脚滑了，也许下刻会滚到下方的公路上。

两个人一起旅行，需要同甘共苦，互相鼓励扶持才能走得更远，所以我才把用于支撑平衡的登山杖给老王，等老王慢慢爬上来，我顺手拉他一把，到了山顶我们相视而笑。有了这段经历，

风景如画的羊卓雍错

俩人之间也更亲近了。

我们徒步至羊湖畔，湖水清澈可鉴，随着光线的变换，展现出不同的颜色，瓦蓝的苍穹，洁白的云朵从我们头顶飘过，远处的格桑花随着微风摇摆着婀娜的身姿，风景如画，我不由得痴了。

羊湖湖畔，有许多鹅卵石，我坐在其中一块上晒着太阳，温柔的湖风吹来，轻拂我的脸颊，让我全身舒爽，不由放空了自己，接受着大自然的洗礼。

自己从广东一路来到遥远的西藏，不正是为了历练内心和欣赏美景吗？而羊湖这里除了美景，还有多彩且浓厚的人文情怀以及朴实的人们，以致我都不想回去了。

夕阳还未落，月亮和星星早已爬出来透气，老王是摄影师，他看到满天星斗也很激动，如果晚上我们能露营湖边，延时拍摄繁

星，那就更好了！

可惜我们没有带帐篷过来，深夜的羊湖既美丽又寒冷，没有御寒的装备，不能鲁莽冒险，只能当天返回拉萨。

08 挣取旅费的“秘诀”

到一个陌生的城市，除了到处走走看看，自然还有买买买。

有亲友知道我到了西藏，让我帮买高原特产，通过购买高原特产的过程，我结识了豪爽的河南人小伍和洋洋。

初见面的那天晚上，小伍请我吃了一碗热腾腾的牛肉面，感激于此，我有空就去跟他买东西，一来二去就熟悉了。

一天傍晚，小伍提前打烊，我好奇地问他去哪儿。

“我们要去布达拉宫附近摆摊。”

“哎，这个好！”我还没试过，想着这个应该很好玩儿，就请求小伍带我体验一次。

这天，我采购了些小玩意儿，借了块地摊布，屁颠屁颠地跟在小伍和洋洋后边，一起去布达拉宫附近的天上邮局门口摆摊。

见小伍他们利索地摆开地摊布，快速进入销售模式，不一会儿，就有路过的游客围观，马上开张了。

而我由于首次摆摊，且小伍他们忙得并没有时间教我相关技巧，所以颤悠悠地展开地摊布，僵硬地蹲在那儿傻傻地望着他们做买卖。

过了许久，我的小摊边才迎来两位客人，客人问一句，我就干巴巴回一句，像木头人似的，说话都不利索，那俩客人也是来自广东的老乡，其中一位更是不屑地看着我，用嘲讽的语气道：“说话都不会，还卖什么东西呢！”

我尴尬地转头看向旁边的小伍，见他也正皱着眉头，用有些嫌弃的眼神看着我。倒是他旁边的洋洋替我圆场，对那客人道：“他是今天才开始摆摊的，你就支持一下老乡，买一个东西呗。”

那客人听了洋洋的话，脸色一下变得铁青，可能觉得自己被道德绑架了，于是随意挑了一个小东西，居高临下地把钱扔到摊上，气呼呼地走了。我看着对方远去的身影默然无语，自己像被施舍的乞丐一般……

人生第一次摆摊留下了深刻的印象，这一晚我只卖了 10 元的货物，而继续练摊的想法也坚定了。

隔天晚上十点后，我自己背着大包装的东西出来，到了老地方天上邮局门口，学着第一晚小伍他们说话的方式，主动跟客人交

人生第一次摆摊

流，这晚挣了 40 元。

到了第三晚，我挣了 300 元，第四晚 500 元，第五晚 700 元……挣的钱越来越多，摆摊的状态亦越来越自然，着实没想到旅途中还会有如此大的意外收获。

白天我在拉萨城观览未去过的地方，晚上准时到布宫附近摆摊挣钱，但挣钱不是我此时的主要目的，只要够花就满足了，对内心的历练，才是我目前迫切想要做的。

在拉萨我待了一周，该游览的地方也去了，由于前面独行西藏时只是想一心一意到拉萨，但当我完成这个目标后，却突然失去了方向……

09　遭遇不良司机

“我恨你！你没有保护好我！”与我结伴走滇藏线的小雅说道。

我自知理亏，默然不语，不知如何安慰她，一时陷入深深的自责当中。

小雅最近连做的噩梦，都是梦到那司机可恶的嘴脸。

自从我完成独行“天路”，到达拉萨的梦想后，重定了搭顺风车从拉萨反走滇藏线的新目标，因想到有同伴照应更容易搭车，我便在网上发了一个寻找伙伴的帖子。

那晚，我还在布达拉宫附近摆摊，一个身材高挑身着红色长裙的女孩应约而来，只见她围着一条深红色围巾，一头乌黑长发自然地披在肩上，细长的睫毛下，是一双明亮的眼睛，高高的鼻梁

徒步行走在滇藏线

下唇似樱红，散发出一种温婉的气质。当她对我展颜一笑，忽有种怦然心动之感，这是我颇有好感的温婉类型的女孩。

没错，这个女孩便是小雅，来自河南，她告诉我她也是独行搭顺风车从青藏线过来，刚好看到我的帖子，有意结伴同行。

我们在拉萨待了几天，俩人晚上约着一起摆摊，逐渐熟悉后便一同从拉萨出发。

过了一日，我们到达墨竹工卡日多乡，晚上借宿一藏族人家，深夜我在迷迷糊糊中被小雅叫醒，原来她想让我陪她去屋外上厕

所，我不想动，跟小雅说道："高原好人那么多，应该不会有什么危险的。"一路遇到的都是好人，对走滇藏线我充满着信心，但看小雅一人外出实在害怕，这才忙起身陪护，像保镖一样守在厕所附近，挺有趣的经历。

在往后几日相处中，我发现小雅跟我想象中温婉的初印象不一样，反而有些小任性，属于刀子嘴豆腐心的类型，遇到不开心之事，她也不管我心情如何，总会不留情面地对我说教一顿，跟我理想中的女孩相差甚远，不由有些闷闷不乐。

行进鲁朗途中，有位大概 50 岁出头、个子不高的司机把我和小雅捎上。他每年都专门载客人往返滇藏线，特别热情，就像是邻家老大哥，一路非常关照我们，并抢着请吃饭，因此我们对他初印象不错。

第二天，我们还是搭他的车前往雨中波密，旅途中闲聊起来。

"我也没想到自己这么勇敢，说走就走，一路上有太多陌生人帮助过我。"小雅分享道。她在太原读书，即将大学毕业，此次独自搭顺风车来西藏，是她第一次说走就走的旅行，其实她家里人都不同意她这样做，但她不管不顾。

其间，我见小雅的父亲多次来电，不管铃声响多久，她都不接，我对这种做法颇不认同，觉得她是个任性的女孩子。

可能我缺少跟异性打交道的经验，不太会照顾女孩，途中小雅说起前任对她的种种好来，滔滔不绝，我起初听得津津有味，半天下来见她还未停止，便也觉无趣。

那中年司机见状，在不经意间打探我和小雅的关系，了解到我们仅是结识不久的、并不牢固的临时同伴，他说话也变得随意起来。当时我只觉他说话粗鲁，把对方这种表现理解为豪爽的一种，并未往深处想。

在中年司机的要求下，小雅而后坐了副驾驶，刚好我对她的一些任性做法有些失望，便把关注的目光投向窗外的风景，两人不怎么交流。

到了通脉天险那里等候许久，直到傍晚我们才通行，随之行车到波密市郊，我和小雅俩人正要下车寻找住宿时，中年司机见机建议："晚上就在车上休息，可以省下一笔费用，明天继续载着你们走。"

"这……"

我们都是穷学生，身上没有多少钱，一路能省则省，所以对于中年司机的建议有些心动，但此时我想到曾有人说过搭顺风车的几个忌讳，晚上跟司机同车休息就是其中一个，但见小雅也没意见，想到司机人挺好的，应该没什么事情，故而在他热情劝说下我们便应了下来。

就这样，司机和小雅在主副驾，我在后座休息，一夜无言。

第二天早晨我自然醒来，见小雅不知何时已从副驾移睡到后座，我稍有动静，她就醒来了。

"你们今天还要不要继续坐我的车？"热情的中年司机问道，他表示还愿意载着我们到下站。

话音刚落，小雅便轻扯我的衣角，说道："不，我们不要坐他车了。"她低着头小声说道。

我对小雅的表现有些疑惑，想着继续坐着司机的车挺方便的，连问几次原因，她支支吾吾，说不出个所以然来。

见她不大对劲，便催问道："到底发生什么事情了？"

"他……他……昨晚强摸我了。"

“你说真的？为什么晚上不喊醒我？！”听到此事，我难以置信，这两天那中年司机对我们挺热情，也挺关照的。

“他车里有刀，我害怕。”小雅声如细丝，生怕那司机听见。

得知她确实被猥亵后，我顿时怒火满腔，对正在开车的不良司机喊道：“停车！我们要下车！”

待车子停后，我准备报警，但小雅对持刀在身的司机有些害怕，阻止了我，出了这事情，我一时除了报警，竟想不出其他的方式处理，只能任由那不良司机离开。

作为旅行菜鸟和涉世未深的我，想不到竟会有这种无耻之人，随车两天时间，我对这无良司机的种种表现，竟无丝毫警觉，此事让我深感自责，深感自己缺乏社会阅历和旅行常识。同时领悟到，旅途结伴就是互相之间有个照应，不管如何，我也应自觉承担照顾同伴的义务，特别是女孩子，如果那晚她大喊，我醒来她也不至于被不良司机强行猥亵，也不用如此内疚和自责了。

往后几日，我们俩继续搭顺风车，只是小雅整个人变得寡言少语，我担心她想不开，便时刻关注她的状态。

直到飞来寺，小雅因为前几天的事情一直恐惧着，加上着凉，引发了高烧，而我因自责也没心思陪她看日照金山奇景，她失望之余生气道：“我恨你！你没有保护好我！”

她越这样，我越愧疚，只能加倍对她好，此次教训让我决意日后一定用心关照好旅伴。

心下也更痛恨那位不良司机，为避免日后还有其他女孩受害，我收集信息在不同的网络平台曝光了对方的行为。

为了方便照顾小雅，我们在飞来寺多休整了几日，她状态渐好起来，但我手头余钱不多了，好在这些天我跟客栈旁的特产店老板娘熟络了，在她建议下我在她门口摆摊挣起旅费来。

“爸爸，我要去跟哥哥姐姐们买东西。”有小朋友看到我们在摆着小摊，拉着父亲开心走了过来。

“有志气，大学生应当独立。”自驾的游客朝我们赞赏道。

“来，帅哥美女，我也要支持你们一下！”

众多自驾车主见我们还是学生，慷慨购买东西以表示支持，小雅在旁帮忙招呼来客，我见她应对这场面游刃有余，便进入旁边商铺了解当地特产信息，意为多挣些旅费。没一会儿返回摊位，发现小雅已卖了一千多块了，感到非常意外，她比我卖得好多了。

“我家里就是做生意的，自小耳听目染，卖东西我拿手活儿。”小雅有些傲娇道，但当我提出两人各分售货的一半收入，她却分文不要。

这让我对她有些刮目相看，近期跟她在一块搭伴，当我做一件事情，能吃苦的小雅也会在旁及时协助，让我有 1+1 大于 2 的轻松之感。对于她，除了有时说话不太顾及他人感受、有些任性这点我比较介意外，其他的觉得都挺好。后来我们俩一路搭顺风车，途经丽江再到达大理，旅行摆摊了半月。

“你不跟我一起走吗？”分别那天，小雅有些期待地看着我。

“不了，我还得多挣一点钱，准备下一个假期的旅行。”

见小雅身上的旅费也将近花光，我便把身上一半的钱交给她，让她买票回家。

“如果她没有遇见那件事该多好！”看着小雅似乎带着失望离去的背影，我有些遗憾，这一别自此地北天南，不知何时能再见，希望她能真正从那件事情走出来。

第二卷 02

探索之旅，快速成长（2016年）

独行天路的经历，让我看到了世界丰富多彩的一面，原来通过旅行能让人快速成长，学到在学校学不到的东西，从此我对未知旅途充满强烈的好奇，随时争取机会四处游历体悟生活，不断地探索、求知，锤炼自我成为独当一面的人。

10 雪漫黄山

乘坐夜班火车硬座无疑是难熬的，漫漫长夜难以入眠，我眼睛里布满了血丝，望着车窗外的漆黑发着呆，也不知道在想什么。当看到车厢里归乡的旅客正在熟睡，而想到自己却是要执着地往远方旅行时，触景生情，想起家人、朋友，还有自己的梦想，回忆一下涌上心头，顿时百感交集。

早晨五点多，终于到达了终点站黄山市。而我此行的目的地则是中华十大名山、三山五岳的三山之首黄山。

出了黄山火车站，附近就是屯溪老街，时间还早，天色灰蒙蒙的，老街那儿的商家尚未开门，冷冷清清的。老街不远处有可以直达黄山山脚的中型巴车，我坐上巴车行驶一个多小时就到达了山脚。

在黄山山脚下，首先映入眼帘的是令人震撼的人造天梯，由下往上抬头仰望黄山，即刻有种“高山仰止”的感觉。

黄山的石梯比较高，成人要是小腿短点儿，跨上去还真是备感费劲，幸好我是中长腿。沿着石梯而上，一阶接着一阶，仿佛爬之无尽，脚下的石阶中，有些是古时由工匠和农民一级一级从现成山体上开凿建出来的，有些是现代的挑夫挑上山，再由石匠修成。古代有徭役制度能为这种凿山大工程提供无限免费的劳动力，那时的工匠民夫可能还会吃不饱饭，饥肠辘辘地干活，到了如今，修建石阶的工匠与挑夫干活虽然都有薪酬了，但同样也很艰辛。

登山途中，在我们惬意看风景时，常能看到挑着满担货物的挑

在山顶俯瞰锦绣江山，如画般的黄山风景！

夫身影，我背着几十斤的东西爬山，就觉得很费劲了，五步一喘气，十步一歇息，可挑夫们担着沉重的货物往山上运输，却能健步如飞，不由有些佩服。

因为没有专门机器运货上山，所以黄山上的一砖一瓦，都是挑夫们一担担给运送上去的，他们每上一级石阶梯，都咬着牙憋着气，显得有些艰难。来黄山之前，我听说山上卖的东西贵，但现在看来都是值得的。

这些挑夫基本上都是四十岁往上的年纪，换成我们这一代青年，估计没几个人愿意吃这种苦，我也是自觉吃苦精神不够，这才来黄山爬山锻炼的，此时看到不畏艰辛的黄山挑夫的背影，无形中激励自己——人生不管贫穷富贵，应该经得住起起落落，吃

得苦中苦方为人上人。

从早上七点直到正午，我一直在爬山，到了山腰后我的体能逐渐不足，之后每爬一级石阶就气喘吁吁，需要坐下来休息一段时间，涨红着脸奋力坚持，只是小腿不听话，调皮地抖个不停。

沿着山路，我看到黄山上棵棵奇松，也有嶙峋的怪石，皆是造物主得意的杰作，黄山的天空蔚蓝，如水般纯净，在这山底峡谷的底层，有灵泉潺潺流动的声音，慰藉着我疲惫的心灵。

途中我看到有些家长带着小孩过来爬山锻炼，有的小孩没爬几步就累得不愿再走，小孩他爹只能抱着小孩走，累得气喘如牛，吐着舌头呼着气，腰杆都挺不直了。

我看着这“坑爹又坑娃”的一幕，目瞪口呆，得出一个结论：以后爬山，绝不能带小朋友上山，那简直是给自己挖坑。

攀登黄山，越往上风景越是俊秀和恢宏大气，下午我先是到了整个黄山人气最旺的地方——迎客松。黄山有奇松、怪石、云海、温泉四绝，迎客松是黄山“四绝”之一，它同时也是国松。现在的迎客松四周有围栏相隔和专人看护，游人并不能随意靠近松体，只能远远观览。据说多年前与“迎客松”同列黄山十大名松之一的送客松，因自然规律等原因抢救无效，枯死了，所以人们现在对仅存的国宝迎客松，保护得特别周密。

我曾在人民大会堂大厅中看到一幅铁画《迎客松》，见其神形如广迎四海宾客般沉稳大气，印象极其深刻，现在终于看到实物了，内心未免激动。

远观迎客松，只见其巍峨地屹立在石间，风雨不动，岁月无改，遗世而独立。稍近看其一侧枝桠伸出，如人伸出一只臂膀，欢迎着远道而来的客人，另外一只手优雅地斜插在裤兜里，雍容大方，姿态优美，栩栩如生。

迎客松是安徽人民热情友好的象征，承载着拥抱世界的东方礼仪文化，上至国堂下至民间小巷，它都是大名鼎鼎。

说来也奇妙，我与迎客松隔空相望，似乎能感受到它散发的热情。

随后我走过黄山主峰莲花峰、天都峰，最后到达光明顶。初

雪中漫步

闻“光明顶”之名时，我想到了金庸武侠小说《倚天屠龙记》中，六大门派围攻明教的光明顶的场面，颇觉神秘。登光明顶，清冽的山风轻抚而来，给我种高处不胜寒之感，手、耳朵、鼻子被冻得通红。我站在光明顶俯瞰黄山，只见其崔嵬雄浑，幽谷深壑天然巧成，有种宏伟的大气势，好一处锦绣江山如画的风景！

明朝旅行家徐霞客登黄山时曾赞，“登黄山，天下无山，观止矣”，被后人引申为“五岳归来不看岳，黄山归来不看山”，此言不虚，古人不我欺，此等景色确实让我叹为观止！

黄山四绝，我看到了奇松、怪石、温泉，但未曾邂逅黄山的彩色云海。听当地人解说，黄山的彩色云海很难偶遇，跟中奖一样，要碰运气。当云海出现的时候，黄山的山景在彩色云海的烘托下，会如同蓬莱仙境一般，不能与当地人所诉中的绝景来个浪漫邂逅，深感遗憾。

夕阳余晖渐渐散去，夜幕降临，一夜无言。

隔日的晨曦徐徐拉开帷幕，打开大门，我惊喜地发现黄山的天空早已飘起了漫天雪花，据当地人说，游人要在黄山上看到雪，那可不容易。好运来了谁也抵挡不住，我兴奋地在雪地里奔跑，欢呼着！

我沿着黄山石梯而下，地上都是厚厚的积雪，一路银装素裹，雪花飞舞，天地之间一片白茫茫，我是南方人，何曾见过雪漫黄山此等绝色雪景！

我看到地上洁白的积雪，觉得有种莫名的美感，心里灵机一动，脑海浮现出一个女孩的身影，于是在雪地里写下她的名字，并在名字旁边画上一颗炙热的爱心，拍了照片后送给对方表白，女孩因此深受感动，不久后她成了我的初恋女友，这是后话。

冒着雪花下黄山，我发现石阶大多被冰雪给覆盖了，有点儿陡滑，有的石阶位置临近壁崖，危险程度可想而知。我稍不留神脚底一滑，连人带包滚落石梯，由于身后背包重量惯性，使得我无法制止身体滚落的趋势，双手下意识用最快速度把背包扣子解开，扔掉它！过程惊险无比，也就一眨眼的工夫。

我从长长的石梯一直滑滚出山道掉下壁崖，跌落过程中我胡乱挥舞，双手最后抓住一个崖壁的粗树枝，紧握它缓冲了惯性，最后整个人被卡在树杈上！好一会儿才缓过神，恢复了些许力气。

我大声疾呼找人帮忙，但没有得到回应，估计这个天气爬山的人太少了。我在树杈上往下看，顿时倒吸一口冷气，下方目测深处起码有百八十米，崖壁布满尖锐的山石和树杈，刚才要不是滚落途中我解开了背包纽带，估计就悬了。

无奈我只能选择自救，还好离石阶台面处距离不远，我双手紧抓着树根，脚踩着山石慢慢爬了上去。

爬山的时候不看景，看景的时候不爬山，我理解了黄山上为什么要树立这个警示牌子了，爬山时千万不要走神。

我检查了下身体，发现除了有点儿脱力，衣服有些灰迹，并无大碍，接着拾起被扔在一边的行李，往山下走去。

返回黄山山脚的老街，我还结识了几位风趣的驴友，这一天刚好也是元宵节，大伙儿一起过了一个难忘的夜晚。

11　向徽商学习

“欲识金银气，多从黄白游。一生痴绝处，无梦到徽州。”

徽州地区自明朝以来，是达官贵人、巨商大贾云集的富饶之地，徽商更是中国古代三大商帮之一，是古徽洲籍贯的商人或商人集团的总称，曾经集中在溪县及江西婺源一带，即今在安徽省黄山市及附近。

徽商初生于东晋，成长于唐宋，盛于明，衰于清，直到现今对国内经济还有广泛的影响力。今日的徽商不同以往单指徽州商人，现泛指安徽籍商人。徽州在古时本来是穷苦闭塞之地，田少人多压力大，为寻找活路，徽州人走出大山，以商代耕辛勤开拓，商业贸易足迹遍布亚洲各国，以及葡萄牙等地，逐渐富甲一方，成为封建社会有巨大影响力的徽商集团。

徽州有著名的明清建筑群宏村西递。宏村西递，人们总是连在一起叫，让人误会这是同一个地方，其实不然，它们是分开的两个地方，宏村和西递，只是相距不算太远，都在黄山市黟县。它们是徽派民居最有代表性的两座古村落，也是徽商最初的发源地之一，以世外桃源般的田园风光、保存完好的村落形态、工艺精湛的徽派建筑和丰富多彩的内涵闻名于世。

宏村被称为“画里的乡村”，西递是千年古村，有“桃花源里的人家”等美誉。当我走进宏村村落时，浓浓的文化韵味迎面而来，有种莫名的魅力吸引着我，吸引我走进这个地方一探究竟。

村落背靠青山，面向南湖，从村落南门而入，进去不久便可看到南湖，其湖面平如镜，偶尔有微风吹拂湖面，轻轻荡起波纹，使得整个南湖都显得特别灵动。

“无边细雨湿春泥，隔雾时闻小鸟啼；杨柳含颦桃带笑，一边吟过画桥西。”这首诗应该是南湖的真实写照了。

南湖中央有一座古老的拱桥，我站在拱桥上远眺，只见湖对面的青山在烟雾缭绕中若隐若现，蓝天有飘动的白云，白云下的人家皆倒影在湖面上，自然景观与人文景观交相辉映，一幅天然的水墨画，唯美的意境很容易把人带入其中，让人沉醉。

徽商的建筑极其讲究风水，南湖便是牛形风水布局的牛肚子，两旁古民居是牛身。宏村的徽派古民居错落有致，粉壁高墙深井，

“画里的乡村”的宏村

以精美的石雕、木雕、砖雕为装饰，整体看上去精湛雅致，奢而不华，皆让作为访客的我惊叹不已！

村南的南湖、村中的月沼、九曲十弯的水圳，都让我流连忘返。宏村里偶尔会有导游带着各地游客，一边观览一边讲解，我跟随他们后面，听解关于宏村的历史。听说古宅里很简单的一个摆件，都有蕴藏的寓意在里边，琴棋书画，文房四宝家家皆有，这让我感到徽商有种厚重的文化底蕴。

有些徽商本身就是鸿儒、诗人、画家、书法家、收藏家等出身，经商致富之后，更热衷于文化建设：建祠，立坊，修桥，办学，刻字，藏书，办文会，给其后人留下一笔笔宝贵的文化遗产。

徽商也有古训传承后人，一共九句，字字珠玑，是徽商商道精神的体现：斯商，不以见利为利，以诚为利；斯业，不以富贵为贵，以和为贵；斯买，不以压价为价，以衡为价；斯卖，不以赚赢为赢，以信为赢；斯货，不以奇货为货，以需为货；斯财，不以敛财为财，以均为财；斯诺，不以应答为答，以真为答；斯贷，不以牟取为贷，以义为贷；斯典，不以值念为念，以正为念。

徽商后人在这样半儒半商的环境里备受熏陶，更容易走向成功之路。

水墨如黛，青山如画，溪水湾流，鸟语花香，白墙青瓦马头墙，从徽派建筑中，我看到了重商、重学、重传承、有远见的儒商形象。

在游览宏村过程中，我反省自身，自己热爱旅行，不恋家，喜欢到处闯荡，也有创业的梦想，其实跟徽商精神有些契合，只是遗憾没有长辈给我理论指引。

宏村之行，让我从中感受到了传统古徽商文化精髓，其不断进取的徽商精神，成为我人生的指明灯之一，让我对事业、未来后代的教育以及为人处世方面有了一些见解，我意通过艰苦奋斗，不断积累人生财富，未来成为一个德财兼备的人。

12　搭车去西双版纳

对很多徒搭旅行的人来说，从昆明搭顺风车到西双版纳，几乎是不可能的事儿，这条路全程五百多公里，行车不多，汽车一路上不停留地奔走也要近八小时。另外，西双版纳是中国西南端的边陲城市，与老挝、缅甸山水相连，和泰国、越南是近邻。临边地区，情况远比内地城市复杂。

去西双版纳前，我跟在大理结识的小彤了解到相关的风险信息，心生顾虑，我身上没多少资金了，就这样放弃搭顺风车，换坐大巴去版纳也不甘心，便问小彤意见："如果我坚持从昆明搭顺风车去西双版纳，你还愿意跟我一块走吗？"

"你来决定，我跟你走。"小彤也没畏惧其中风险。

看她这样信任我，我更不能鲁莽决定了，沉吟了下，道："走这条路风险较高，容我考虑一个晚上，明早给你答复。"

小彤也没多话，应了下来。

当晚我在床上辗转难眠，满脸的纠结，如果一路过去搭不到车是小事，万一遇到坏人那可就麻烦了，但侥幸心理最终还是让我决定冒险挑战——搭顺风车。

隔日早晨，我跟小彤达成共识，搭车去西双版纳。

观看大象选美表演

我们先用纸片写了一个“求搭车，去往西双版纳”的牌子，便从高速入口那儿开始拦车，几个小时后搭到首辆顺风车，不久看司机快到他的目的地时，我们便让他在匝道出口那里把我们放下来。

而后我们沿着高速护栏外行走，不过很快就遇到第一个危机，因为小彤嫌护栏外边的路太窄，便走在护栏内，而护栏内的白线离行车道仅有一人宽距离，人车相逆而走，车流急来急往，不时有大货车呼啸而过，看起来惊险无比。

“我们从护栏外走吧，里边路这么窄太危险了。”见情况不容乐观，我便劝阻小彤。

“护栏外不好走，走里边有什么好怕的，你要害怕便自己走外边吧！”她没有意识到其中风险，显得无所谓。

看说不动小彤，我也跨过高速护栏，与她一同走在窄细的紧急车道上，我走在她前头挡着车风，心想就算有车来第一个撞的人会是我，至少我是男生，不会躲到女生背后。

大车高速迎面，带来的那种压迫感，让我全身汗毛竖起，当大货车急速面向我驶来，近距离与我擦肩而过，随后车尾掀起的车风狠狠扑打在我脸上时，有那么一瞬间我是闭上眼睛的，在沉默中近距离感触到了死亡的味道，彼时心里也特别生气小彤的任性，关键时刻的任性，是要命的。

意识到此时我们身处险地，一个不小心就会被大车碾成肉泥，但事已至此不能后退了，我只能皱眉催促她加快脚步，不能在这段危路耽误太久，只要到了服务区我们就能渡过这一难关了。最后有惊无险地到达了服务区，我重重地呼出了一口浊气……

在服务区停了些过往的车辆，我让小彤在一边等待，自己则一辆辆车去询问，一开始并没有人愿意搭我们，但我没放弃，一直询问陌生的车主，最后还是成功搭到一位中年民警的顺风车。这是我人生第一次坐警车，觉得很新鲜，警察大叔把我们载到一个加油站附近，便于我们搭下趟车。

而第三辆顺风车，是一位青年的车，他把我们载出高速匝道。出匝道后我们俩傻眼了，这个地方很偏僻，并没有看到有往西双版纳的车，我们赶紧下了车。工作人员也不让我们再上高速，我们只能原地等待。偶尔看到车辆，我便主动上去询问，都没有愿意且顺路的。

不远处有一位正在修车的货车司机，他在关注着我们，见我们久久拦不到车，眼中满是讥讽，在路过他时，更对我们嘲笑道：

“看你们装扮，就是传说中仗剑走天涯的背包客对吧？以为举个大拇指就能拦到车了吗，呵呵，你们的梦想太天真了！便宜也不是那么好占的，你们不可能搭得到车的。”

我没有理会那位货车司机，但见身后的小彤此时却满脸尴尬，似乎被货车司机打击到了信心，见状我便对她说道：“像刚嘲讽我们的这类人，他们已经被琐碎平凡的生活磨灭了激情和梦想，他或许觉得世界对自己充满了不公与冷漠，所以他也会以同样方式对待我们这对陌生人。不要理他，只管走我们自己的路就是。”

小彤听完，认可地点了点头，再次恢复了信心。

由于高速闸口外都没有车，也没可供落脚的旅馆，所以如果搭不到车，我们晚上就要在野外露宿。

不得已，我只能带着小彤到处找通往高速公路收费站的小道，以期在天黑之前赶到版纳，还好最后找着了一条充满荆棘的小路，我在前方用脚压，用手拨，慢慢把路障拔除，小彤跟在我身后，她脸色涨红、咬紧牙关坚持着，也不拖后腿。幸运的是，接下来我们顺利地拦到了前往西双版纳的顺风车。

还没到西双版纳，已感受到当地的“热情”——酷暑难耐。我和小彤两人动作一致地拿着搭车的牌子对自己狂扇着风，车主见我们这样，觉得有些好笑，说道：“五六月份正是版纳最热的时候，温度高达 40 多度，如果是冬季这边就很温暖。”原来我们来的季节不对……

傍晚时分我们终于成功到达了版纳市区。当夜幕低垂，小彤跟我已约好一起逛江边夜市，但临出发前她因要跟家人闲聊放弃了出行。

我独自行走在版纳大街小巷，不时会看到风情万种的傣族姑娘们，她们都穿着自己特色的民族服饰出来散步，一举一动都充满浓郁的东南亚风情。

隔天我们再次约定去傣族风情园玩，一路折腾到了门口，小彤因为门票问题，又选择放弃了进风情园的机会，独自回市区了。这时我也觉得有些兴致阑珊，每次她要做的事情都差临门一脚了，怎能轻言放弃呢?

我独自进了傣族园，观览古朴原始的少数民族山寨，里边的傣族木楼基本都是栏杆式的建筑，用各种竹料、木料穿在一块，相互牵扯，极为牢固。木楼里有傣族女性编织着围巾披肩，她们不介意游人走近观看，甚至还会给予友好的微笑，这种发自内心的微笑让人很舒服。

当我徒步深入寨区，来到一处广场上时，正好碰上泼水活动，广场上中间有个大水池，撑着油纸伞、穿着民族服饰、身姿窈窕的傣族姑娘们，齐齐踮起脚尖漫步水池中，在那里随着音乐翩翩起舞，溅起的水花让她们更显得娇艳动人。我不由想起当地一句话“雨林景洪，柔情傣乡”，形容得再恰当不过。

几天后，我与小彤离开版纳回到了昆明。

我与小彤分别于昆明，她继续往西藏旅行，我要回广东继续学业。过了些天后，在香格里拉的小彤给我发了条信息：当时跟着你走的时候，我什么都不用考虑，现在由我自己来搭车，却不知道怎么做了，没有方向感，太难了，所以放弃了去西藏。

得知她再次放弃了既定目标，我一时不知如何劝慰，只能勉励她不要气馁，希望她能拥有行者精神，定好了旅行目标就执着地去追求，当执着成为一种习惯，就不会轻言放弃了。

从搭顺风车去版纳的经历，我也从中意识到自己的问题：不应冒着生命危险在高速上行走，不单要对自己负责，也要对他人负责，细节是一门学问，旅途不能单靠勇敢就行。

13　捕猎者

六月的古都西安气候刚好，不冷不热的样子，走在宽阔的大街上，偶尔都能看到不少保存完好的古老建筑，一股历史的厚重感扑面而来。

吸引世界各国的游人来此，不单是因为其久远的历史底蕴，还有各种各样的美食。西安有条美食街，可以边吃美食边体验当地独特的风俗人情，这个街区由古距今起码有上千年的历史，它离西安地标建筑鼓楼不远，穿过鼓楼大门就能步入此街。街道上青石铺路，主路两旁是仿明清建筑，门前都高挂着有特色的红灯笼，此街区不单有中国传统文化的建筑，还有浓郁的清真特色建筑，显得非常多元化。

这儿白天还好，一旦到了晚上便会人满为患。

大概是晚上七八点的时候，我再到美食街便惊呆了，主街上人流如织，接踵而来，汇入人群中后，我发现空间狭小，根本不能大步走路，只能小步慢行，顿时欲哭无泪，甚至不用我自己走，后面自有人挤推着我走，从街道一头到另外一头短短几百米，竟需要走一个小时。

主街两旁摊位摆放着各式各样的美食，有大块大块的羊肉串、

千年鼓楼是西安最好的名片之一

新鲜的肉夹馍、羊肉泡馍、凉皮、臊子面、干果、糕饼……数不胜数，香味扑鼻，我还没靠近美食小摊，口水已流了一地，且每个小吃摊边都有一群游人包围着，特别是那些年轻的女孩们，眼神中包含着期待，叽叽喳喳说着话儿，等着好吃的。

我被人潮挤着走了一圈后，才“艰难”逃离人堆。

待回到青旅大厅时，我看到有群年轻人围坐在一起说着话儿，人群中还坐着一个中年人，显得有些奇怪。后来得知这个人叫坦克，而我也自然而然地加入了谈话中。

后面几天，他主动邀请我和几位新结识的朋友一起游玩西安城，在他有意无意的关心下，我们逐渐熟络起来。

将离开西安时，在青旅结识的中年人坦克带了几个年轻人送我到门口，在分别时对我说了这么一句话：“大家来自天南地北，能相遇也是缘，分开也许就不会再见面了，要珍惜缘分。”这句话让我有所触动，再加上他往日请我吃了一顿饭，心里很感激。

就在离开西安几天后，我便收到坦克借钱的信息，他说他因赌博输光了所有的钱，目前身无分文不好意思跟亲友要，需要钱买车票。了解这个情况我有些犹豫，不知对方说的真假，但不忍他落难，毕竟对方请我吃过一顿饭。

万一他说的是真的呢？拉他一把吧！这样想着，便依他请求，我把身上一半的钱借给了他，这对我来说无疑是一笔“巨款”。他承诺回到家就还我，但不久我便发现他把我拉入黑名单了，彼时我才意识到被骗，顿时感到心寒。

我忙跟在西安一同认识他的人通消息，大家都直呼意外，因为他穿着体面，大家对他都印象俱佳，且觉得他大方、可信，结果这人却是个披着羊皮的狼……

懂得伪装的人，往往表面看似忠厚老实，内心却是阴猾无比，表里不一才是最可怕的地方，这次的教训，就当是请我那顿饭的饭钱吧。

那晚我静坐于房内，认真思考这段经历，总结了一些经验：这些行走江湖的骗子，通常在客栈这类旅行者聚集的地方，小待一段时间，交友时用化名与大伙儿混熟之后，把涉世不深的人群作为目标。在离别后，化身成满嘴獠牙的“捕猎者”，向众人借钱，一借一个准，一般都能得手。或者第一次借钱按时还，取得信任，第二次借的多了人就消失了。太多类似的例子，值得还未走出象牙塔的我们警惕，老话常说，一人不进庙，二人不看井，三人不抱树，独坐莫凭栏，防人之心不可无，交友时我们不能单凭感觉来，有时感觉可能是不对的。

此事后我立下两个原则：一是不跟赌徒打交道，二不借钱给在旅途中结识的朋友，就算到山穷水尽，我也不会向旅途结识的朋友借钱，轻率开的第一次口，往往会破坏当初旅行结识时那纯粹美好的感觉。

旅者的路途注定不会一帆风顺，各种人、事、物都能遭遇，经历、见闻了好坏，有了挫折，才能算得上历练。旅途遭遇挫折并不可怕，可怕的是畏惧不前。

现在的我还有很多困惑未解答，路漫漫其修远兮，吾将上下而求索。坚信一句话：心存正念勇者无惧，初心不忘，行者无疆。

14　真假兵马俑

坐落在西安市的秦始皇陵兵马俑，是世界公认的第八大奇迹，二十世纪考古史上的伟大发现！

在西安火车东站广场，有专线公交直达兵马俑，亦有一位手拿着大喇叭的中年大叔喊着小心黑公交的口号，提醒着远道而来的游客。对于这现象我只是觉得奇怪，并未在意，坐了近两小时专线车，我到了一个相对荒凉的车站，下车前，司机只是用手虚指了一个兵马俑的大概方向。见车站周边并没有一个明显的标志，我便朝着司机指引的方向寻找着兵马俑入口。

没走几步，便看到有些中年妇女过来搭讪，我没有理会，马

路上有些私家车在来回巡走，每隔一会儿，就有看着不错的私家车停在我旁边搭话。他们目的太明显了，就是想挣我口袋里的钱，我没有搭理，继续走。

有位司机不死心，开车一直跟着我，当他说我走错路了，我才停下来，疑惑地望向对方。

“我刚好顺路，可以载你去兵马俑，只要 5 块钱车费。”

看他这么热情，收费便宜，也是顺路的，想必对方应该不会骗人，记下车牌号后，我便上了车。

司机非常热情，他说：“我是西安本地人，对这边非常熟悉，兵马俑一共有三个坑，二号、三号坑没什么看头，大家都不去看，一号坑最值得看了，我这就带你过去。”

令人称奇的秦始皇陵兵马俑

“好嘞，谢谢司机！”我很感激对方。大概四五分钟后，私家车司机把我送到写着“西安兵马俑博物馆”的门口，他主动指引我从广场走到售票处，然后回到自己车旁，没有马上离开，不知在观望着什么。

我并未立即买票，而是观察了下周围，只见这片广场上，有栋几层高的建筑楼，建筑楼下立着些兵马俑，那些兵马俑做工略显粗糙，少了点儿沧桑感。

也有不少游人的轿车，停在建筑楼前的广场上，不过游人却是稀稀疏疏，这是举世闻名的西安兵马俑吗？怎么跟心目中宏伟大气的兵马俑不一样？就在我准备买票进去一探究竟时，听不远处的一位游客嘴里嘟囔了一句：“兵马俑这么出名，怎么游客到现在都没看到几个呢？不会是有问题吧？”

一语惊醒梦中人！

“对啊！大名鼎鼎的兵马俑，怎么门口就只有几个零零散散的游客？这不科学，有问题！”

我突然明白为什么感到不对劲了，于是立马通过网络搜寻，看到网上有游客抱怨在西安踩坑和被黑导游带到假兵马俑的信息，忙提醒刚才那位也有些迷糊的陌生女生和她同伴。

确定了我所在的地方是假的景点后，我望向刚才载我过来的司机，才发现他早溜得没影儿了，

领会到对方是黑车，他拉我来是挣提成，一环接一环，一套接着一套，把我这位小年轻忽悠得一愣一愣的。

最终我们按着导航，一行人走到真正的兵马俑景区门口，只见那里人山人海，前面那黑车司机载我们过去的山寨兵马俑景区，跟眼前正宗的兵马俑相比，明显不是一个级别的。

在兵马俑入口不远处，伫立着一尊巨大的石像，仰望着前方那身姿雄伟、面带威严的男人石像，我就像看到了活生生的始皇帝。只见石像头戴冕旒，手握长剑，双目睥睨，望着前方的锦绣江山，有横扫六合、气吞八荒之势，显得霸气凌人！

石像身后的大片区域，便是秦始皇陵，始皇陵是中国历史上第一个皇帝的陵墓，其规模之大、陪葬物之丰富居历代皇帝之首。

据史料记载，始皇陵自秦始皇登基起即开始修建，前后历经三十余年，每年用工七十余万人。始皇陵内以铜铸顶，以水银为河流湖海，上具天文，下具地理，宫内设有百官位置，以人鱼膏为烛火，伴随秦始皇永不腐朽身躯的，还有其他不计其数的珍宝，内部至今牢不可破。始皇陵代表了秦代文明的最高成就，外部的兵马俑只是秦始皇陵其中的一部分，由此可见其极尽奢华！

始皇陵的修建，表明了秦始皇的奢侈无度、不恤民力，在一定程度上导致了他死后庞大的秦帝国的解体，历史为证，成也民，败也民。

如果当初始皇帝尊民意体民情，也不至于后来皇朝动荡至秦二世而覆灭。

遥想当年始皇帝，他的敌人被他吓得肝胆俱裂，魂不附体，治下之民更是噤若寒蝉。不可否认秦始皇是史上一位伟大的帝皇，是他开启了中华民族大一统的历史新篇章，书同文，车同轨，铸长城，扩版图，立郡县等盖世功绩，影响了后世中华文明几千年，他给后人留下了诸多宝贵的财富，也因此，我们后世的今日，才有举世无双的兵马俑可观览。

我先行步入的是陈列厅，大厅内展示的都是出土自秦时的一些珍品，供游客们端详，接着就是兵马俑目前主要的开放区域，分三个区：一号坑、二号坑和三号坑。其中长230米，宽62米的一号坑最为壮观，主坑周边有小道环绕。

来自世界各国的游客站在主坑边上，俯瞰前方的兵马俑，他们惊喜惊叹之声起伏不绝，我同样也被那兵马俑壮观的场面给震撼了，只见主坑上的兵马俑军容严整，神态各异，栩栩如生，似乎有股铁血肃杀气势弥漫在空气中，让人可畏可敬！

主坑内是由先锋、主体、翼卫、后卫等部分兵马俑组成的古代大军阵。这庞大的地下军团历经沧桑，兵强马壮，忠诚守卫着它们的主人秦始皇的陵墓，几千年如一日。

伴随着耳边仪器传来的解说，我的思绪慢慢跟着步入历史长河中，来到了战马嘶鸣、兵荒马乱的秦朝时期一探究竟，似乎见到了强悍的秦人，步伐坚定地跟随着秦始皇横扫六国，最终完成统一大业。

走往二号主坑，那里主要是由弩兵方阵、车兵方阵、混合方阵、骑兵方阵组成，四个方阵有序组合，进退可攻守，显得无懈可击。

最后的三号坑虽小，却是兵马俑的“核心地区”，也就是我们现代人所说的指挥部。这个坑里主要展示的是将军俑，将军俑周围有不少武士俑环卫，不过这些陶俑大多是少了头颅，连陶马也是残缺不全的，是人为还是自然原因造成的，至今还是一个未解之谜。

兵马俑是中华民族宝贵的遗产，也是世界珍贵的遗产，想到此我不由涌生一种自豪的感觉。

还有很多兵马俑军团埋藏在地下，并没有被挖掘出来，也许哪天国内考古技术更加成熟了，能对新挖掘出的兵马俑，进行更完

整的保护，那时我会再次来这儿观览。

西安之行，我看到了真正的兵马俑，也看了假的兵马俑，领悟到一个道理：旅行时要多一个心眼，勿贪小便宜。

15　夜爬华山

不是所有的山都适合夜爬，而华山恰好适合，这次我专程为爬西岳而来。

华山山脚不远处有个小车站，里边有中巴车直达玉泉院，也就是夜爬华山的入口点。听从当地人的建议，我选择在晚上九点左右的最佳时间爬山，坐着中巴士前往夜爬华山的起点——玉泉院。

坐着中巴士前往夜爬华山的起点——玉泉院

巴士上有不少乘客，大多都是精力旺盛的年轻人，车上空间很小，大家拥挤在一块，心里对即将要体验夜爬华山，满怀期待。

自古华山一条道，我从玉泉院那儿开始爬山，随着人群一路向前，山脚下的路坡度较低且宽阔，没有我想象中的艰险，反而显得很轻松。

随着时间推移，山的坡度升高，看到周围的人群慢慢变得吃力，再看看身旁琪琪涨红着脸，我自己依然很轻松，有丝窃喜，原来我的体力比很多人都好得多，看来夜爬华山不过如此嘛！心情不错，不禁轻轻地哼起了愉快的歌谣，但没唱出几句，就看到身旁的琪琪正转头，怔怔看着我，只见她的眼泪缓缓地从脸颊流淌下来，在我不知所措时，她特别感动地说："你是看我爬不动了，为让我放松，鼓励我而歌唱吗？谢谢你！"说完，她的眼泪流得更多了。

啊？？我愣住了，这误会可大了！

眼见琪琪是真的被我感动了，我当然不能实话实说打击到她，花了几秒钟深刻反思自己刚才不地道的做法后，将错就错，继续边走边唱起那欢快的歌谣："妹妹你坐船头，哥哥我岸上走……"

这次我是真心地想鼓励她，相逢就是缘分，遇到困难了，就算临时同伴也应互相扶持和鼓励，才能一起走得更远。

琪琪听着我那不搭调的歌曲，"扑哧"一声笑了，本来已经走不动的她，似乎被我的歌声注入了新的力量，步伐变得有力，且变快了几分。

华山，有最崎岖的峰峦和蜿蜒曲折的小路，越往上走越费劲儿，我也不像开始在山脚下走得那般轻松，慢慢变得吃力起来，身旁的琪琪更是不堪，只见她满脸涨红，右手紧抱着装有干粮的

大布袋，一步一步艰难地把脚往上抬。

她是我来华山的火车上结识的，经了解她来自一个小地方，此次旅行是为了逃避家里的相亲，也是人生首次独自远行。她刚辞了国企工作不久，打算疯狂一把就认命归家，听从父母安排和一个素未谋面的人结婚。

“我帮你拿下东西吧！”见她这么辛苦，几次我都想帮她分摊下行李重量，男生在女生面前需要绅士点儿。

“不，我要锻炼下，我可以的！”她神色坚定地道。

见她如此，我也不再坚持，打算等她真的顶不住时，再顺手帮忙。

琪琪紧随我其后，过程也不喊一句累，每当我觉得她坚持不住的时候，她还是紧咬着牙，步伐蹒跚地向前走。我不禁被触动到了，从她身上感受到了独立、坚强，这不正是现代女性具有的可贵品质吗！心里不由对这个女孩子多了些敬意，刻意放缓了脚步，让她慢慢适应爬山的强度。

夜幕下的华山上空月明星稀，山路乌漆麻黑的，夜虽黑，但爬山的队伍却连绵不绝，几乎每个爬山的人都拿着照明灯，其中我的灯光是最明亮的一个。每当看到前后人的灯光不够亮时，我便手持强光电筒，把那束光明递过去，当粗大的光柱照亮了一堆人的前路时，便会引起一片惊羡声。

夜爬华山的登山客中，大多是青壮年，少部分是老人和小孩，有的人是朋友相伴而来，有的是拖家带口而来，也有更少部分像我和琪琪一样，只身前来。

虽然其中青壮年居多，但偶尔我也有看到六七八十岁的老人家，在家人的搀扶下，气喘吁吁地往上爬，有的老人甚至不用旁人帮忙，独自扶着冰冷的梯链往上攀爬，小辈就在老人身后无奈且紧张地看着，以防老人出意外。

周边那些体力不支的年轻人，见连老人家爬山都如此拼命，也纷纷默契地用了吃奶的劲头硬着头皮坚持往上爬，作为年轻人我们可不能输了颜面！

夜爬的登山客们，都有一个共同的目标：看华山日出！他们脸上大都带着积极而坚定的精气神，就像当初我背包独行西藏时遇到的那些朝圣者一般，不达目标，誓不放弃！

当我到了坡度近 90 度的路段，发现人群行进速度大大降低，最担心的事情还是发生了，路堵了！堵的时间久了，有的人按捺不住便大声叫喊起来，让前面的人快走，可这段路太惊险了，速度想快也快不了。

人群因前方堵塞，也因山路险峻而惊呼，有的在发呆，有的窃窃私语，有的嬉笑怒骂，在华山这漆黑的夜色中，气氛显得寂静而热烈。

待到后半夜两三点时，此前一路还说说笑笑的登山客们已累得没有太多精力说话，皆已剩下“半条命”，还能走路已算是毅力不错了，我也是大腿小腿酸痛得不行，左手扶腰，右手扶着山链，颤悠悠地往上爬。夜爬华山真是自虐的好方式，自此我不敢再轻视华山的险难。

爬山对意志力是一种极大的锤炼，当你快坚持不住时，再坚持一下，那么这一刻，你的意志力已经得到了锻炼，变得比以往更坚韧了。

华山的夜风，清冷入骨，如果是一直在攀登那还好，全身暖洋洋的，一旦停下来，不一会儿就感到冷得受不了。

我和琪琪两人穿的衣服并不多，当冷得经不住时，在一处补给点给各自租了一件军大衣，还别说，特别暖和！就是这大衣气味浓烈，以致让穿衣的人特别提神。不知这军大衣是有多长时间没清洗了，才有这份惊人的味道。

通过石桥洞口时，我看到不少人或蹲，或坐，或卧在地上睡觉，人们都太疲惫了，似乎眼睛一闭就能马上睡着。

在洞壁边处休息的父子三人比较显眼，两个大男孩裹着军大衣，躺在洞壁边地上呼呼大睡，那老父亲为了不让人踩踏到那哥俩，虽眼睛布满血丝，但依然坚守在那里。

看到这幕，感动之余，我对那位父亲的做法不敢苟同，夜爬华山本是为了锻炼毅力，目的是看日出，他们半途却选择熟睡，就等于放弃了观看日出。此行的辛苦，不正是为了明早日出东方精彩的那刻吗?

有时父母一味宠溺孩子并不是好事儿，等未来我有儿女了，遇到这种情况，我会鼓励他们不要畏惧困难，既定下了目标，决不能轻易放弃，要坚持到终点，像现在对自我要求一样。

华山的东峰，因其居高临险、视野开阔，是观日出的最佳位置，每天日出时间稍有不同，为了在日出之前赶到东峰，我加快了步伐。但在后半夜，我的腿像灌了铅似的，每走一步，都感觉有人在用力撕裂自己的肌肉，那种“酸爽”的感觉，没有亲身来夜爬华山的人，是体会不到的。

夜爬华山约八小时后，我终于来到东峰绝顶的朝阳台上。还没到东峰顶时，我已听闻人们传来阵阵惊喜的声音:

“哇！有云海！”“好美的云海啊！”

我拖着疲惫不堪的“残躯”走在朝阳台上，俯瞰前方时，也被

下山之前，我去攀爬长空栈道

雄伟壮丽的华山

云海所惊艳，只见前方的山谷间清风徐来，一时云奔潮涌，缥缈的云雾在群山间浮动，如梦如幻般。云海之中那红日未出，远方几缕朝霞渐染红东方，这让我期待即将看到的日出，在华山能偶遇云海，真是意外之喜！

不过同伴琪琪可能太累了，并不想坚持到日出那刻，希望我与她一同下山休息，这让我对她有些失望，日出即将到来，差最后那刻就能看到最美的风景，这不正是她的目标吗？怎么不再坚持一下呢？

像她的经历一样，有梦想也没能坚持到底，我这时倒有点儿恨其不争了，琪琪与我就此分道扬镳，不知我们何时才能再见。

我继续等候着观日出，黎明破晓时分，我与其他登山的游人一样，在朝阳台上翘首以盼最壮观的那刻。不一会儿，只见一轮红日从云霞中钻出来，刹那间光芒万丈，在云海的衬托下，如同人间仙境，奇险华山美如画，万仞绝壁映朝阳。

此情此景，让我身心的困顿与疲惫随之一扫而空，整个人变得

亢奋起来，欣喜万分，感动不已！

我不禁感叹，眼前的这幅风景画卷，竟有如此惊世骇俗之美，面对这一宏伟、壮丽景象，我感觉整个心灵都在颤抖、激动，精神境界随之升华。

华山日出刹那之美，释放出那种充满无限希望的光芒，这是对登山者最大的回馈，追逐日出，就像是追逐我的梦想一样。这日清晨，我又完成了一个小目标，成功地又一次自我激励！

待太阳高挂，云海退却，游人下山而去，我继续拖着“残躯”往西峰走，走到筋疲力尽时，担心会走神坠入悬崖，我便在西峰找了一块背风的山体，依靠山石沉睡了过去。

当我睁眼醒来，往远处眺望华山时，愣住了，这时呈现在我视线中的，是碧云蓝天、高低错落陡峭的悬崖以及拔地而起、直插云霄的连绵山体，原来昨夜华山被夜幕笼罩，到了白天我才发现华山是如此险峻！

有诗写道：“风轻云淡嵌山间，似烟似雾在云端。朦胧飘渺非凡境，试问华山可有仙？”又有诗写道：“连峰去天不盈尺，枯松倒挂倚绝壁。”诗中所写不虚，正是我眼前所看到的景！

但此时熬了一夜通宵爬山的我太疲惫了，已无法全身心地去感受华山白日的美景。下山前我去了世界上最危险的华山长空栈道，体验了一把惊险与刺激，这才带着一丝满足和遗憾沿路西下而去。

我还会再来华山，白天再爬一次华山。

16　黑马河往事

当我写起这段经历，再跟同乡阿嫣聊起黑马河往事，无比怀念。

当我背包游历西北五省，来到第二站青海西宁，出发前往青海湖那天，我跟旅馆前台说要找队友搭车旅行，碰巧被一个女生听到，她假期一个人独自远行，有些害怕，见我是广东同乡，又是有经验的背包客，主动与我交流，最后两人约定一起去青海湖。

她叫阿嫣，不曾体验过徒搭旅行的方式，当我带她搭上第一辆往青海湖方向的顺风车时，她仍然觉得这是件不可思议的事情。

途中，也有一辆出租车为我们停留，司机是当地人，热心地让我们上车，这连我也觉得有些意外。因为是第一次乘坐顺风的出租车，为避免误会，我再三跟司机确认是不是顺路免费的，司机说了一句让我印象深刻的话："我很欣赏你们这种愿意吃苦的年轻人，不是免费载你们的，那就不会停下来了。"

听了他的话，我们俩放下心来，当经过门源县，司机特意放缓了车速，正当我疑惑时，便听他介绍道："我们这儿美丽的油菜花盛开了，你们可不要错过。"

闻言我忙摇下车窗，一幅灵动的大自然浪漫唯美风景图展现在我们的眼中，极为壮观！目之所及，皆是铺天盖地的油菜花，金黄色的花海一望无边，像是大地披了一件金黄色的地毯，花海中传来"嗡嗡"的声响，那是低空盘旋、正在欢快采蜜的蜜蜂。微风穿越车窗，吹拂脸颊，舒服得我的毛孔都张开了，空气中弥漫

策马扬鞭黑马河

着草和花的味道，用力一闻，好香啊！

“咔嚓！咔嚓！”

阿嫣惊喜地拿起相机，按着快门狂拍着车窗外的风景，一时我们的心情，也变得格外得舒畅。

七八月份，是门源油菜花最美的季节，盛开的花朵供游人观赏，九月份游人淡去，便是收割时分，收割的油菜籽会投入市场供为他用。我们来得正是时候，刚好是油菜花最美的季节。

往青海湖沿途，除了花海，还有成片青稞麦田及草甸，不同的色彩，像是大自然的调色板一般，形成一种令人难忘的视觉美。这时的青海北部，还没完全开放，游人不是很多，不算喧闹，原始风景让人印象深刻！

青海湖的夕阳无限好，近黄昏我们在黑马河乡拜别了顺风车司机，我与阿嫣找到一家旅馆，旅馆还有位四十多岁叫普达的管家，看起来挺憨厚的一位中年男性。

这家旅客栈住宿条件一般，但费用不菲，一个空间狭小的标间

天空之镜——茶卡盐湖

房需要500元左右一天，却有很多私家车主抢着预订。此时是旅游旺季，当地旅馆很少，基本都是外乡人在开，没什么竞争，房子供不应求，所以在黑马河乡周边开旅馆的，基本都能日进斗金。

旅馆住客满了，找不到其他地方，我只好跟老板商量，找个简易床位让我们将就住上一晚便可。老板让管家普达带我到一间漏风的小屋，阿嫣则跟管家的妻子睡在一屋。

没过多久，管家推门进入我落脚的小屋，随之他跟我聊起涉及阿嫣的露骨话题，一时显得非常突兀，让我感觉到这个看似憨厚的管家，有些不怀好意，不由心生警惕。

黑马河乡早晚温差高，白天不冷不热，到了晚上就寒风呼啸，气温极低。阿嫣没有厚外套耐不住冷，要去买衣服，但黑马河这边地广人稀，有商店的地方需要走很远，普达主动要求开车载着阿嫣去买衣服，我不放心就跟着一块去了。

为了看日出，早晨大概五点我们就起来了，客栈老板早已在院子等候着我们，与我们一起坐车的，还有同住客栈的一家四口，

早晨等候观看黑马河日出的人们

一对夫妻带着一对儿女，那男主人四十多岁的样子，听口音是湖南人，他在上海做小生意，这次是趁暑假，开着辆面包车，带着妻子儿女一家人出来自驾旅行。小孩可能不舒服，妻子正在细心照顾着，这场面看起来温馨无比，让我颇为触动。

也许生活不用特别富有，有个喜欢的人一起奋斗，事业有成时，带着家人环游世界，这也是我向往的一种生活方式。

在我们缺少方向感之时，在旅途中见闻了不同的人，不同的生活方式，对人生慢慢也多了些感悟。

看完黑马河日出，我和阿嫣在河边惬意地走着，欣赏周边的风景，随后去了有天空之镜美誉的茶卡盐湖，回到镇上已是傍晚，此时已没有顺风车回西宁了，找了许久我们才找着一处小旅馆。

“请问今晚还有房吗？”我问起旅馆经营者，四十多的藏族女

性，看着挺友善的，

“有，一百五一间。”她揣摩地看了我一眼，答道。

“能否少点儿，我们开两间房。”我试着跟旅馆老板还价，一个房间一百多，已经超出预算了，我平时旅行出行基本都住几十块一晚的床位。

“现在是旺季，房间紧缺，价格少不了，要不给你们俩开一间房吧！”

这……我心里迟疑：“我跟阿嫣刚认识不久，住一块好像不大合适，她估计不会同意。”

“那就帮忙开一个房间吧。”还未等我拒绝，旁边的阿嫣插话了。我转头看了阿嫣一眼，对她的爽快有些诧异，那旅馆老板也不墨迹，很快把发票开好递给我。

待旅馆老板去打热水的时候，我忍不住问阿嫣：“晚上咱俩一起住，你就不担心我是坏人吗？”

“没事儿，我相信你，你不会是那种人。”说完，阿嫣用坦率的眼神看向我。

“好吧，我确实不是那种人。”我被那充满信任的眼神给打动了，她的信任让我感动，但有时女孩轻信初识不久的人也不妥，我是没坏心思，但如果这次她遇到的是心思不轨的坏人就麻烦了。

晚上在房间，阿嫣和自己的男友通话，聊了几个小时，我才晓得她有男友，被“虐”得不轻，一时间有些尴尬。

阿嫣跟我分享起她和男友的故事：他们是在高中时代认识的，感情深厚。后来男友的老爸因违法入狱，这导致从小娇生惯养的男友崩溃了，每有时间他就打电话给阿嫣哭泣，并诉说自己的苦，阿嫣则像妈妈哄孩子一样，好说歹说，电话那头男友才不闹腾，

清静下来。

我能感受到阿嫣是个注重感情的女孩，不由得羡慕那位陌生的哥们，他确实是找到了一位不错的女孩。

“你为什么愿意相信我呢？”我对着隔床的阿嫣说出心头的疑惑。

“你身上有种安全感，让人感到靠谱。”阿嫣直言当时在西宁愿意跟着我走的原因。

我也想跟她分享自己的故事，但不知从何说起，心里虽对这个同乡是有些好感的，但我们相遇的时机不巧，她已名花有主了。不知为何，早晨那一家人温馨的场景突然浮现在我的脑海中，这不禁让我幻想起自己以后回归生活后的伴侣以及一起为事业奋斗的画面。

隔壁床的阿嫣继续分享着她梦想中的生活，不知不觉我进入了梦乡，后面她说的什么话我也不晓得了。

在西宁分别时，我还是忍不住提醒她，关于那晚管家普达的事情，女孩独自远出行走会遭遇很多事情，希望她不要轻信他人，首先要保护好自己。

“我们还会再见的。”阿嫣最后对我说道。

17　沙漠星空

祖国西北部的宁夏，历史上这块地区一直是丝绸之路的要道，这儿有西北风光的雄辉，又兼有江南的风采，故有塞上江南的美

和伙伴在沙区中玩得不亦乐乎

称。而我亦是向往的，所以来到了其首府银川。

在银川我结识了两位青年背包客，一位是自来熟的小鹏，他来自广东潮汕地区，另外一位是来自湖南的成偲。

听说他们要到沙坡头沙漠参加一年一度的沙坡头音乐节，刚好我没去过沙漠，便相约一起出行。

隔日一早，我们来到了国家级沙漠生态自然保护区沙坡头。下车沿路走到写有“沙坡头”的石刻处，这附近是一块小沙区，我忙脱下鞋子，赤脚走进沙区中，兴奋地蹲下身来，用手捞起脚下金黄色的细沙把玩，让其缓缓地从我的手缝往下流淌，第一次触摸到沙漠的沙子，原来它是如此松软，摸着就像流动的棉团般。

我驻足在那小片沙漠区，沙漠隔着我们的母亲河黄河，对岸便

是绿洲。在沙区中放眼望向四周，有种苍凉、壮美之感，沙坡头更是集大漠、黄河、高山、绿洲为一体，看起来颇感神奇，也让我初步领略到了塞上江南的特色风景。

沙坡头紧挨着是腾格里沙漠，往西走，便是对古代来说极有战略要义的河西走廊。我知道，自己又一次亲身走入了以往书中所描写的地方来了。

从小沙区再往深处里头，才算是真正的大沙漠区，待进入里边沙漠后，才能感受到那种无边无际的荒漠之感。

小鹏他们和我一样，都是第一次见到沙漠，见到黄沙飞舞茫茫一片的景色，惊喜地狂舞双手，释放了天性，回归了童真，像开心的孩子，在沙漠追逐嬉戏着。

人在沙漠里跑不了多快，松软而热情的沙子们，让人们的脚步陷入它们温暖的怀抱中，走得缓慢。

站在高处俯瞰沙区，有现代越野车队在追逐狂奔，远处有块营地，那里置满了露营的帐篷，帐篷旁有营旗在空中飘扬。

在更远高处的沙丘上，则有人们在静观日落。夕阳西下，光芒照在游人身上，带出一道道斜影，古诗有写道："大漠孤烟直，长河落日圆。"在此时很应景。

期待已久的沙漠嘉年华音乐会，在晚上七点后举行，一到点，舞台上顿时迸发出绚丽的灯光，表演者在台上狂放地歌舞着，台下的沙池中，精力旺盛的年轻人群也在竭力狂欢、呐喊！

大伙儿一齐燃爆了沙漠的热情，让沙漠夜空的气氛更加动人，我看着心痒痒的，也跟着加入狂欢的人群中，摆弄自己略显生硬的肢体，有模有样地跟忘我的人们舞动着。

火热的气氛在沙坡头这块沙漠燃烧，直到半夜，担心夜晚的沙漠温度过于寒冷，我趁沙池人群的激情还未退却，跑到沙丘上找了一块背风的位置，搭起了帐篷。

夜晚沙漠的风很大，帐篷的钉子在松软的沙子上不易固定，大风把我的帐篷吹飞了百来米远，花费了九牛二虎之力我才把它给追回来，我用背包把帐篷底部压住，这才固定起来。

这时小鹏和成偲也回来了，我们齐坐在帐篷的门口交流，互相分享起了各自的故事。

成偲是一家公司的普通职员，平日拿着几千块的工资，因喜欢自由，辞掉了让他压抑已久工作。这次就是拿着攒了许久的钱出来旅行的，打算把钱花光了，再重新找一份工作，继续之前有些无奈的生活状态。

小鹏从小生长在潮汕地区，那里经商氛围浓郁，耳闻目染之下很有生意头脑，在高中他就开始创业，专门钻研做年轻人的生意，用挣的钱到处骑行，他也有一个很爱他的女友。

我则生长在一个普通的家庭，受着传统的教育，虽也喜欢做生意，但也不知如何下手，旅费也只能靠摆摊和兼职来支撑，相对小鹏而言，我挣钱的效率显得有些"笨拙"，也迫切想通过游历突破局限。

我们几人有共同的地方，都是热爱自由的追梦人。

我们三个大男生共挤一个帐篷，深夜我被冻醒，看小鹏和成偲睡得很香，我便独自在夜晚的沙漠中散步，思索未来的方向。

赤脚踩到沙子上，触感是冰冷冷的，像冰冻的铁砂一般，不再像白天那般温热。

走着走着，直到看不到景区灯光和我的帐篷时，我才意识到走远了，脚下这块沙区，是人们从无边无际的荒漠里划出的，是供

台下的沙池中，精力旺盛的年轻人群在竭力狂欢、呐喊着！

人们玩乐的安全区，要走出了这块有人烟的区域，很容易迷失在深夜的荒漠之中。

我没再贸然深入，转身折返，坐在沙漠帐篷入口处发呆。

抬头，星光映入眼帘，那浩瀚无垠的夜空，空寂而安静，虚空中一颗颗星星在闪烁，仿佛宝石一般，它们是那么美那么明亮。我思索着，在那神秘宇宙之中，不知哪一颗星星才是我人生的启明星，我现在该怎么做，以后的路该怎么走……

这些深奥的问题，我一时半会儿想不通，也许日后丰富了阅历，会给予我想要的答案。随着夜深困意袭来，我便不再多想，轻拉上帐篷链门，躺到小鹏和成偲俩哥们的中间，沉沉地睡了过去。

18 兰州行

“陌生的人啊，请给我一支兰州。”我被这句歌词吸引，在2016年夏季来到兰州一探究竟。

作为甘肃省会的兰州，地理位置四通八达，东接宁夏，西至西宁，南抵甘南，北达敦煌，很多人来西部地区差旅，一般都把兰州作为中转之地。

站在黄河铁桥上观看黄河风光

兰州有一道独特的风景线，可以近距离领略咱们中国人的母亲河——黄河的风光。黄河从西往东横穿了兰州，有四十多公里都是兰州段，远道而来的旅人，可以到著名的黄河铁桥上，居高临下地俯看源远流长的黄河水，将富有当地特色的黄河风光一览无余。

兰州的黄河铁桥，横跨黄河，连接两边河岸，由美国桥梁公司设计、德国泰来洋行承建、中国工匠施工的合作模式建造，至今已有上百年的历史，是兰州的地标性建筑之一。

驻足铁桥之上，我望着那奔流不息的黄河水流，就像歌谣传唱的那样："风在吼，马在叫，黄河在咆哮！"感受这浩浩荡荡的水流中，自带有的一种汹涌磅礴的大气势，我的心也变得豪迈起来。

一方水土养育一方人，黄河水域赋予兰州人独特的性格，我在这边接触的兰州男性，性格普遍都豪爽、粗犷，接触的兰州的姑娘们，身上会比南方女孩少了几分腼腆，多了几分爽朗。兰州人对远道而来的朋友，好酒好肉总是不缺。

兰州的夜，群星点缀，在白塔山山上，我俯瞰兰州城市景观，更全面地感受属于兰州浓厚的生活气息。

当地人的主食是面食，说到当地美食，不得不提到我们所熟知的兰州拉面，其实就是兰州牛肉面，只是称呼不同而已。

也许在我们外乡人看来，每碗兰州拉面就那么几块肉，味道相差无几，但在兰州人眼中，正宗的兰州牛肉面不在于牛肉多少，其精华在于汤汁，拉面一入口，他们便能分辨出来口感好坏，正宗与否。

兰州牛肉面文化是兰州代表性文化之一，当每天早晨太阳升起的时候，马路边，一个个蹲坐在面馆外吃牛肉面的人，已然成为兰州市另一道独特的风景线。来兰州旅行可以不吃其他美食，但是一定要尝尝兰州牛肉面。

关于美食，也要提到当地最广为人知的小吃街正宁路夜市，来兰州正宁路小吃街品尝美食的，不单有当地人，还有很多外地游客慕名而来。这里的小吃种类丰富多样，其中要数上了央视《舌尖上的中国》的牛奶鸡蛋醪糟最为出名，有很多游客为了喝上一杯鸡蛋醪糟，自愿去排上长长的队伍。人多的时候，可能一两个小时才能如愿以偿，哪个师傅看着年纪越大，白胡子越多，他的小吃摊前排的队伍就越长。

在兰州旅行期间，我结识了在当地任职的老师小语、还在读书的河南小哥钦宏、马来西亚的华人作家芬帅、在迪拜做糕点师的小

兰州地方特色美食——牛奶鸡蛋醪糟

会等人。我对那位来自马来西亚的华人旅者印象尤为深刻，那天我在客栈整理要出摊的东西，忽然见有两位个子不高、留着清爽短发、拥有健康古铜肤色的女孩推门走了进来，俩人热情地跟大厅里的人打着招呼。我看她们一副精悍的女汉子模样，说话却又很温和，显得很特别，且口音不似中国大陆这边的，便询问是否来自马来西亚，领头的女性神色很惊讶："你为什么听得那么准？"

"刚好年初去了马来西亚，接触了当地华人。"我笑着道。

当知道我去过她家乡柔佛州之后，我们的距离一下亲近了不少，通过交流了解到，她们俩来大陆旅行已有一段时间了，带头的女旅者叫芬帅，自称"笨女人"，是马来西亚小有知名度的作家。她"炒"了新加坡老板鱿鱼后，便与来自台湾地区的同伴一起来大陆，俩人一同走遍了大江南北，对于这趟旅程两人计划了挺久，打算要把多年的积蓄花完才回家。

我对芬帅她们俩印象都不错，也分享了自己通过摆摊挣旅费游历世界的方式，然后让她们挑一件我从西藏带回来的佛珠，免费相送。芬帅惊喜之余，也从包里小心翼翼地拿出一张自己画的象征着幸运的曼陀罗，看得出来，她很喜欢那张画，但却舍得送给我，我们也就此结下了缘分。

两天后我们在兰州分别，而后通过联系得知，她们游历完中国西北地区后去了欧洲以及南美洲地区，而后回到马来西亚，芬帅开始着手写游记。

其间，芬帅也给予了我不少帮助，从我这购买了许多东西，支持我旅行。

在她的自传《游迹可寻》顺利出版后，她第一时间从马来西亚给我寄送了两本，一本是给我留念，一本是想让我送给朋友，我很感动，这份情谊弥足珍贵。

就在我写此篇游记时，得知芬帅不幸患了重病，正在接受化疗，所以我迫切想完结整本游记，作为礼物送给芬帅，希望她能尽早康复，完成未完成的梦想。

如果没有兰州之行，我也不会结识包括芬帅在内的众多旅者，常言道，有缘千里来相会，无缘对面不相逢。

19　夜宿货车

从青藏公路搭车去拉萨，不算顺利，昆仑山口后就更难了，有时搭的顺风车，车主可能走上几公里就到了目的地，我只能接着再搭下一辆车。

有的司机虽然载上了我，但心中依然会有些戒备，这些都是正常现象，我能做的，就是在与陌生司机沟通时，尽量礼貌和自然，让气氛轻松起来。

搭车这个过程，我自然会遭到无数次拒绝，有的人会直接对我嘲讽挖苦，被拒次数多了，我也会有些挫败的心理，不过当我一次次选择不放弃、不气馁地上前询问时，自身韧性已然得到了锻炼。

日落西山，夜幕逐渐低垂，再徒步到下个站点，时间上已赶不及，为了在天黑之前找到住宿的地方，我加快了步伐。

路过一个加油站时，我发现停留的车子较多，便挨个向司机们询问过去，问了七八个人都被拒绝，最后仅剩下一位看起来五十多岁、面善、个子不高的师傅，看他正弯着腰细心摆弄着油箱，

我再次鼓足了勇气，带着真诚的微笑向他询问：“师傅您好，我是一路从广东过来，往西藏而去，方便让我搭个便车吗？”那司机抬头打量了我一眼，神情稍微有些犹豫，见此我便接着说，试着打消他的顾虑，“我实在是找不到车了，晚上没有住的地方，帮帮忙，到时候把我放在您的目的地就行。”

也许是感觉到了我的诚意，司机点了点头，道：“那可以的。”

听到他的回答，我很是惊喜，为自己不用露宿野外了而开心！

夜色中青藏公路朦朦胧胧，这晚下了瓢泼大雨，雨路很滑，短短几个小时的车程，我就见到了七起车祸现场，有一起是重型货车五连撞，货车碰撞后侧翻在青藏公路两旁，有的车轮正朝着天空打着转儿，看得我直咽了口水，额头冒汗。

开车的司机神色倒是很淡定，说道：“在这条道路上，常会看

昆仑山口，好心的货车司机让我搭上顺风车

到侧翻在路基下的货车，每天发生几起车祸都是正常不过的事情。”

我看他见怪不怪、面无表情的样子，我紧绷的身体放松了下来，希望陌生的他们真的没事儿。

青藏公路很窄，走这条道路的司机们都是用生命在跑，很不容易。它之所以没有加宽，是因为冻土等地理原因限制，无法轻易加宽道路，所以风险很高，不是经验丰富的老司机，都不建议开车行走这条“天路”。

当货车路过一段山口时，老司机指着一处山头，用遗憾的语气说道：“前段时间，有一对年轻的夫妇，在那儿卸了货后，休息了一晚，白天起来夫妻俩就被车友发现没了呼吸，他们悄无声息地走了。”原因就是高海拔地区缺氧，四千米以上海拔的地方都不太适合人类过夜。

我听后唏嘘不已，对心中依旧神秘的高原，更加慎重和敬畏起来。

司机长年跑车，走南闯北，可谓见多识广，我问起他的经历，他娓娓道来：“20 年前，我为了讨生活，跟亲友借钱买了辆卡车，走出河北，到全国各地跑车谋生，后面生活渐渐好了些，又陆续换了几台更大一点的新货车，现在驾驶的是第四辆。长途货车司机收入相对其他职业高，但也是辛苦和高风险的职业。常年奔波，我难得归家一趟，有时甚至几年才能跟妻儿相聚，每次都会想念家人，但没办法，我必须持续地工作养家，不能停下来……”

听着司机静静诉说他的故事，我的心也随着沉重起来，望着司机那饱经沧桑的脸庞，暗自叹息，心想：“这就是生活吗？”

原谅我在二十多岁这个年纪，还无法完全理解司机所分享故事中的人生道理。

我和司机的聊天话题持续到半夜，由于货车载有重货，走得不快，见赶不到下站了，司机便把货车停在路边一处缓冲带，打算天亮了再出发。

他很疲惫，走到车头备卧的地方，拿了一层厚被子盖着很快睡着了，我则要在副驾驶座椅上度过这一夜。

来青藏线之前，听说夜晚的野外会很冷，但具体多冷，到了深夜我终有体会：凌晨一点多，货车的车窗内外纷纷挂满了结霜，我通过未被冰封的小缝口望向窗外，黑漆漆的一片。

车内的温度极低，呼气成冰，我估摸得有零下十几二十度，摘了手套把手贴在车窗上，触感冰冷刺骨，就这么一会儿，手就有冻僵的感觉，我赶紧把手重新塞进手套捂暖。

此时在大货车上的我，穿上了七件薄上衣、五条裤子、三双袜子，但依旧感觉很寒冷。

也许在副驾驶上坐得太久，感觉身体都要冻僵了，我稍微活动了一下，而司机那边会跟着有响动，我不确定他是否熟睡了，或者是在有意无意地提防着我。我很想跟他借一条被子保暖，但心想对方这么辛苦了，还要去打扰他，实在过意不去，便强忍着不适之感。

我担心自己动作幅度过大，惊醒司机，让他误会我是小偷，于是小心翼翼地转动着肢体取暖，也想给他留个好印象，便于他以后遇到我这类旅行者，还继续愿意让其搭上便车。

在这货车上的漫漫长夜，我度秒如年，后半夜被冻醒来一次，就再也睡不着了，双脚脚趾处传来凉意，袜子全被冻湿了，但我又不能马上脱掉，担心会因此感冒。而此时的自己能做的只能是期待黎明快到来，身体赶紧回温。

寒夜刺骨的青藏线，差点儿把我冻成了冰块，牙齿还不停地打着颤，心里苦笑，自己这么折腾，到底是为了什么呢？

我想，就是为了吃苦和自我历练吧！

我今生应该都会记得，在青藏线上夜宿货车的冒险经历，既然有了这段不平凡的经历，那回归生活后，我一定不能做平庸的人！也是这个信念支撑着我度过了后半夜。

不知过了多久，只见东方逐渐露出鱼肚白，天亮了，我大大地松了口气！阳光透过车窗照在我身上，身子逐渐暖和了过来，司机也跟着醒来，他把挂挡在车窗上的结霜清除掉，大货车重新启动，载着我继续前行。

20 最美的风景在路上

可可西里，给人一种神圣之感，因为这里是国家级自然保护区，主要保护藏羚羊、藏野驴、野牦牛、雪豹等珍稀野生动物、植物及其栖息环境，是野生动物的天堂。

我随车经过可可西里无人区时，偶尔能看到成群结队的藏野驴、藏羚羊出没，想要偶遇其他猛禽猛兽，那就要看运气了。

有各种生灵生存的可可西里，才是人们想要看到的可可西里。

经过可可西里后的第三天，我到达海拔 5231 米的唐古拉山口，这座山是青藏线上最容易出现高反的地方，在这座山头行走脚步稍快，就会上气不接下气，更别说在这上边蹦蹦跳跳撒欢跑了。

唐古拉山上并没有可以投宿的地方，在这五千多米高海拔的地

纳木错的天空很蓝

区过夜，很容易会缺氧，一觉不醒，自此长眠，所以在高原哪儿落脚休整，是一个要讲究的问题。

过了唐古拉山不久，我偶遇两位来自重庆的青年旅行者，他们看起来还带着些稚气，二十岁左右的样子。

“嗨，大哥，咱们都是同行啊！”留着蘑菇头、个子不高的青年大大咧咧地跟我打招呼。

“大哥？我有那么显老吗？”我对他的称呼不大满意，在我的逻辑中，大哥可是指三十岁以上的男性。

“嘿嘿，那叫你哥们好了。”那蘑菇头青年看我反应强烈，便不好意思地挠挠头傻笑，他的同伴看起来稍微内敛些，此时也欣喜地看着我。据他们说，这段时间青藏公路徒搭旅行的人就那么几个，好不容易碰见一个同道中人，当然开心了！

年纪相仿的我们很快熟络起来，蘑菇头青年叫王阳，内敛些的青年叫孙辉，他们大一在读，首次组队来走青藏线，也选择了徒搭的旅行方式。我看到他们，就像看到当初刚接触旅行的自己，倍感亲切。

起初，王阳与孙辉搭的车比我快，但后面又被我赶超了，三人像是默认在比赛，看谁更受陌生司机欢迎，前行得更快些，这倒挺有意思。

当我到了青藏高原长冬无夏的五道梁镇后，在道路边徒步前行时，忽闻身后有人呼唤我。

“嗨，哥们儿，哥们儿，快来上车啊！”

我闻声转头望去，看到一辆小型房车向我缓缓驶来，只见王阳和孙辉皆坐在房车里边，他们从车窗内探出半边身子，正开心向我招手，让我上车。

“哎，是他们，巧了！”

小房车在我身旁停下来，司机也热情地打开车门，让我坐在副驾驶座上，到了车上，我和王阳他们像是老友般，默契地哈哈大笑起来，房车不是那么好搭到的，这下我算是沾了王阳和孙辉的光了，生平第一次坐上房车。

小房车后座部分放着一张大床，有个年轻的女性安静地坐在那里，依着枕头，轻笑看着我们聊天，给人一种很温婉的感觉。

经过了解，载我们三人的司机老哥叫强子，三十多岁，江西人，后面坐的正是他妻子。强子多年前曾答应过他的妻子，一定要带她去西藏看一看，今年这对夫妻终于实现了两人共同的梦想。

能在三十多岁买得起房车的人，也算是小有所成了，强子没有丝毫的架子，反而给我种很沉稳、随和的感觉，跟他温婉的伴侣很般配。

强子把我们三人载到一个叫雁石坪的地方，此地海拔高达 4700 米，见夕阳将坠，我们便在一当地人家经营的民宿休整。

大概是晚上九点多钟，我刚打了热水准备洗澡，突然觉得身体不对劲，头一时胀疼得要命，走路开始摇摇晃晃，通过手机屏幕，看到自己的整个脸竟然都呈青紫色，吓了一大跳！

我用手背贴近额头测了测温度，是滚烫的，马上意识这是高反症状。在高原上千万不能感冒，这是常识，一旦感冒发烧搞不好小命就会丢在这边。

我猜想可能是昨晚上夜宿货车时，让自己着凉了，白天一路徒

越过唐古拉山口

步搭车都没出现状况，现在傍晚突然发烧了！

“我要早些休息，也许睡一觉就好了。”我不停地安慰着自己，希望能像往年在川藏线理塘县那样，隔日早晨恢复过来。

但事与愿违，我感觉高反越来越严重，头越来越沉，身体也越来越冷，胸口闷得难以呼吸，视线变得有点迷糊，意识到问题的严重性，我衣服都没脱赶紧上床钻进被子里，强迫自己休息，脑袋疼得实在难以入睡，心里默念：“我一定要睡着，一定要睡着！”

我冻醒于半夜，发现身上只有一层被子，身上起了鸡皮疙瘩，发烧烧得迷迷糊糊的，又去拿隔壁床的被子盖上，接着又强逼着自己继续入睡。

当第二次被冻醒时，我见身体还没恢复的迹象，且越发严重，整个头颅都要爆了的感觉！于是又找了两床被子给自己盖上，想把寒气给闷出来，让身体恢复正常。

沉重的被子压得我胸口生疼，虽躲在被窝里，但我能感觉到自己在打战，浑身在发抖，难以入睡，但求生本能让我抓狂地逼迫自己：“必须马上入睡，明天必须得好转，我还有很多梦想未完成。”

“啊！一定要安全离开这里，离开这里，离开这里！！”

心底的声音逐渐从低吼变为了咆哮！也许强烈的意念使然，最后是何时睡着的我也不清楚，只知早晨被汽车启动的声音惊醒，发现自己出了一身冷汗，身体机能终恢复了正常，脸上不再是那种紫青色，脑瓜子也不刺痛！安全了，整个身心放松下来，我终是度过了又一个难关！

此事过后，我不断提醒自己牢记教训，同时也希望背包客对高原反应不要掉以轻心，在这样特殊的高原环境里，保暖是第一要事，不管早晚，都要准备好保暖的衣服，不能让寒气乘虚而入，

一旦感冒，它不单要钱，也是要命的事情。

第二天我们继续朝着拉萨方向走，强子把房车开得飞快，两天内跑了 700 多公里路程，到了虫草之乡那曲，而离拉萨也只有几百公里了，我心想：再不下车，很快就到拉萨了！不能那么快和顺利地到达终点，最美的风景是在路上，旅途多些历练才是我的初衷。

于是我便让强子把我放下来，我跟王阳他们俩约定，有缘终点拉萨见！

21　走进喜马拉雅

去尼泊尔之前，我通过各种方式，大概了解了这个我相对陌生的国度。

先说尼泊尔的位置，它位于喜马拉雅山脉南麓，是南亚内陆高山上的国度，主要说尼泊尔语。关于喜马拉雅山，很多人可能不太了解，但说到珠穆朗玛峰，应该会有不少人熟知，珠峰就在中尼两国边界东段上，其北坡在中国西藏的日喀则市内，南坡在尼泊尔境内，在地理位置上，中国和尼泊尔两个国家共享了世界最高峰珠峰。攀登高峰的爱好者，都会选择从南北坡两处开始攀爬，尼泊尔在世界知名度不小，珠峰坐落其境内是重要原因。

从中国到达尼泊尔有陆、空两种方式，陆路有西藏樟木和吉隆口岸可入境尼泊尔，因 2005 年尼泊尔大地震导致樟木道路塌方了，所以目前只有吉隆口岸通行，我选择的正是这条路线。

喜马拉雅山上的村落

在拉萨办理了签证，乘坐旅游公司的小型商务车，我从拉萨前往基隆口岸，与我同车的除了我和两位朋友外，还有其他素不相识的男女青年。司机告知我们，中途赶夜路的情况下，到加德满都还需三十多个小时的车程，白天往吉隆县走的都是平稳的沥青路，那沿途的蓝天白云、碧绿的草甸，让人心驰神往，特别是落日西沉时，行车到了一面宝石蓝般的无名湖，司机在湖边停留片刻，我们趁机下车透透气，观览美不胜收、让人回味不已的湖景。

入夜后道路的关卡众多，车上乘客基本都是在半梦半醒间被人叫醒向检查人员出示护照等证件，过了安检才能继续通行。

当我们到了日喀则市往吉隆口岸的路段时，已是深夜两三点了，车上一行人都困得不行，起初车上其他人还陪着司机搭着话，有说有笑的，后面渐渐都没了声息。之后没多久，我感到行车晃动的幅度变得有点大，心下不安，便没完全入睡。

随着车身一个比较大的晃动，只听司机急呼声在车里响起：“快，快快！来人陪我说说话，别让我睡着！！”接连重复了几次，我就坐在主驾驶后边，司机的呼声把困得有点迷糊的我给惊醒了，吓得一个激灵，整个人精神了许多。而其他人都睡得死死的，刚才车子大幅度的晃动，以及司机的急声请求，除了我竟然没有其他乘客察觉。见此情景我扶额无语：“真是一群神经大条的家伙！”

于是我赶紧陪着司机聊天，驱赶他的困意，直到清晨其他人陆续醒来，接手了“陪聊工作”，我才沉沉睡了过去。

第三天，当我们到了吉隆县后出了点问题，原因是出发前乘客已跟旅游公司约定好到口岸的车费，但吉隆县到口岸路段临时修路，司机准备把我们扔在县城，要再去口岸就要重新补 50 块钱。大伙儿不干，纷纷要让旅游公司退钱，司机做不了主，而乘客这边需要出一个代表跟负责人交涉。

我想着这关键时刻应会有人挺身而出，但等了许久没见动静，而清晨的吉隆镇气温骤降，眼见一伙人冻得哆嗦，这样耗着时间挨冻也不好，我便主动要求跟负责人通过电话交涉，来回通了几次电话，等候确定信息过程中，看同行的人或站或蹲在路边，搓手哈气，特别是几位女生，因低温天气的影响，身子蜷缩直打着哆嗦，我忙跑到附近的饺子馆，借来了一瓶热水，拿着杯子给同行的每人倒一杯热水暖身。

最后在大伙同意的情况下，我们各自补交 10 块钱，坐着车到了吉隆口岸，这个事情也算是圆满解决了。

事后我有所领悟，不管我们坐什么车去目的地旅行，出发前得挑选信誉高的公司，中途出问题也方便沟通，不至于被动。

经过这个小插曲，车上一行陌生的人，关系无形中被拉近了，毕竟都是一起挨过冻的伙伴。

通过交流我了解到车上几位女孩的名字，分别是东北女孩朱朱、青海姑娘朵朵、四川的毛毛和湖南的渔儿，还有几位是去尼泊尔投奔亲友的青年。

同行的女生和我、航长、阿坤几人比较亲近，到了加德满都一块玩儿后渐渐成了好友。

直到后来我才得知，同行女生之所以愿意跟我们交流，是因为我当初主动找热水递给她们喝。

“原来女生心思如此细腻！”我感叹道，不经意间做的事情，竟然让她们惦记了许久，也许有时缘分就是很奇妙吧。

吉隆口岸到加德满都，是进尼泊尔的第二段路，到达目的地大概还需八个小时的路程。

在第二段路，安检关卡也有十来个，中尼两边加起来则有二十来个安检口，想想就令人崩溃。尼泊尔这边都是些士兵人工搜包，到一个关卡被翻看了，接着下一个关卡还要再翻一翻，没过几关，摆的规整的行李都会变得有些纷乱，效率相对较低，单在这边过关卡就费了不少时间。

我随身带了些已做好的饰品，准备拿到加德满都空闲时摆摊挣点旅费，做代购我不清楚能否抵消旅行支出，凡事不立则废，我要做两手准备。

也许是我带的东西有些扎眼，每过一个关卡，看起来亮晶晶精致的金属饰品都会引起尼泊尔士兵的注意，我会适时解释，这些是非贵重物品。

有女兵看着我手工做的东西好看，拿在手上瞅了好一会儿，眼

睛都在发光：“哇，真漂亮，我很喜欢！”

而男兵见状会不好意思地对我说：“我也想要，能送一个给我吗？”而我也不会吝啬。

吉普车到了一处检查最严格的小屋，我们所有人都要下车，随后，我的几袋小饰品被没收了，据说我这些手工制品用了植物材料，违反了规定。正感沮丧时，同车的几位女生竟比我还着急，然后下车跟着尼泊尔士兵到办公室，不知道跟对方说了什么，最后把东西给我要了大半回来，这让我很感动，也没想到带些普通的东西过来，会有这些麻烦。

说到吉隆口岸到加德满都的路段，是出了名的烂路，山路九曲十八弯，全程颠簸，没有一块平地，过程中我的苦胆水都给呕吐出来了，在车上吃东西也不是，不吃东西也不是，整个人病恹恹的。

这个路段的路也很窄，有时头伸出窗外看车的前后轮胎，似乎就差临门一脚就会跌落悬崖，这条高山道路发生悲剧的原因大都是因司机疲劳驾驶，或者太过于自信，把车开得飞快。

当雨季来临时，这段路会更加危险，常会有落石伴着泥石流俯冲翻滚而下，一不留神人、车都会被掩埋，就算人没事儿，路也会被泥石流阻断，情况好时几个小时路就通了，不乐观的话，也许要等十天半个月才能再次通行，所以尽量不要在雨季从西藏陆路进去尼泊尔。

渐渐适应了颠簸的山路后，我恢复了些精神，望向窗外的风景，喜马拉雅山上的空气特别新鲜，山脉云雾环绕，车子像是行走在云端间，有种把手伸出车窗外便能抚摸到高空彩云的错觉。

路过些高山上的小村庄，入眼所见皆是低矮的楼房、郁郁葱葱的稻田，路边偶有裹着桶裙洗澡的年轻女性，亦有背着书包上学的小孩，他们黝黑的皮肤，穿着有些西洋风格的校服，在我们坐着吉普车路过的时候，好奇地行着注目礼，有天然小卷毛的小孩，正咬着小指头，瞪着大大的眼睛看着我们路过，萌态十足！

车上一行人也好奇地看着他们，打开窗口，开心地招呼着。

前路对面的山头，偶尔传来悦耳的鸟鸣声，一幅与世无争的人文风景画展现在我面前，加上吉普车放着节奏强烈且欢快的尼泊尔民族歌曲，让我对这些高山见闻印象更深刻了一分，不由更期待早些抵达目的地加德满都了。

尼泊尔小孩好奇地看着乘车路过的我们

22 博卡拉滑翔

说到尼泊尔，就让人想起风景优美的城市博卡拉，其以适宜的气候、众多自然壮观的山脉和湖光山色闻名于世，被誉为“东方的瑞士”。

拥有众多经典的徒步路线也是博卡拉的一大特色。Poon Hill（布恩山）小环线、ABC（安娜普尔纳大本营）、ACT（安娜普尔纳）大环线、EBC（珠峰大本营）是尼泊尔四大徒步路线。

原先的博卡拉，在中国并不知名，直到有一部国产电影《等风来》播出，当地来自中国的观光客比以往激增。

世界各国来博卡拉游玩的游客，主要集中在当地的滨湖区，这儿有一条繁华的商业长街，如果想购物的话这里能满足所需，待到了晚上酒吧营业时间，气氛会非常热闹。

白天在这边观光，会看到不少的嬉皮士，在二十世纪五十年代，有位孤独的西方先行者 Tonitagen 来到这里，而后来的是一批热爱自由的西方嬉皮士们。当地休闲的生活环境、唯美的自然环境深深吸引了他们，所以长期以来，很多西方的嬉皮士们来博卡拉这边长期旅居。嬉皮士们基本都特立独行，多才多艺，有了他们，博卡拉更显特色。

这儿还有一个著名的费瓦湖。在阳光灿烂的日子，到费瓦湖里泛舟荡漾是非常不错的体验。费瓦湖边上有很多特色的西餐厅，费用并不会太昂贵，经济水平普通的游客群体也能到里边轻松消费，到了晚上，湖边的餐厅灯火斑斓，看起来很有情调。

第一次体验滑翔活动，心里颇为兴奋

虽然我眼中的尼泊尔不是很富裕，但在博卡拉却有世界上最好的滑翔伞训练基地，我也因此慕名而来，滑翔费用也就四百多人民币一次，比国内滑翔优惠了一倍多，性价比很高。当地有新老滑翔伞公司，为了小命着想，我优先选由老教练带着滑翔。在这之前需要签一份保险合同，出现意外事故，身亡赔偿 4000~5000 美金，看着事故赔偿的金额，感觉跟闹着玩儿似的，不过看教练们对滑翔运动都轻松写意的样子，我也很爽快地签了合同。

参加滑翔活动一般都在上午，我那天起得晚，匆匆吃了些早点后，就坐着车沿着崎岖蜿蜒的山路到了山顶滑翔起点。

第一次参加高空滑翔，我忐忑不已，好在是跟尼泊尔教练两人一块滑翔，先是在山顶助力，接着带着教练和滑翔伞一跃而下，不一会儿又腾空而起，我随风起起伏伏，像雄鹰自由翱翔在天空中，尽情享受当空中飞人的感觉。

在几百米以上的高空，俯瞰下方迷人费瓦湖以及喜马拉雅山脉，心也跟着变得开阔，原来，这就是自由自在飞翔的感觉。

我选的滑翔时长是半个小时，在空中滑翔约 15 分钟后，教练突然问我："你要不要刺激些的体验？"

听教练这么问，知道他应该是要放大招了，我颇有兴趣地问他："怎么个刺激法？"

"风车大旋转，你敢不敢尝试？"教练用右手比画着小圈圈，说道。

"这个可以有啊！"看教练一脸意味深长的样子，激起了我的好胜心。

"那准备好了吗？"

"准备好了！"

我话音刚落，教练就操纵着滑翔伞，带我在高空中 360° 大旋转，急速转了几圈后，我晕呼呼地都找不到北了，还未缓过神，滑翔伞还在继续旋转。

"STOP，STOP！"感到不适，我摇手示意可以停了，但教练似乎没注意到，还操着滑翔伞继续高速旋转。感到心脏被高空气压挤迫得难受，传来的刺痛让我有些窒息，顿时呼吸不了了！

"STOP！"再不停我就挂了！急得我狠拍教练的手，他才停下来，疑惑地看着我。

我让他不要再继续放大招了，平稳在空中滑翔就行。待滑翔伞平稳飞翔后，我很快就有了呕吐感，但考虑到会影响到几百米下方的人们，我又硬生生给咽了回去，可那种呕吐感越发强烈，忍了几分钟后，实在顶不住了！

我嘴里塞满了呕吐物，说不了话儿，便转头"唔，唔"地向身后教练示意，手指着自己鼓囊囊的嘴。

“NO，NO！”教练见状，满脸惊恐地看着我，双手慌乱护住自己的脸蛋，同时面向我连连打叉！

噢！我似乎明白他的意思了，应该是让我不要喷向他，于是我扭头转向右前方，同时心里对滑翔机下方的人们致歉：“对不住了！”

“噗……”过了几秒，觉得同方向喷太多饭后残渣也不好，于是转向左前方：“噗……”随后实在是难受，也不管太多了，“噗……噗……”我 180° 扫喷。

完事后舒服多了，我挠挠头颇不好意思地看着教练，说道：“抱歉，怪我早上吃了太多东西。”说完有些不安地低下头，教练则一副生无可恋的模样，一脸懊恼地望着我，接着匆匆操纵着滑翔伞，把我送到地面草地上，一到了地面他赶紧收拾东西跑去洗澡了，因为不知道什么时候，他的裤脚上也都沾满了我刚才喷洒的残渣。

这时我看到身边不远处一群滑翔教练和乘客在一边摸头，一边望着天空骂骂咧咧的。

“估计是鸟屎！”身旁的人这样安慰道。

“不太像，怎么感觉是菜渣！”有的人不认同，马上反驳。

我不明所以，好奇走近细看了下，发现他们头上有些食物残渣，好像就是我刚才在高空喷洒后的杰作，顿时脸热得发红。

不过看此时那些中招的人们都凶巴巴的，我虽心里过意不去，但也没胆子上去认错，担心被群殴，于是赶紧悄悄溜走。

待参加完这次滑翔运动，当地人告知了我一则“劲爆”消息——就在前段时间，博卡拉发生了几次严重的滑翔事故，在不

同时间段，有几位教练和乘客在空中进行滑翔运动时坠落到草地上和费瓦湖中，掉到湖里的人保住了性命，掉到地上的人都没了，这几起严重事故导致后来滑翔费用低了许多，原来如此！不过，发生那几起滑翔事故的基本都是新开的滑翔公司，以及新教练带着的游客，所以参与滑翔这种极限运动，还是要找有丰富经验的老教练带领，没有必要省下那几百块钱找新教练。

这次参加滑翔，我就差点儿因窒息陨落在空中，滑翔属于极限运动的一种，如果在我滑翔之前就知道这则消息，那我还会选择玩吗？答案不得而知。我不是胆小的人，主要看当时有没有做好可能中途坠落这个心理准备。

博卡拉除了滑翔这项运动受到欢迎外，还有一项则是坐小飞机到加德满都，因为一年平均要出现几次事故，有的人是赶时间，有的人是为了寻求刺激，坠不坠落拼的是运气，就像我在博卡拉滑翔一样，运气不佳可能当时就出意外了。

23　旅途有苦有乐，福祸相依

一般来说，能吸引游客们到某地旅行的几个重要原因是：悠久的历史、适宜的气候、靓丽的自然景观、优质的服务和低廉的消费，而博卡拉恰巧都具备，因此，这座城市的旅游业长盛不衰。

在博卡拉，有不少可以给游客提供住宿的酒店，百十来多块就能住上很不错的酒店，很多从国内过来的投资者在当地定居、创业、开客栈、经营餐厅以及提供旅游衣、食、住、行等一条龙服务。

通过同行的航长和朱朱，我结识了涂涂、勇超等一行人。

朱朱来自东北，高挑的个子，大大咧咧的，很接地气，她直爽的性格，包括我在内的几位男生都挺喜欢；勇超来自杭州，长了一张大多人都有好感的白净的脸，听他说自己是汽车销售员，刚辞职不久；来自武汉的涂涂是一位可爱的旅行主播。

平日里，我大多时间都是独自游历或两人结伴同行，很少有超

同游尼泊尔的伙伴（左一阿坤，中间藏族姑娘朵朵，右一航长，右二朱朱）

过两个人结伴的，因为如果同行人数太多的话，想法分歧就会增加，也影响旅行体验。

这次与往日不同，我们一行6人结伴依然玩得很开心。特别是那天，大伙儿约着一起烧烤，我外出回来晚了，到了门口，发现同伴们已在门口等待许久，他们说人齐了才开吃，朱朱还特意帮我烤了不少好吃的食物，被同伴关怀的感觉，我感到很暖心。

我想，一群伙伴之所以能一块儿玩得开心，是因为大家会换位思考，互相尊重。

在旅途中，我总会接触到有意思的人，以及不为人知的故事。有天晚上，大伙儿正坐在大厅聊天，听到二楼传来朱朱惊慌的声音，我们走过去一看，她正站在护栏旁喊我："天翔，今晚你能否来我房间一起睡，我很害怕！"

"怎么回事儿？"突然收到女生这样的邀请，我有点不知所措。

大伙儿见朱朱邀请我同住一屋，脸上纷纷露出意味深长的神情。

"啊，不是的！"看到被大伙儿误会了，朱朱忙说出原因，原来是她房间的床头不靠墙，白天和晚上一闭眼就总梦到房间有陌生男性在嬉笑地看着她，她因此昨夜一夜未眠，现在还顶着黑眼圈，对我解释道："我们老家有个习俗，只有逝去的人才睡在不靠墙的床位上。"

说完她可怜兮兮地望着我，见她确实很害怕，我便应了下来，不过也不想乘人之危，便跟朱朱提议，多加一位男生一起给她壮胆，这样避免了孤男寡女同住一屋的不便，朱朱也同意了。

随后我找到航长，晚上一起住在朱朱房间，我们俩男生睡另外一张床上，见朱朱不再害怕，我很快睡着了，一夜无言。

隔天清晨我起床后，见朱朱顶着一个比往日更大的黑眼圈，有些奇怪地询问她原因：“你昨晚又失眠了？”

听此，朱朱悄悄拉我到一边，抱怨道：“天翔啊，你不知道，昨晚你们来的时候，本来我是睡得很香的，结果半夜醒来，看到隔壁床的航长正直睁眼睛望着我，我吓了一跳，之后再也睡不着了。”

我听了哈哈大笑，因为之前有了解过航长睡觉有半闭着眼的习惯，看起来就像没睡着的样子，我跟朱朱说明这情况，她也乐得不行，这个误会也解除了。

又是一天，夜幕悄然来临，航长他们还没回来，我独守客栈，下到一楼客厅时，见到一位披着乌黑长发，身着印度纱丽的中国女孩正安静地坐在客厅松软的沙发上。

我走了过去，她望向我，随之各自礼貌地笑了笑。

“你从哪儿过来的呢？”我也坐在沙发上，轻松跟她搭起话。

“从印度过来的。”女孩说完，忽然情绪有些低落。

“那边玩得开心吗？我还没去过呢。”

穿纱丽女孩并未回答，似乎因我的话想起了什么不好的经历来，眼眶渐红了，随后溢满泪花，开始轻声啜泣，我正想关心对方，她突然挪动脚步，趴在我的腿上号啕大哭，我被她突来的举动弄蒙了，一时举手无措，不知道该怎么办。

“我在印度旅行，被几个当地男人给侵犯了。”她边大声哭泣，边跟我诉说起她在印度的遭遇……这女孩因为大学毕业之后一直在两点一线的环境中工作，因此向往外面的世界，偶然听说印度是个神奇的国度，她说走就走，把一个相对稳定的工作辞掉了，独自一人来到印度。那天下午，她独自背着包，走在新德里一处人烟稀少的小巷，领略当地人文风景。

其间有印度陌生男性看她只身一人，就一直尾随着，在一个转角时那男人突然快速上前，用力把她给揪住了，她顿时惊呆了，拼命地挣扎，呼救！可那男人又叫了另外几位路过的印度男性，他们一起把女孩拖往巷子深处……

“我无法接受已发生的事实，更无法原谅自己。”这时女孩双手抱头，抓着长发满脸痛苦，“这个事情我不知道跟谁说，说了再也嫁不出去了，也不会有人理解我，只会责怪我，我只能独自默默舔着伤口，再不发泄我就要崩溃了。”纱丽女孩继续痛哭着，她的泪水早已打湿了我的裤子，碰到这种情况，我真不知道该如何用语言去安慰对方，只好用手轻轻拍了拍她的肩膀，以示安慰。

“对不起，我实在撑不住了，所以才想找个人倾诉。”纱丽女孩哭诉完后眼睛红肿，她擦了擦眼泪说道，“谢谢你！我现在好多了！”

“不客气！”我见她神态比刚才轻松不少，顿松了口气。

我很同情她的不幸遭遇，常在外边旅行的人都知道，外面的世界不完全都是诗和远方，也会有很多潜在的风险。既然选择暂时放弃安稳的环境，走向丰富多彩的世界，那么同时就要面对旅途种种未知，可能因此丢失性命，也可能获得金钱无法衡量的精神财富。

总而言之，缺少境外旅行经验的女孩独行印度，我是不支持的，如果一定要到那边旅行，也不要往人少偏僻的地方钻，人身安全是远出旅行第一前提。

我与那不幸的纱丽女孩没有细聊，也没问她名字、来自哪里，俩人简单加了联系方式，随后各自返回房间休息。

晚上我失眠了，这个世界有我们太多了解不到的事情，如果不走出去，也无法接触到那些人与事，不走出去，那世界就是那么大。

隔日一早起来，我收到一条信息，只见里边内容写道：“很抱歉，我不想别人知道自己不堪的过往，只能把你给删除，我会回家乡好好地生活，再也不会独自盲目冒险旅行了。有缘再会吧！”

看到信息，虽觉诧异，但很快理解了，她还是不能完全放下在印度的遭遇，也许还需要一段日子才能真正走出来，时间是苦痛的良药。

经此事，我心情略为沉重，暗自感叹：旅途必定不会都是一帆风顺的，途中遭遇的挫折也是成长的一种代价吧！向往远方，我们也应该有规划地远行，而不是盲目出走，旅途总会福祸相依，有苦有乐，有失有得，如意出自愿，应事过无悔。

24　电影情节来源于生活

从尼泊尔陆路返回拉萨，我们凌晨三四点坐着吉普车出发，归途前，我听说尼泊尔边关查得不严格，不知者无畏，没多加思考，我就随身带了些当地特产工艺品军刀，因担心途中东西被没收，我都把它们藏在身上，打算回国后送朋友收藏。

当晚我所乘坐的吉普车上，还有一位香港青年同行，他也是满世界各地跑的，可能都累了，我们聊的话题并不多。

出发后的几个小时里，都是赶夜路，没有一块完好的路基，车子颠簸不已，路虽差劲，但尼泊尔司机开车却生猛得很。我和香

关卡负责登记信息的工作人员

港青年在车上什么都做不了，只能是把性命依托在司机身上了，希望他开车不要走神，如果要掉下喜马拉雅山脉悬崖底，那就……

到了早晨七八点时，就遇到第一个搜检的关卡了，刚好碰上尼泊尔军队突查，不同以往这次前半段沿途特别严格，手机不允许拍照，我的手机被他们暂时没收，检查没问题才能归还。当吉普车到了检查最严格的那个小屋外时，被要求把车上所有东西搬到屋里进行搜检。

检查严格的尼泊尔关卡

一进小屋，我就看到十几位持枪的尼泊尔军人，正在虎视眈眈地盯着我们，这阵式我可是第一次见。

“你，上来！”见屋里一位士兵让同行的中国香港青年上前接受搜身，顺便让他也把鞋子脱了检查，随着对方的声音，我注意力一下转移到身边的青年身上来，

“怎么要搜身，还要脱鞋子？不是从不搜身的吗？”紧随青年其后排队的我蒙了，我来的时候都不搜身的啊，这条路线一直以来都不会对游客搜身。

“你，把背包拿上来。”接着尼泊尔士兵向我命令道，等了许久终于轮到我了，没办法，只好老老实实上去，我的背包被他们反复查看，搞得乱糟糟的。

我的背包中还有两大袋尼泊尔硬币和小额的纸币，没有达到限制带出境的额度，所以它们没有被没收。

“过来搜身，把鞋子脱掉！”检查的士兵命令我道，这时我心急如焚，心想完啦：“不知待会搜到我身上的东西后，自己会不会被关小黑屋？”

欲哭无泪的我准备上去接受“命运的审判”。

就在尼泊尔士兵手伸过来，要对我进行搜身那刻，突然听到身后有人操着听不懂的尼泊尔语在怒吼，我颇感意外地循声转头望去，只见有位高级军官正黑着脸站在小屋门口那儿，正非常严厉呵斥着正要对我搜身的士兵，大概意思应是嫌弃士兵做事磨蹭，要他立刻到门口集合。

我愣愣看着眼前这幕，自己就这样被放过了？这似过山车的情节就像电影里演的一样，关键时刻有惊无险！那瞬间让我真切感悟到电影来自生活，有些不可思议的电影情节，在现实生活中也许是真的存在！

在此之后第二个检查包裹的关口，有几位陌生尼泊尔司机也加入搜查，检查人员竟然也没说什么，这让我感到非常意外。在我没反应过来时，就被他们拿了些小饰品，由于刚好自己挂在腰边的军刀掉裤脚边了，担心跟几位司机纠缠，就默认让他们拿了。

“你走吧！”检查人员收了东西后，示意我可以走了，但就在这时，又有位尼泊尔司机顺手拿起了我背包里的戒指，定睛看了下，那是我答应帮朋友带回国的东西。

“给我一个这个？”贪心的陌生司机快速戴上戒指，接着戏谑地对我道，这行为惹怒了我，我感到非常生气：“不行！这是我朋友从你们国家买的东西，我答应帮他全部完好地带回中国。”接着又道，“这并没有违法，你也没权利拿我的东西。”

“好，好，不拿了。”旁边几位司机对于我的态度有些意外，对我讪笑着，并主动把刚才拿走的东西给回了我，身旁的香港青年看气氛有点紧张，赶紧帮我收拾东西然后上车，车上清算了下财物，损失也不算多。

这次归途真是一场冒险之旅，总结这次经验，出国旅行，我们不要随身带太多没必要的东西，该取舍的还是要取舍，就像我这次带的东西太多了，有自己的，有朋友的，归途过程有些折腾狼狈。最好能提前了解什么该带和什么不该带，也不要随意帮陌生人或者朋友带东西过境，需谨慎了解情况才能考虑帮忙。

这次尼泊尔返程很折腾，途中因一路颠簸呕吐超过四次，整个人都有些虚脱了。趁如今我二十多岁的年纪，多受点苦也好，游历中以苦为乐，快速成长。

25　来自朝鲜的一片银杏叶

从拉萨回到广州后，走到学校门口，我有些近乡情怯之感。

因为初恋女友就在这所学校，不过我们俩已经分开许久，再回到老地方，想见又担心见到她，矛盾的心理。

她是我学妹，两人通过校摄协结识，第一次约会类似网友见面，见到的第一眼，我就喜欢上这位看起来高挑又有些柔柔的、像混血儿的女生。后来俩人因共同的旅行爱好深入了解，在那次攀登黄山时，我遇到雪漫黄山奇景，灵机一动，在雪的世界中给她画了一颗爱心，通过网络表白，最终她答应了我的追求，成为情侣。

初恋女友虽然也喜欢旅行，但更重视学业，而我的内心强烈渴望通过不断的游历来成长。我一个学生党没什么资金，平日假期我没有去约会，而是拼命地去做兼职挣钱，但挣的钱，对我的旅费需求来说是杯水车薪，更别说能支撑两个人的旅行了。有时自个儿说走就走，也没规划好旅行和生活，因此忽视了她的感受，后来她提出分手，我花了很长一段时间才走出来。

我心里明白，如果想要追回她，自己必须要放弃内心的旅行梦想，安心下来完成学业，并认真地去挣钱，然后两个人一块努力。

但这充满了不确定，不知她能否愿意在毕业后与我一起从零开始努力奋斗，同时内心又极其不甘心一生就如此，以如今的能力，我如果规规矩矩完成学业去找工作，只看到未来平庸的自己，看不到充满无限可能的未来，给不了她未来想要的生活。

这个阶段的我，迫切地通过各种方式自我提升，虽想脚踏实地地去做事儿，但想不到有比旅行更好的方式，来让自己急速提升，除了旅行，我并不知如何去做。

经过内心无数次挣扎纠结，我还是狠下心选择了环球旅行的梦想，也许未来哪天我未娶，她未嫁，我们还能再续前缘。

就像学习偏科一样，我太过于专注于旅行了，不珍惜宝贵的大学生活，不单导致失去初恋，也疏忽了跟生活上的朋友交流。朋友间的感情需要维护，我把所有的心思都花在如何挣取旅费、到处游历这块，长久下来，以往熟络的朋友不再亲密。

在偌大的校园闲逛了许久，我没有发现一个熟人，想约个人出来聚聚聊聊天，也不知道找谁好，夕阳下坐在操场石阶上发着呆，突然有种物是人非的感触。时间如白驹过隙，改变了很多东西，大家各奔前程，再难相聚，时间从来不语，却能回答所有问题。

“在生活中，已没有一个能与我交流的朋友了吗？”一心一意狂热地旅行让我得到很多，也失去很多，一时间，形影相吊的我内心深处感到无限的落寞，同时打算在广州小待一段时间，就继续踏上旅行之路。

“嘟嘟！”微信传来了信息提示，我定睛一看，原来是远在朝鲜留学的慧子来信：“天翔，我在朝鲜即将毕业了，不久后回国，想给你带一个小礼物。”

看到这个消息，我有些惊喜，原来还有一位朋友把我放在心上。在我印象中的慧子，瘦瘦的，喜欢穿碎花裙子，很有亲和力，文文静静中带着书卷气。她家在广东中山，是读朝鲜语专业的，大一时我们在校园某社团认识，后来又因参与众筹西餐厅创业，共事过一段时间，她欣赏我积极向上、洒脱的态度，我认可她的努力，所以成为好友。

2015 年初，她被学校公派到朝鲜金成日综合大学留学，至今我们还保持有联络，弹指两年时光已过，她即将毕业归国。

我没去过朝鲜，对它也非常好奇，所以推迟了出发的时间，打算等慧子回来后，再好好坐坐聊一聊。

慧子回国后，我们如约相聚在学校附近的餐厅，老友相见格外开心、交谈中，慧子轻缓地拿出一个精致的礼物盒，那小心翼翼的样子似乎里边有什么贵重的东西，这引起我的好奇。慧子把它递交给我，我打开看了下，原来是一张明信片，明信片正面印有朝鲜白头山的风景，背面贴有一片金灿灿的银杏叶，看起来很特别，吸引了我的眼神，银杏叶旁边则写着她在朝鲜留学时的成长，还有对我这个好友挂念的祝福语，我深受感动。

在旁的慧子笑着对我道："银杏叶来自我就读的朝鲜金成日综合大学，只有 10 月份才会飘落，我很喜欢，便收集了一片送你。本想直接从平壤给你邮寄明信片，但担心你收不到，所以我便随身携带着它，现在终于交到你手上。"

见此，我心里感到温暖极了，礼轻情义重，这份来自千里之外、弥足珍贵的情谊值得我惦记一辈子。

接着，慧子分享起她在朝鲜平壤留学时期的见闻，我静静倾听着。

她留学所在的朝鲜首都平壤，是当地城市化最高的一个城市，平壤周边基本都是以农业为主的农村，一望无际的农田、四面八方的资源助力着平壤的发展。慧子所留学的金成日综合大学，是朝鲜最好的大学，在大学里，一般四人一间宿舍，但一个宿舍里边必定分配有一个朝鲜的学生作为舍友。

朝鲜从小学到大学全免费，毕业包分配工作，最后能去接待外宾的，都是从金成日综合大学里精挑细选出来的极为优秀的一群人，所以就算是金成日综合大学生，也没人会骄傲自满，都会很努力地学习。

朝鲜对来自各国的留学生，有较宽松的管理制度，所以一到假期，慧子就和同学们在朝鲜一些名胜游玩，拍照留念。朝鲜东海岸的金刚山、中朝边境上的白头山天池、有“三千里锦绣江山皆名胜，未见妙香山莫谈景”之说的朝鲜四大名山之一妙香山等都留下了慧子和同学们的身影，她也对在朝鲜这段留学经历有了极其深刻的印象。

慧子分享的对朝鲜的见闻，引起了我的兴趣，有机会，我也要去朝鲜走走看看。

天下没有不散的宴席，与慧子作别后，我把那片来自朝鲜金成日综合大学的银杏叶珍藏好，重新背包踏上旅途。

不管以后怎样，我都会记得慧子这位好友，她在我最失意的时候，亲手带回的那片银杏叶，温暖了我内心深处的孤独。

26　古老泉州，人怕接触

从拉萨返回广东休整了一段时间后，我接着跟阿坤汇合于广州。我在中国地图上，随机划选了福建省的三个城市——厦门、福州以及泉州，作为我们下站的旅行目的地，亦因此跟泉州结缘。

泉州虽是历史文化名城，但它不算一个热门的旅游城市，来这儿观光的游客相对稀少，不像厦门那样人们耳熟能详。

泉州整个城市生活节奏不快，显得安静又祥和，且到处弥漫着古老的人文气息。强有力的经济体，厚重的历史文化底蕴，是泉州展现给我的第一印象。如果喜欢看古迹的人，那来泉州就对了，这儿自然景观虽不多，但却不缺少人文古迹，这是一座适合深度旅行，一定能让历史爱好者流连忘返，不会失望而归的城市。

泉州历史悠久，自上古周秦时代，此地就已开发，西晋年间中原发生五胡乱华，大量河洛人衣冠南渡，定居于泉州晋江、洛阳江两岸，给当地带来了丰富的生产力，泉州自此兴起。迄今泉州部分家族的姓氏对应一个或多个郡望堂号，代表了一些泉州人的古代中原来历。

在经济方面，泉州港与广州港、宁波港并称为古代中国三大港口，唐朝时，泉州成为世界四大口岸之一，在宋、元时期泉州成为“世界第一大港”，对外贸易异常发达。旅行家马可·波罗在游记中称誉泉州为“光明之城”。如今的泉州，更是被联合国唯一认定为的“海上丝绸之路起点”。

不了解的人，还以为福建经济最发达的城市是厦门，其实不然，泉州才是福建经济最发达的城市。

泉州地理位置临近台湾海峡，主要说普通话与闽南话，是中国侨乡、海外华人和台湾同胞的主要祖籍地。地缘因素影响，泉州跟台湾地区经济文化交流非常频繁，泉州也是台商重要的投资区。泉州之所以经济走在福建省其他城市前头，它跟台湾地区以及海外国家频繁的贸易交流，是重要因素之一。因为与台湾地区交通便利，所以泉州籍赴台谋生和求学的人也非常多。

多元化，是我对泉州的第二个印象。

多元化首先是宗教方面有所体现，各种宗教的雕像、寺院、教堂林立。在古时繁华的泉州，吸引了世界各地的宗教人士来此地传教，并由此辐射传播向中原腹地。如今的泉州有“世界宗教博物馆”和“东亚文化之都”的美誉。在南宋时期，著名思想家朱熹游泉州时曾感慨：“此地古称佛国，满地皆是圣人。”这应是对泉州宗教最好的诠释。

多元化再一个体现在当地多民族方面，泉州是多民族聚居的地区，除汉族之外，还有 48 个少数民族聚居在泉州这个古老的城市。

走在泉州的古街小巷，我偶尔会看到些金发碧眼、头上插着鲜艳羽毛的女孩，不禁惊讶，跟当地人了解后，才知晓她们并不是外国人，而是中国人。追溯其渊源至唐宋时期，在那时随着中国和阿拉伯国家政治、经济、文化密切往来，作为东方海上丝绸之路起点的泉州，更是繁华无比，对当时世界各地的人们有着强烈的吸引力，其中大批波斯商人移民在泉州，在当地永久定居置业任官。长年下来，他们和泉州本土的汉族以及其他少数民族通婚，遗留的部分后裔，正是我如今在泉州古街巷所见的金发碧眼的女孩们。

热情、包容、拥有开拓精神是我对泉州的第三印象，在泉州遇到的女孩阿琳，让我对泉州的印象更加深刻。

那天晚上，我和阿坤两人在一家国际旅馆大厅闲聊，商讨着接下来的行走路线，这时大门被轻轻推开了，一位青春靓丽的姑娘悄悄地探进头来，看到大厅有人，她便很不好意思地朝着我们吐了吐舌头，显得有些俏皮可爱，接着她直了直身子走进大厅，我们眼神一下子被她吸引了，只见她拥有一头乌黑的长发、高挑的身材、白嫩的肤色，还有双大而明亮的眼睛，看起来落落大方，

每旅行到一个地方，我都会去当地博物馆看看，这可以让我更快地了解当地的人文历史

一副邻家女孩模样，满满的生活气息。我看那姑娘青春靓丽，跟我不是一个世界的，应该不会产生交集，于是起身准备上楼休息。

“Hello！你是过来找我们玩的吗？”这时，坐在凳子上的阿坤突然开口，我瞬时惊呆了，阿坤这小子跟随我走了几月之久，可未曾见他胆儿这么肥过，这应是他第一次主动搭讪女孩子。

“啊，不是的不是的，我过来找朋友玩的。”女孩显然对阿坤的搭讪出乎意料，脸一下子红了，慌乱得连连摆着小手，示意那是天大误会。看到这幕，我和阿坤都被她逗笑了，觉得这女孩挺好相处的。

这也让我领悟到，结识新朋友有时需要主动创造机会，正是阿坤的开腔，我们又多了一个朋友。人怕接触，也许真正接触后，就没我们原本想象中的那么难接触了。

就这样，我又坐了下来，三人互相介绍，女孩名字叫阿琳，

在读研究生，说话有点嗲嗲的，她在华侨大学就读，家就住在附近。因父母白天出去还没回来，她一个人怕黑，就来朋友开的旅馆坐坐，消遣下时间，随后就是我们就看到的，她俏皮地探头进来那幕。

阿琳也很喜欢旅行，不过她身边没有太多喜欢旅行的人，所以一直未找到同行的小伙伴。她说在家乡泉州，跟其他沿海地区的闽南人一样，爱创业喜冒险，也很团结，他们很喜欢一句话："爱拼才会赢！"崇尚外出闯荡。

别看阿琳娇弱的模样，在这样一个充满开拓和冒险精神的环境中成长，她胆子也挺大的，一旦有了想法哪怕害怕，也要去实践，这跟我勇往无畏的信念有些相似。

她给我们讲述了自己的一个小故事。有次她特别想去香港，但一直找不到小伙伴，所以她鼓着胆子独自出了远门。到了香港，因初出茅庐没经验，当晚就选错了落脚之地，住在一个外国务工者聚集的大厦，居住环境显得很凌乱没有秩序。

她那晚在房间无法入眠，躲在被子里害怕得发抖，但却没有后悔，因为她是泉州人，有敢打敢拼的精神，相信自己能行。

听着阿琳的分享，在安全方面我着实替她捏了一把汗，聊着聊着，阿琳说她很厉害，读研的同班男生都很佩服她，掰手腕这块，没有一个人能赢得过她，不过同班的同学中，好像就她一位女孩，其他都是男孩。听到此，我和阿坤对视一眼满脸怀疑地看着手臂纤细的阿琳，是不是其他的男生特意放水了？

她见我们不信，便得意地说道："哼，我是说真的，不信你们试试。"

"试试就试试！"旁边的阿坤听完，更是不服气了。

首先由我跟阿琳掰手腕，感觉她没多大力气，赢也不是输也不是，最后我选择放水，两人平局。

阿坤见状则一脸不满意地看着我，意思是一个小女生都赢不了，接着，他抡起胳膊跟阿琳掰手腕，结果不到半秒阿坤就赢了，他则得意扬扬地说阿琳不给力。阿琳瘪了瘪嘴，疼得揉了揉手臂，有些沮丧，眼泪汪汪地看着我们道："难道以前都是别人谦让我的吗？"

我则捂额一脸无言地望向阿坤，这小子也不知道让着点儿女生，最后我们都哈哈大笑起来，几位萍水相逢的年轻人在这一刻，像是成了认识多年的好友。

阿琳离开之前主动把电话留给我和阿坤，嘱咐改天要找她玩儿，她可以带着我们逛逛泉州，吃地地道道的美食，这让我们有些感动，这位温柔的泉州女孩子跟其他人不一样，一点美女的架子都没有，相处起来让人很舒服。自从我们来到泉州这座古老的城市，接触的泉州人，都很友好和热情！

泉州适合慢慢地深度游，这是我和阿坤的共识，哪天回归生活，都有了稳定事业后，我们打算再开车自驾来泉州这座古老的城市，慢慢在当地走一走看一看，和阿琳再聚一聚。

27　旅居厦门

背包行走在风光无限的滨海城市厦门，美丽的环岛路两旁，绿草茵茵，徐来的海风把我吹得浑身透凉，使得全身毛孔舒展开来，

那感觉舒爽极了，就像与风儿相拥一般。

举目远眺一望无际的大海，海浪里出没的一艘艘渔船，掩映在鹭岛厦门亚热带海洋性季风气候中，白城沙滩上，偶见回归的海鸟，在海面盘旋嬉戏追逐着，一副人与自然和谐的画面，适宜的气候让人感觉很舒服。

初来乍到，我与厦门彼此还陌生，了解当地历史，是我能最快熟悉这个城市的方式之一，充满异域风情的鼓浪屿，是了解厦门历史一个很好的切入口。

当我真正到了鼓浪岛屿时，看到那些清朝时期建造的西式建筑以及现代还在运营的欧式私立小学，顿感大开眼界。

说到鼓浪屿，不得不说下它的相关历史，在 20 世纪初，由于当年清政府的无能，被迫与美、日、德等国签订《厦门鼓浪屿公

扬帆出海，悠闲的旅居生活

共地界章程》，被列强正式明确为公共租界。列强与其仆从国都在岛上建立了领事馆、教堂、洋行、学校、医院等诸多建筑。后来太平洋战争爆发，日本独占厦门市及包括鼓浪屿在内的厦门诸多岛屿，1945 年日本无条件投降后，鼓浪屿重新回到厦门人的怀抱中，从此鼓浪屿结束了 100 多年被西方列强奴役的历史。

我带着颇为复杂的心情，观览鼓浪屿的“万国建筑”，一百多年后的今日，它们看着依旧美丽和牢固，对比之下，可想当年清朝发展的落后。

这些历史遗留的铁一般的证据，无一不在告诉着我们后人一个真理——落后就要挨打！

我移步到厦门的大炮台，继续去了解清代厦门将士御辱抗敌的历史，也从大炮台博物馆中知晓，当年解放战争时期的炮打金门的大概过程，从厦门史记中见闻千百年来发生在这块热土上那些可歌可泣的故事……不知不觉中，心里已对厦门这个滨海城市多了一份熟悉和亲近。

因此，我与同伴阿坤决定在厦门旅居一段时间。

在厦门旅居的那些日子，每到黄昏时分，得闲我就与阿坤到曾厝安马路边的天桥上，摆摊攒路费，我们分两个摊位，挣的钱一起分。

也许是看到我和阿坤经常出摊，青旅的住客们慢慢关注到我们，经过交流，我们这才慢慢熟络起来，他们都在好奇我卖的东西，经过推销，几乎每个人都跟我下了订单。

我因此也结识了一群新朋友：来自陕北的摄影师李麓，看起来有点迷糊老不在状态，常年旅居厦门，偶尔帮游客旅拍挣点生活费，非常喜欢我手工制作的饰品，但身上没什么钱，于是她提

议给我拍照，作为交换，我要送一个自制饰品给她，我欣然同意。她帮我拍出来的人像作品，非常具有高级感；来自广西，在厦门边旅行边打工的小羊和舞者李润；在山东工作，不久前偷跑出来，性格直爽的香香；刚走出大学象牙塔的萌妹子园园，跟她不熟的时候给人一种生人勿近的高冷感，熟络后有点黏人。青旅里有个叫老冯的东北哥们很喜欢园园，但她又喜欢跟我和阿坤玩儿，觉得我们边摆摊边闯荡天涯的方式很酷，后来园园得知我和阿坤即将去下个城市旅行时，她打算要跟着我们走，我担心麻烦，并未同意。每每看她略带幽怨的小眼神，我就乐得不行；义工小六，忘了她是哪儿人，只记得她性格大大咧咧的，做菜非常好吃，看我每天摆摊，特意支持我而买了一些东西；来自广西玉林的流浪歌手秦聪，他背着一把木吉他流浪，带着300块钱，一路卖唱挣钱一路旅行，到我们相遇时他已经出门了七个月之久。小六是他的迷妹，俩人常在傍晚时分到海边惬意地散步，偶尔看着他们俩成双成对的背影，我有些羡慕，这个阶段的我太穷了，每天为了攒旅费而费尽脑汁，感情对我来说是一种奢侈品。

往往我们青年时期结交的朋友，会比较简单和纯粹些。

旅居厦门那段时间，我每天过得都很充实，与新结识的朋友们一起吃饭、逛街、唱歌、彻夜畅谈、一起看海边的日出日落……

夜晚偶尔独自到海边坐在松软的沙滩上，跟周边陌生的游客一起，听着流浪歌手秦聪那悠远而惆怅的歌声，引起思绪，如果我也有唱歌这一技之长，那我会背着吉他环球旅行，把世界五大洲都走一遍。

小时候我也很喜欢唱歌，可每唱一句就会被我父亲责骂，他觉得唱歌是花里胡哨的，后来音乐老师看上了我的声音天赋，想让我学音乐，因父亲的不认可而作罢；小时候我喜欢画画，作出的画充满了想象力，但我父亲觉得那是没用的，然后我不再画画。长大后我喜欢上了旅行，当再被否定时，我毅然决然出发，我想未来某天有后代了，我会鼓励他勇敢追求梦想，放任和指引他去做自己喜欢做的事情，而不是去压制着，那样小孩长大后一无所长，走出社会反而会被动。

就像现在的我好像除了勇敢外，其他的都不会，后面我应怎么去游历，才能学习到更多不一样的事物，去补偿年少时的些许遗憾呢？想着想着，不禁入了神……

28　阳朔西街

“桂林山水甲天下，阳朔山水甲桂林”，要说中国最美的山水在哪儿，那首数桂林阳朔。

阳朔风景区主要集中在漓江两岸，漓江有一段在桂林，有一段是在阳朔，桂林到阳朔中间的一段路程，可坐竹筏畅游漓江。

我刚坐上竹筏驶入漓江，眼球就被周边优美的自然风光所吸引，目之所及，两岸奇特的喀斯特地貌上柳树成荫，周边既有重峦叠嶂又有孤峰四立，云山重叠给我种奇秀俊美的既视感。

漓江的山水相融，互相掩映，竹筏顺流而下，越过山一重，水一重，其中杨堤到兴平段，是最美精华段，这段水程山清水秀，洞奇石美，能清晰见到九马画山和黄布倒影，黄布倒影是我们20元人民币背景图取景之地，也是现代摄影师们、文人墨客们来阳

朔漓江的必到之地。

站在竹筏上放眼四望，只见江面平如镜，清澈见底伸手可触，刚好这时空中也下起了蒙蒙细雨，我举目远眺，烟雨漓江中，有一叶小舟在渔夫的划动下，驶向远方，远处山色空蒙，云雾缭绕，偶有清脆的鸟鸣声在群山间来回荡响，一副天然的山水泼墨画展现在我眼前。

此情此景让我激动不已，脑海不由浮现出“两岸猿声啼不住，轻舟已过万重山”诗句，诗中所描写的优美意境，与我如今在漓江上所见有所吻合，顿时也有些理解为什么李白诗句都写得那么豪迈，因为大自然鬼斧神工的杰作，赋予了诗人博大的胸怀，我想，游历山水，见识过天地间绝景的人，心胸都小不到哪儿去。

呼吸着漓江清新的空气，整个人变得舒爽无比，有飘飘若仙之感，在这种如古画般的环境中，简直是一种顶级的享受，不管是视觉上还是心灵上。

美中不足的是，我此时来漓江还是早了，一月份并不是漓江的汛期，水位不够高，所以竹筏不能渡过有些浅水的地方，以免搁浅。

听掌筏的师傅说，夏季来阳朔最好，那时漓江天气清凉，也逢雨季，江水满两岸，植被逐变绿色，每当下雨，会频繁出现烟雨漓江的绝景，所以夏季是游玩漓江最佳季节。

电动竹筏如离弦之箭，在漓江上开得飞快，短短一个多小时已到了目的地阳朔西街附近。

白天的阳朔西街游人不多，三三两两在街上闲逛，偶尔会看到一些外国人带着中国妻子和混血儿子在街上悠然踱步，一些酒吧、咖啡厅、餐馆也随处可见外国人的身影，当地人早已见怪不怪。

临近春节，阳朔西街到处挂满了喜庆的红灯笼，节日气氛十足

为什么这边外国人如此常见，这要说到它的历史。

阳朔西街是一条具有一千多年历史的老街，历史积淀之下，小小的长街浓缩着中国传统文化的精华，在以前国内旅游业未曾开发、百废待兴之时，欧美人无意发现了这个充满天然灵气和东方文化的地方，吸引着急于了解中国的外国人蜂拥而来，同时，他们也带来了西洋文明，使得西街成为中西文化的一个交汇点，后来外国人来得越来越多，因此西街也被人戏称为“洋人街”。

外国人纷纷来这里工作、生活，有的干脆与中国女性结合长久定居下来，到阳朔旅行的外国人大多讲英文，受环境影响，常驻西街的国人，基本都能说上几句流利的英文。

除夕前夜，大概八九点钟的时候，阳朔西街上点亮了满街的霓虹灯，西街人头攒动，纷纷攘攘，好不热闹。晚上阳朔气温渐冷，

我穿得单薄，在寒夜中顶着凛冽的寒风出摊，冷得鸡皮疙瘩都起来了，连打着喷嚏，但直到夜晚十一点，依旧没有开张。眼见西街店铺陆续关门，我只好收拾东西，匆忙回到宿舍，这样的生活，已成为我旅行的常态。

在阳朔待的那几天，我结识了一位同样孤独的吉林女孩小亮，她名字跟我高中男同桌一样，小亮是一位在职医生，剪着一头短发，看着很干练。

我们组成了临时搭档，租了一辆摩托车，沿西街一直往南环游十里画廊，走兴坪古镇、遇龙河、象山、银子岩再返回西街，中途我们开车摔了一跤，还好都是皮外伤。

“阳朔太美了，我从没见过如此美的自然风光，以后还要到此一游。”

“我第一次一个人出来玩，像出笼的鸟儿一样，太开心了。”

“第一次跟陌生人搭伴一起玩儿，而且还是男生！”

待我们熟络了，小亮开心地跟我说个不停，她向往我流浪的旅行生活，我何曾不向往她在围城里过着朝九晚五、稳定的日子呢？旅途不会总是美好的，也要经历很多酸甜苦辣之事。

她喜欢阳朔这边的山水，想多待几天，但她的年假就短短几天，时间到了必须赶回上班，所以玩得不算尽兴。

看着小亮匆匆忙忙来阳朔玩儿，又匆匆忙忙离开的背影，我陷入思索，上班族的时间太少了，就像挤牙膏一样，才挤出那么一点儿，这样的状态，对我这么爱自由的人来说，实在过于折磨。

虽然达不到既能朝九晚五，又能浪迹天涯乌托邦般的理想状态，但我希望某天回归生活后，还能做着自己喜欢的事情，梦想重在实践。

29 龙脊梯田

龙脊梯田，分为金坑（大寨）瑶族梯田、平安壮族梯田，游人一般先到的是大寨，寨里车辆并不能进去，只好下车步行上山。

有“世界梯田之冠”美誉的龙脊梯田，始建于元朝，完工于清初，至今已有 650 多年历史。梯田海拔由低到高 380~880 米，我走到梯田的最高处放眼望去，下方的梯田千层万级，从山脚一直盘绕到山顶，绵延数十里，看起来气势蓬勃，极为壮观。

寨民的木楼群建在山里田间，在这些难以想象的陡坡上，当地寨民凭着坚韧的毅力和非凡的智慧，创造了龙脊梯田，让其成为世间绝景，实乃可敬！

傍晚时分的龙脊梯田炊烟袅袅，在弯弯的石板小路上，不时会看到一群群穿着特色民族服装的红瑶族姑娘，她们唱着山歌嬉戏着，沿路走下山去，给梯田的风景增加了一份灵动的活力，伴随着梯田山间清脆的鸟鸣，给我种与世无争之感。

据当地人说，我们来的不是最佳季节，龙脊梯田的景色随季节的更替而变幻无穷，所以四季有四景：开春之际，龙脊梯田水满田域，层层银带反射着天光；炎夏时，嘉禾土归，绿浪荡漾，缕缕清香；隆冬，银装素裹冰雕玉砌，仿佛唯美的水墨画世界；最美的就是金秋时节了，9 月到 11 月龙脊梯田秋收，整个龙脊山上漫山遍野的稻浪，闪闪金光，十里稻花飘香，来了绝不虚此行！

听了他们的分享，我心痒痒的，心里早已规划着下次来的时间，不过如果选择景最美的时候过来，游客也必然非常多和喧嚣，

苗族女人唱着快活的山歌，沿着石阶而下

到时就不像现在游人稀少和静逸，可谓有失必有得。

此时龙脊梯田上的客栈基本是息业状态，大多客栈老板都“跑路”了，他们要等到寒暑假旅游旺季时才会重返老地方再营业。

在我走在半山腰间时，略带伤感的音乐突然从周边响起，思绪顿时把我带入往事中，蓦然回首，似乎我因执着的旅行历练失去很多东西：疏远的亲情、各奔东西的朋友，以及流失的校园美好时光，内心倍感孤独，一下红了眼眶，在原地默默驻足了好一会儿，才慢慢平复了波动的情绪。

既然错过，那就错过了吧，自己选的路，不管对错都不能后悔！要追寻梦想，就必须要忍受孤独。

我更坚定了脚步，循着刚才音乐传来的地方而去，原来那是从一家客栈传来的，客栈外观修建得很精致，门口有个干活利索的老阿姨，她看见我和廖哥后，便赶忙过来招待，原来这位老年妇女是客栈老板的母亲，老板夫妇出去忙活儿了，稍晚才会回来。

天色渐晚，我和廖哥就决定就地住下，在我上二楼阁楼间放行李时，发现上边摆放着些专业的摩托车护具，听老阿姨说那些都是她儿子的，我想她儿子也许跟我们一样，都是旅行爱好者吧。

当我们上楼休息时，客栈陆续来了两对新客人：一对中年夫妇，一对年轻夫妇。那老阿姨看我们都要找吃饭的地方，就让我们稍等会儿她儿子，因为她儿子做菜特别好吃。我们也不想在山上寻找其他的餐馆了，便依她建议等候老板归来。

不久老阿姨儿子便回来了，是一个看起来很豪爽、壮实的东北青年，在他的建议下，大伙儿干脆就一起拼饭，老板做的菜确实是色香味俱全，让饥肠辘辘的我们垂涎欲滴。

酒能助兴，借着酒兴，一群还陌生的人聊了起来。中年夫妇是来自北京的朝鲜族人，平日住在北京教韩语。他们夫妇俩是丁克族，没有孩子操心所以身心很自由，时常在假期时间自驾游中国，过着像神仙眷侣般的生活。另外一对是来自贵州、在珠海发展的斌哥夫妇，他们俩到广东打拼，从当初一无所有到现在事业有成，俩人还没有小孩，也是只要一有假期，就会自驾出来游玩。客栈老板叫龙舒，他也跟我们分享起了自己的故事，今年他 27 岁，几年前他也是跟我一样，通过各种旅行方式走南闯北，差不多把中

国走遍了，直到有一天他来到龙脊梯田，被当地的瑶族姑娘看中，最后俩人相恋，龙舒也留了下来，在此开了间客栈扎根。他的母亲偶尔也从东北过来帮帮手，打理客栈日常，说到此，一个年纪看着也是 20 岁出头的清秀女子抱着一个白白胖胖的宝宝从门帘那里走出来跟我们打招呼，没错，她就是龙舒的妻子。

“说实话，我真羡慕你啊。”这时龙舒却认真地看着我道。

“我吗？”我指着自己，带着惊讶向他确认，觉得对方似乎没有理由会羡慕我，因为如今他有了美丽的妻子，还有一个可爱的孩子，有他的事业，而我还在游走四方的路上，漂泊不定。

“对，你还年轻，我要是在你这个岁数，有所规划地游玩就好了，绝对要比如今过得更加好。”说完他带着些许遗憾，小叹了口气。

听到龙舒的话我也陷入沉思，不知他的遗憾是因结婚了暂时放弃了旅行的梦想，还是其他，不得其解。同时我产生了新的困惑，如今的我只会做短期规划随心旅行，但怎么去做长期的规划？如何在几年过后，到了龙舒这个年纪，让自己能有更好的状态？这些疑问我还没有答案。

见气氛因聊的话题变得有些沉闷，龙舒打算给我们弹唱助兴，没想到他还有这般技艺，伴随着吉他动感的旋律，听着他放荡不羁的歌声，我突然有些理解他妻子当初为什么会看上他了：少数民族的女孩多情，龙舒是个多才多艺的汉族浪子，才子佳人确实很搭对。看着他们俩，我心想：不知何时，我才能遇到我的那个她。

龙舒弹唱兴起时，更加放开自我狂放地高歌起来，北京丁克夫妇和斌哥夫妇也在忘情地拍打着桌子并发出和声，放声唱和。此情此景，让我想到电影《笑傲江湖》知己对歌的画面，我如今背包行走天涯，不正就处于“江湖”中吗？

我和廖哥俩人比较内敛，不善于表露，但受这个热烈气氛的影响，心情也是激动不已，

丁克老哥是性情中人，说道：“我们本是萍水相逢，能在今晚的龙脊梯田结识，一起聚餐，也是一种缘分，不管日后在何方，也不要忘却今晚难得的情谊。”

听了他的话，我们都认同地点了点头，五湖四海皆兄弟，男儿相交一杯酒，人生短短几个秋，今夜不醉不罢休。

一群人畅聊持续到深夜，天下没有不散的宴席，我们终还是分开，山不转水转，来日再相逢。

隔日临走前，龙舒私下把昨晚部分聚餐的费用退给我，并说道：“我也是过来人，很能理解这个阶段的你需要钱，不必交那么多。”我接受了他的好意，心里暖洋洋的。

临别时的丁克老哥也直白地对我道：“小弟，你特别纯粹，身上没有什么陋习，希望日后你能成为一个人物，要保持本色！”

我不知什么叫纯粹，经常跟自己讲的坚守初心，也许就是丁克老哥所讲的纯粹吧。望未来某天我回归生活，还能初心依旧。

30　不夜城澳门

位于东南沿海的澳门，与繁华的香港隔海相望，北边临近宜居城市珠海，从珠海拱北口岸去澳门很方便，只需在港澳通行证上签注一下就好。

澳门是一座古老、久经风霜的城市。

17 世纪，澳门曾被荷兰侵占，后被民族英雄郑成功驱逐。

19 世纪初，无能的清廷，使得澳门成为葡萄牙的殖民地。1999 年 12 月 20 日零时，澳门回归祖国，中国人民不禁欢呼，普天同庆，一齐传唱着《七子之歌 · 澳门》，“七子”之一的澳门，终于回到母亲的怀抱中来。

经几百年欧洲文明的洗礼，东西文化的融合共存，使澳门已成为一个风貌独特的城市。

如今的澳门，是世界四大赌城之一，是世界上人口密度最高的地区之一，也是全球最发达和富裕的地区之一，赌博娱乐业和旅游业是澳门经济的支柱产业，被世界誉为不夜城。我一直对这个城市的风俗文化感到好奇。

首次去澳门，我是为了中转去泰国，从澳门国际机场中转到其他国家，机票比较优惠，并打算在此地小住几天。

来到拱北口岸，我了解到许多澳门居民通过关口跑来内地珠海这边采购生活用品，他们会一次性采购几天甚至一周的存量运回家中。相对澳门的高消费，珠海的物价是相当的划算，有先见之明的澳门居民，会在珠海拱北口岸这边购买居住房，拱北口岸的房价一直居高不下，也有这个原因。珠海及其他城市的人们也会从拱北口岸蜂拥进入澳门，他们主要是为了游玩、买相对奢侈的东西，或者带着儿女到澳门上学。

从拱北口岸进入澳门，还需过一个澳门关口，在那里检查了签注之后工作人员才能放行。待过了拱北关口，很多穿着光鲜亮丽的内地游客便从过道急匆匆地奔往澳门关口，生怕落了脚步慢了其他人一步，对这样的现象，我有些嗤之以鼻，时间还算充裕，

澳门大三巴牌坊

何必如此趋之若鹜呢。

澳门城内有很多免费的巴士，不过那些免费的巴士都是直达澳门的葡京与英皇赌场的，赌场里有免费吃的与喝的，无偿提供给赌客与游人，就算你不去赌博也没关系。我走进装饰奢华的赌场内走马观花一番后，来到了当地最具代表性的地标——大三巴牌坊。

大三巴牌坊以前是 17 世纪竣工的圣保禄大教堂，因大火焚毁只剩余下的前壁，因形似中国牌坊得名。牌坊附近有不少的景点，也不缺乏各种中西美食，上面都标有价格，物价不算低，简单一顿饭，起码也要 50 澳门币左右，我的旅费不多，所以花得克制。

来澳门前，我未曾见过中西结合、倍具特色的建筑，左看右看，一切都觉得很新鲜。

街道虽然不太宽敞，但特别干净，偶尔会看到不少纯正的葡萄牙人或中葡混血儿，他们大都是从小就出生在澳门，是当地的永久居民。

澳门曾经被葡萄牙殖民过几百年，就算回归了祖国，也还有很多与葡萄牙相关的元素留在当地，不管是民族、文化、语言，非常多元化。

我落脚在澳门朋友木易的家里，他是外资银行职员，白天是西装革履的职场精英，晚上一家人挤在两室一厅、几十平方米房子，当我问他为什么不租一个更大的地方时，木易苦笑道："相比其他来澳门发展的人而言，我这算混得还可以了，能在寸土寸金的澳门中生存，已是不易，不敢有太多的奢求。"

我恍然大悟，原来他并不是像表面那样过得光鲜亮丽。

当我问澳门有没有穷人时，木易笑道："澳门的穷人可有一大堆，但都是从赌场出来的，十赌九输，有的人进去是土豪，出来可能是只剩裤衩的穷光蛋。"

只要我们个人不好吃懒做，到哪里，生活都不会太差，所以不必气馁和羡慕他人，我们只管努力，其他交给时间证明吧。

31　香港见闻

香港，靠近广东的深圳，没去过那儿之前，我对香港的印象都是来自二十世纪八九十年代的港片。

小时候经常听闻哪家人的香港亲戚来了，总是引起周边人一片惊羡声，那时年少的我在想香港到底是怎样的，真的那么繁荣吗？长大后我要去看看，直到 25 岁这年，我才第一次去香港。

对在广东特别是在深圳生活的人来说，如今去香港挺方便的，深圳有多个口岸通往香港，我选择从其中的罗湖口岸出发，这个口岸连接罗湖站通勤铁路，可以乘坐香港东铁直达九龙、油麻地、尖沙咀等地。

那天清晨，我拿着用于在香港购物和坐交通工具的八达通，从罗湖口岸过关香港。

经一个多小时车程，我到了香港经济的核心地区尖沙咀，而后坐着左行的穿梭巴士从尖沙咀到旺角，以往香港所有的交通法规都是沿用自英国，内地车辆右行，香港是左行。

在香港人流最多的旺角地区，我找到一家国际青旅，约四十港币一晚的床位，在寸土寸金的香港，这边住宿花费动不动就成千上万，我这个住宿花费算是经济划算的了。

独自走在旺角大街，我所见到的景象，都是错落有序的摩天大楼，所到之处看不到明显的灰尘、纸屑、烟头等垃圾，香港一尘不染、干净整洁的市容，给了我极好的初始印象。

但同时，我心里与这儿也有些格格不入之感，因为这边普遍狭窄的马路，狭小的空间，给了我一种被关进鸟笼的错感，跟我想象中繁华且开阔的香港不一样。

我游历过很多城市，早已习惯那广阔的感觉，从来没有一个城市像香港一样，让我感到城市空间是这么狭小的，可能是初来此地，还没完全适应这边紧凑的城市空间感。

香港是国际自由贸易港，出了名的免税地，对于大多进口自

世界各地的商品，都是零关税，所以商品物美价廉。售卖的东西，从国际顶级品牌奢侈品，到地方特色小商品，应有尽有，因此吸引大量来香港的观光客采购。走在香港的大街小巷，我总会看到来自内地汹涌的人潮，组团采购香港的商品。

香港是一个多元化的国际大都市，人口密度在东亚区属于最高，每平方公里约 3.2 万人，这人口密度在世界上也是名列前茅。

在这边不单可以看到很多来自内地的游客，还有来自欧亚非拉等几大洲不同国家、不同肤色的面孔，他们人种、语言、文化都不一样，来到香港，我能明显感受到自己身处于一个多元化的大环境中。外国面孔中，要数东南亚地区偏多，他们少部分是过来观光，大多是来做劳工的，沿街一些商铺，随处可见这些来自东

来自印尼的劳工聚集在中环天桥度过愉快的假日

南亚劳工的身影，来自国外的劳工中，男性做诸如搬运工类的体力活儿，女性一般做服务销售类行业，只见她们在大街上，拿着大大的广告牌卖力吆喝着，在帮商家招揽生意。

当我闲逛到香港的“心脏”——中环地区，在那带的一座天桥上有大量来自国外、把自己包裹得严严实实的女性，她们摆着露天的垫子席地而坐，吃睡都在小小的垫子上。听当地人讲，这些都是印度尼西亚佣人，她们来到香港做劳工，每个月会按时给家里打生活费，工资 4000 港币左右，最后只给自己留下 500 港币左右的生活费，利用每周短暂的放假时间，大家相约出来聚会，餐厅去不起，就会选择在天桥上、公园里聚会联络感情。在异国他乡的香港遇到困难相互扶持，久而久之，就形成了习惯，这也成

走在繁华的香港街头

为香港一道独特的风景线。

香港是典型的移民城市，常住人口七百多万，其中有百分之九十以上是中国人，还有几十万的亚洲后裔移民，比如越南、印度尼西亚、菲律宾、印度人等后裔。这些复杂的人口结构，也为繁荣的香港增添了一分多元化元素。

当有些朋友知道我来香港后，自己人在香港的，要出来接待我，不在香港的，便托朋友招待我，我心里感到很温暖，这是意料之外的事情，我也才意识到原来内地来香港奋斗的人也不少。其中有我的大学校友俊健学长，他在香港中文大学做研究交换生，跟他较熟悉，我便赴约相聚吃夜宵。

我们简单点了一些小吃，在内地几十块就能搞定的事，在这里却花了近两百块，学长毫不犹豫付款了，一下子花了这么多，我颇为不好意思。

据他说，平日在香港的一顿正餐也要四五十块，在住宿这块，基本都要跟别人拼房才能分担些压力。通过俊健学长的分享，我了解到这边大学生刚毕业后找工作，基本有一万五左右的工资，香港这边虽然工资高，但生活压力也大，有很多人买不起房，一直过着紧巴巴的日子。

小街边一些小型中介公司门口，摆放着出售的二手旧楼的牌子，我见上面标的价格，即使不是很好的位置，不到一百平方米的房子，售价没有一个低于八百万港币的。我终于有些理解学长为何说当地年轻人买不起房了，这些对我来说也是天文数字。

高额的房费，让一些无房的香港年轻人有窒息的感觉，很难在短时间内，就买到完全属于自己的安身之处，所以就算土生土长的人也会拼命地挣钱，更何况像我师兄这类人了，没钱的就住在香港的公屋，居屋里。据官方数据统计，居住在香港公屋，居屋的香港常住人口中，高达三分之一。也有少量的人，选择一些人行隧道和偏远郊区作为临时住所，以节省高额的租金。

虽然香港这座国际大都市生活节奏如火箭般飞快，除了悠闲的观光客外，每个在这边工作的人都步伐匆匆，顶着巨大的生活压力，去努力做事儿，但俊健学长还是想毕业后留在这边工作，因为香港是世界第三大国际金融贸易中心，也是全世界最发达的地区之一，很多世界五百强集团公司的总部也设立在香港，机遇较多。

繁华的香港，不单吸引东南亚等欠发达地区的人来从事较低层次的工种，也因其诸多的福利，吸引了大量外来的类似俊健学长优秀的人才服务于香港，人才济济是香港经济长盛不衰的重要因素，其福利体现在教育、医疗、住屋居屋、经济援助、旅游税收等方面。

每去到一个城市，我尽可能去看看当地夜景是怎样的，每个城市的夜景，都会是一副美妙的画卷，香港的夜景更是被誉为“世界三大夜景”之一。如果来港的观光客，想看香港繁华璀璨的夜景，有两个地方推荐：太平山山顶和维多利亚港口。站在太平山山顶，可以将大半个香港尽收眼底。因时间关系，我只去了星光大道旁边的维多利亚港。此港因英国维多利亚女皇得名，由于港阔水深，维多利亚港被称为“世界三大天然良港”之一，类如维多利亚港这些国际巨港，是香港繁荣的基石。

夜幕降临，五彩斑斓的霓虹灯，如星星点缀在维多利亚港，远观对岸，只见一栋栋如天柱般的高档写字楼，灯火通明，一架架

飞往香港的飞机，在空中划过了一道道漂亮的弧线。

近看几艘归航的观光游艇，静静地躺在码头上，港口不复白天的嘈杂喧闹声，皎洁的月光撒落海面，海风徐徐吹来，整个海港显得很静谧。

一时无限的感慨，香港不愧是东方一颗璀璨的明珠，自香港回归祖国以来，它与祖国相辅相成，伟大的祖国是富饶的香港坚实的后盾，也是我们所有中国人的后盾，感恩祖国带给我们安稳的生活。

来香港看其繁华，也去一些贫穷的地方看其没落，见过繁华也见过没落，知道了差距，日后心里才有源源不断的动力去努力，努力过后才配拥有这些美好，这是我来香港旅行的初衷之一。

我们处在一个精彩多元化的世界，有时间多去外面走走看看，就会发现生活并不是单一不变的，远方充满无限可能。

第三卷 03

游历诸国，走出去，走回来（2017年）

心之所向，身之所往，追逐梦想的过程，注定是孤独的。一直在路上的狂热，让我增长见识，但同时也失去亲情、友情、爱情的眷顾。继续执着地去游历诸国吧，见闻异域风土人情，思索人生，走出去，走回来！

32　包罗万象的曼谷

有些东西是我们冥冥之中无法理解的，比如还在娘胎时，整个世界都是黑咕隆咚的，出生后发现外界很大，当我们走出国门时，又发现世界更大，离开原有环境，我们才发现外面的世界有多宽广。

就像我初次去泰国的时候，出发前也曾有语言不通的顾虑，还有对出国游玩费用的疑问，不知需备多少资金才能满足旅途所需，虽然心里没底但还是决定先出发，挑战旅途未知，才更有乐趣！

曼谷是泰国最大的城市，泰国贵金属和宝石交易中心，被誉为佛教之都，也是融合东西文化、包容万象的“天使之城”，包容正是曼谷这座城市的特点之一。同时曼谷也是亚洲购物天堂，主要是当地基础物价更为便宜，很多游客来曼谷，不是走走看看就是买买买，单就这两件事情，就让人乐趣无穷，因此备受世界游客的欢迎，旅游业十分发达。

坐着双条车[①]我来到了曼谷大皇宫，这儿以前是皇帝居住的地方，现在这里除了用于举行加冕典礼等重大活动外，平时都对外开放。沿着白色的宫墙，我步入大皇宫，穿过绿草甸和菩提树，来到了建筑群中间，房屋上鱼鳞片的屋瓦，在日照下折射出金色闪光，我就像走进了艺术的殿堂。我虽然不懂建筑艺术，但也能感受到曼谷大皇宫的奢华与精致。

---

① 双条车：改装后的皮卡车。

金碧辉煌的曼谷大皇宫

这个有着一百多年历史的曼谷大皇宫，有格外明显的暹罗民族风格，我走走停停，里边每一处建筑都能留住我的脚步，每个建筑上的雕刻花纹，都是泰国古今工匠的匠心之作，静下心细看视线内的建筑群，更能感受其中艺术无边的魅力，身在其中，是一种视觉盛宴，让人有种喜悦的满足感。

大皇宫不远处，有条湄南河，我背包行至河边，买了船票，坐着观光的小船，见到暖阳照射下闪着粼光的河面，兴致一起，伸手出船外轻沾河水，像拉近了与湄南河的距离，别有趣味。

湄南河两岸的寺庙林立，当船偶然行近寺庙的时候，庙里会传来僧侣们吟唱经书的声音，来自世界各国的游客，在船上兴奋地拍着照片，我坐在船头，闻着清新的空气，让河风迎面吹拂，心情格外愉悦！

夜幕下的曼谷，车水马龙，在大街上闲逛的我，有些恍惚，似

乎自己上一刻还在广州的舒适区老实待着，下一刻就到了陌生的曼谷来旅行，挑战自我，真是奇妙的境遇。

这时我接到 Janie 的来电，电话那头只听她嗔怪道：“你来曼谷了，也不通知我一下。”

这让我有些意外，Janie 是我在广州跟留学生锻炼口语时结识的泰国女生，她略胖，中文也说得很溜，性格特别直爽。她通过社交平台，知道我来到了她的家乡曼谷，我因自觉还不够熟悉的缘故，并没有告诉她。

俩人通过软件互相给了定位，才发现我们离得不远，仅一公里左右的距离。

Janie 的家人，也知道她有个中国朋友来曼谷了，特别是她老爸，非常热情，邀请我到她家吃饭，并歇息几日，我受宠若惊，感到了泰国人家的真诚！

不想给他们添麻烦，我婉拒了落脚她家的邀请，了解我隔日将离开曼谷，Janie 顿时急了，道：“你等着，来了曼谷，我一定接待你一下！”

我在原地等候没多久，就看到她风风火火地坐着一辆轿车过来，同行的还有她姐姐和姐夫。Janie 马上给了我一个熊抱，拍拍我的肩膀，霸气地一挥手，道：“曼谷我太熟悉了，你要去哪儿玩，我让姐夫开车带着你去！”

我乐了，她还是我印象中大大咧咧的样子，便说：“哪个地方泰国人多，你就带我去哪个地方好了。”

于是，Janie 和家人开车载着我到当地的政府大楼，大楼前有个大型广场，那里正举行着别具特色的灯光展，人山人海，气氛显得特别热闹，我并没有看到其他外国游客，都是当地人在休闲活动。

夜幕下，车水马龙的曼谷唐人街

“这是曼谷的政府办公楼，平时是国王与总理办公处，一般外国游客不会知晓这个地方。我们泰国是议会制君主立宪制国家，老国王平时不管事儿，但却有监督百官的权力，在老国王的影响下，泰国人民的生活越来越满意了。”说到老国王，Janie 瞬间变成一个小迷妹，发自内心的崇敬，语气也很自豪。

难得看到泰国人这么密集的地方，我好奇地观察起他们的长相特征，同时想起了变性人，便问 Janie：“你知道广场上哪个是变性人吗？”

Janie 自信地拍着胸脯，给我指认。我紧跟其后，根本傻傻分不清。

Janie 望着我，小有得意：“你们看不出来性别，我们泰国人只瞄一眼，可就知道是男是女了！”

我想也是，当地人不像我们旅人，他们经常接触，熟知细节，早已见怪不怪了。

Janie 忽然叹了口气，带着怜悯地说道：“其实他们也挺可怜的，一般选择这条路的人，除了个别少数是真心喜欢，大都是因

为家境贫穷，迫不得已，有的是自己选择的，有的是被父母逼迫，而且他们的平均寿命都很短暂，一般就是 40 岁左右。”

她的话也让我对这个群体产生了同情，变性文化已深深融入泰国社会当中，成为本土多元文化中的一种。很多泰国人大都同情这个第三群体，也会尊重他们的选择，不会产生特别的歧视。

见闻此现象不禁让我思考，我们在旅途之中，总会看到不同的少数群体文化，对文化差异性，我们可以不认同，但也要尊重当地习俗，友好的交流使得旅途的体验更佳。见得多了，我们的内心也会变得更加包容，拥有更全面的世界观。

Janie 和她家人连着几个小时一边载着我在曼谷的各大景点转悠，一边介绍风土人情，让我对曼谷多了一份了解和亲近。他们一家完全以我的意愿为主，给我一种宾至如归之感，深受感动。

晚上十一点后的曼谷，灯火阑珊，少了白天的喧嚣，显得很安静和惬意。Janie 的姐姐和姐夫在车里等待，我和她在路灯下告别，我把从国内带来的自制的手工小玩意送给 Janie 一家作为答谢，她们很喜欢我的礼物，并与 Janie 相约，来年我们老地方广州见。

33　北国玫瑰

清迈是泰国最著名的旅游城市之一，来过这儿的国人都说它清静，十分悠闲，地理位置四面环山，是夏季避暑、冬季避寒的好地方。慢悠悠的节奏，让人不知不觉就会喜欢上这座被誉为“北国玫瑰”的城市。

初到清迈，我发现当地人对游客非常友好，就算是走到大街小巷，看到陌生的泰国人，他们也会率先对我发自内心地微笑，让我倍感亲近。

清迈城有周六日夜市，每到规定时间基本都会人山人海，在闲逛中我发现，泰国人比较有创新意识，每个摊位上的东西，只要是手工制品，那大都是老板亲手制作，都各具特色。

泰国人不屑于卖同类的东西，他们的心灵手巧是出了名的，会专门花很多心思做手工，让摊位上的东西跟其他人不一样，那样才有成就感。当地对于卖假货这类事件，如果被发现将会得到极其严厉的惩罚，严重的直接会被罚到破产，因犯法成本太高，所以泰国人不敢轻易造假。

夜色朦胧时分，我尝试在清迈古城门口摆摊，小摊位上放着泰文和英文的介绍语，介绍我旅行的方式、梦想以及货物的来源、作用等，以提高成交率。

可能是我卖的东西不是泰国当地的，加上是自己手工所做，显

旅行摆摊在泰国

得独具一格，很快旅客围了上来，询问我各种问题，有时就连周边其他的摊主，也被吸引过来购买我的东西。

我的英文水平有限，遇到比较复杂的问题，我根本解释不了，不过幸运的是，我在围观的人中发现了中国游客，于是就拉着他们给我充当临时翻译。

通过这样的旅行摆摊方式，倒是无意中结识了不少有趣的朋友，到了晚上 10 点收摊，清点后发现有折合有 2000 多元人民币的收入。

一连短短几天，我已经挣到初来泰国时所带资金的几倍，这无疑给了我极大的信心，不由兴奋地想，我可以靠这个方式游历更远的地方。

晚上摆摊挣钱，白天就用挣来的资金去参加体验当地的丛林飞跃、骑大象等户外活动；去泰国最常见的便利店淘货；到双龙寺山顶处俯瞰清迈城；去清迈大学看看泰国大学和国内大学的差别；还到清莱市黑白庙等著名景观游览……累了则就近体验泰式按摩放松下。

清迈古城周边，有一条护城河，要是开着车围绕着护城河走一圈，也要半个小时左右，搭双条车不是很方便，我租了辆摩托代步。泰国交通以左舵行驶，当车开到护城河边一个小岔路口时，泰国交警突然从一辆白色小车前窜出来，猝不及防的我被拦了下来，他们马上引我到路边让交罚款，接着几个泰国交警呈三角形向我围上来，以防我跑掉。

见状我心凉了一半。

当被告知要罚 2000 泰铢时，我整个人瞬间不好了，不过转而想到有朋友曾说遇到泰国交警时可以还价。于是，我试着跟他们砍价："我没钱了，200 泰铢行不行？"领头的交警神情严肃，且态度强硬："No！ No，不可以！"

"我真的没钱了！"我打开钱包，里面只是零散的泰铢，示意自己是穷光蛋一个。

"No！ No！ 200 铢真的不可以！"他再次无情地拒绝了我，接着又小声道，"没有 2000 铢，那交 1000 铢也行。"

听到这儿，我内心惊喜，原来真的可以砍价！

我也知道 200 铢也确实少了点儿，趁其不注意，偷偷从自己另外口袋抽出一百铢来，那是我提前藏好，用来买夜宵的钱。

300 泰铢一起递给对方，我双手合十、可怜兮兮地望着他，用中文夹着泰语道："这是最后的啦，拜托！"

领头的泰国交警可能看我真的是穷光蛋，决定放我一马！

他最后罚了我 300 铢，然后给了我一个罚单，嘱托我这个罚单相当于清迈交通界的"免死金牌"，在三天内骑摩托车，遇到任何交警都可以免罚。

当地交警在清迈古城周边罚款，已是惯例，并没有严禁游客无驾照开摩托车，反而是有点放任的意思，所以谈不上什么违法。

在离开清迈的前一天傍晚，我例行在城门口摆摊，刚摆好东西不久，一抬头，就看到摊位前站着一名年轻的泰国警察，我一下子蒙了，那年轻警察正用好奇的眼神上下打量着我，并用标准的中文颇为严肃地询问："请问你是中国人吗？"

我如实回答："是的。"

"我一看你就是中国人。"他对我的诚实表示满意，接着轻声道，"我知道你在这里卖东西，而且被人举报了。"

“举报我？”我蒙了，我寻思自己也没得罪谁啊，周边的泰国摊友们对我也挺友好的，泰国警察也没说是谁，不过通过他的眼角余光，我看到其身后不远处有位欧美人，正双手叉腰，充满敌意地看着我，意会到应该是那个人，但我完全不认识对方，不知他为何要举报我。

泰国警察看起来很友善，听他接着道：“外国人在泰国摆摊是不被允许的，你是游客应该是来消费的，而不是来挣钱的，应该做游客该做的事情。”

我这才知道，原来在泰国，外国人摆摊是不被允许的，警察发现将要被罚款。

而后他只是让我把东西收起来，并没有进行罚款，我颇不好意思。

我们走出境外，他国人不知道我们的名字，但他们知道我们是中国人，所以我们的一言一行也是代表着中国人形象，自觉维护国人形象，也是义务。既然不允许我就不摆了，连忙跟他道歉，把东西收走，随后年轻的泰国警察也走了。

当地摊友看到我把东西收走，连忙让我继续摆，不要害怕，感动之余又哭笑不得，这几天我只是送了些小礼物给他们，他们已然把我当成朋友了。

34　游历素可泰

一个人去旅行的感觉，很自在，也很舒服，自己想去哪就去哪儿。

我从泰国北部清迈府出发，坐着火车硬座一路向南到彭士洛府，打算从彭士洛坐大巴中转，到泰国最古老的城市之一——素可泰。

素可泰位于泰国北部，古时是泰国泰族称霸时期的首都，自 1257 年到 1436 年间，其在泰国历史上被称为“素可泰王朝”，在之后的泰国历史的演变过程中，素可泰也扮演着一个非常重要的角色。它同时也是暹罗文化的摇篮，泰国如今的文字、艺术、文化与法规等，很多都是在素可泰时代创立的，可以说是素可泰孕育了泰国的传统文化。像泰国著名的水灯节盛会，素可泰是其发源地，每年 11 月均隆重举行盛会，除有水灯竞赛、游行外，还有选美会等节日。

而如今的素可泰，分为新城和古城，新城有夜市，多是露天的路边摊，因白天天气炎热没有多少人出来逛街，到了夜幕降临时，新城 Maenam Yom（永河）桥边的一座古寺外便开始热闹起来，在夜市中除了可以看到冬阴功汤、素可泰汤面、咖喱鸡、咖喱鸡肉面等知名的泰国菜外，也有很多不知名的当地特色小吃，口感很泰国。当地人以大米为主食，吃的美食要么很辣，要么就甜甜或酸酸的，我们广东人喜欢清淡的口感，吃这边的美食开始会有所不适应，不过习惯后应该就好了。

火车上很安静，像脱离了尘世喧嚣般，我轻依着火车窗，欣赏窗外沿途的美景，微风吹拂我脸庞，轻松舒爽，一时心情特别愉悦。

我选择的是没有空调的三等车厢，虽然火车外边天气炎热，但车厢顶有风扇，在火车行进的时候，窗外的风也吹进车厢内，倒

不显得很热，里边外国人游客很少，基本都是泰国人在乘坐，一点儿都不拥挤。

通过观察我发现了一个秘密，车厢里竟然有高大上的马桶，泰国火车上的设施简直太人性化了。

随火车到了彭士洛后，我坐大巴来到素可泰，才感到来到了真正的泰国，因为这儿不是热门旅游城市，很少见到旅游团的游客来到此地，见到的大多是泰国本地人，大街小巷都是泰语，当地人也不会讲英文，我跟他们交流，未开口前总是被误认为泰国人。

素可泰食、住并不算贵，一顿普通正餐费约 30 铢，如果要去稍微高档点的餐厅，结账时需要额外多付 10% 的小费。

在新城第一天夜晚，我找了一个普通的双人标间，约 40 元人民币，如果要想省一点儿，20 元人民币的标间也能找着，星级奢华的酒店换算下来约 300 元人民币，总的来说不单是素可泰，泰国其他的北部城市，消费也是比较低廉的。

新城没有大型的购物场所，但这儿随处可见便利店，完全可以满足当地人和游客的基本生活所需。

城区周边有几个村庄，因为精致的手工艺品而非常出名，如打造金器的黄金村、出产瓷器的宋加洛窑和制造精美丝织品的纺织村。其中素可泰的金器，因为传承了素可泰王朝时期遗留下来饰品的工艺，雕工细腻，黄金纯度也比较高，所以自古以来都比较出名，除了泰国平民会慕名而来到素可泰购买金饰外，泰国皇室偶尔也会到这里购买，素可泰精致的金器不单只是内销，更多是外销到世界各国。

整个素可泰市面积并不大，主要的出行工具是摩托车、突突车和双条车，当地遗迹多集中在古城区，从新城到古城约 12 公里，

倒影中的素可泰古城

鸽群凌空飞起，在塔尖上空盘旋，极为壮观和特别

出行不算方便。我第二天便搬到了古城周边住，以便隔日游览素可泰古城。

隔日一早，我持票进入素可泰古城遗迹内，它是一个小围城，走在遗迹内，能感受古城里散发着一股古朴的气氛，宁静而又祥和。

古城遗迹颇多，建筑物风格奇特，令人赏心悦目，但不少宫殿与庙宇在大城王朝战役时已被毁，加上年久失修，已成残墟。在二十世纪七十年代，泰国得到联合国教育科学与文化机构的协助，合力修葺，素可泰的遗迹才得以保留下来，同时也保留了昔日的佛寺和宫殿灿烂的光华。

在素可泰古城中游览遗迹，像是在历史长河中观光泰国的历史，虽然我看不懂泰语，但通过古老的遗迹、庄严而坐的石佛、古朴的塔林、破旧的庙宇，能想象到当初素可泰王朝的辉煌。

古城内沿途所见的游客，三三两两的并不多，游客中有泰国人也有欧美游客，他们各自背着一个小包在古城里慢悠悠地闲逛着，有的骑单车游览，有的情侣徒行，倒是少见像我这样一人独游的。

走到古城中央，远观有处绿林，在绿林之中，又有大型古塔隐约可见，似巨人矗立在其中，伴随好奇心我来到塔边，举目仰望，才发现比在远处看见的更雄伟，细看是三塔相连的建筑，塔体浑圆且又分层精雕细琢，看起来古老而沧桑，午后阳光照射在塔尖上，一股庄严雄伟的气势扑面而来，又见有鸽子群在高耸的塔身上筑巢，它们不时受到塔下方一些声音惊扰，然后成群地凌空飞起，在塔尖上空盘旋，看起来极为壮观和特别。

塔下方有位泰国人，看我好奇地望着古塔上的飞鸽群，正期待看着它们再次起飞，便走过来友善地对我笑道：“你好，你是想要再看鸽群盘旋吗？我教你。”

说完他让我拿着帽子用力地垂直往上扔，我看他不似坏人便好奇照做了，只见我扔帽子的同时，鸽群随之飞起，在塔尖盘旋，不一会儿又纷纷“咕咕”地落下，我听不懂鸽语，估计它们此刻正在表达对我的不满。

我又一次看到刚才壮观的场景，感到惊奇便看着那泰国人问原因，他跟我解说道，因为扔的东西像是老鹰或者鸽子的其他天敌，所以鸽子本能会展翅逃离。原来如此！听完泰国人解说后，我脑海中又多了一个有趣的知识点。

素可泰古城中，有条碧波粼粼的古河，古河的一边是塔林遗迹，另外几面皆如绿毡铺地，到了傍晚，一道残阳倒映水中，半江瑟瑟半江红，塔林古迹的倒影也在古城河中显现，只见一对欧美夫妇手牵手，在河边绿草地向阳而坐。两位白发苍苍的欧美老人默默不说话，静静地看着对面的塔林与水中倒影，尽情享受着夕阳西下的美好时刻，偶尔相视微微一笑。

此时我就站在他们身后看着，那一刻，俩老人与历史遗迹、夕阳余晖融为一体，显得既唯美又平和，那深情且温馨的画面，已深深地刻入了我的内心深处。我很少羡慕人，但那一刻我承认我羡慕了。

携手一生共白头，是多么美好的画面啊，也是很多人心底深处的期望，包括我，也一直想找一个伴侣一起到老，俩人可以在年轻的时候一起艰苦奋斗，年老退休时可以结伴一起环游世界，看日出日落，不会被俗世所烦扰。

35 舞狮子的印度裔

一月份的吉隆坡，骄阳似火，约 40 度的温度，使得轻风吹来的空气，都像烤焦了似的，整座城市就似天然的桑拿室。我背包来到了吉隆坡小印度区这里，整个人被晒得无精打采，蔫蔫的，动作幅度稍微一大，就会汗流浃背。

其实不止吉隆坡，整个马来西亚都处于热带地区，全年高温多雨。

小印度区是吉隆坡富有特色的区域，有印度特色建筑和小吃、浓郁的宗教氛围，街边门店都销售着各种珠光宝气的首饰。

一家印度裔开的设施简陋的小旅馆内，不到十平方的小房间、一张木床、一扇有些年份的旧窗，就组成了一间客房。

我躲在小旅馆中休息，身上黏糊糊的，怪是难受，在房间里拿着小电动风扇对着自己狂吹不止，随后看到旅馆大厅那儿有个比较大的风扇，索性我就拿着跟印度裔老板借的小板凳，坐在风扇对面乘凉，一坐就是两个小时。

印度裔老板看我被热得傻乎模样，可能觉得挺有趣，于是咧嘴大笑，我也跟着笑了起来，笑声让两个陌生人的关系在无形中拉近了许多。

因为吉隆坡天气不友好的缘故，我白天都躲藏在房间休息，直到夜幕降临，忽闻屋外敲锣打鼓声，很快像煮开了锅般变得人声鼎沸，欢呼之声此起彼伏，让我禁不住好奇探头往窗外的街道望去，不过却什么都没看到。我便去问旅馆老板怎么回事儿，他自豪地告诉我，今天的日子是他们印度教大宝森节，相当于华人的春节，每年公历一月或二月份举行。

据说这个节日在印度本土已看不到了，现仅存在新加坡和马来西亚，因为一年只有短短几天，吉隆坡的印度裔才会举行这样盛大的节日。在旅馆老板的建议下，我循声而去，走到热闹的吉隆坡大街，只见此时大街上人流如潮，基本都是印度裔，他们用车载，或人抬着光彩夺目、五花八门的神像游行，不管男女，都赤着脚，欢呼雀跃，紧随着神像行走。

游行的人群中，有的剃了光头，有的用银针刺穿舌头、双颊，或是背着代表赎罪的巨大钢制弓形枷锁，场面让我感到十分讶然。眼见游行队伍走了一个多小时依然连绵不绝，我不禁疑问，这是吉隆坡全部的印度裔都来了吗？

舞狮的印度裔

此次活动有专门的警察在维护道路秩序，两旁都是外国游客在观光，在街上我偶尔遇到几位同胞，听他们说，他们还是特意过来看印度教的大宝森节的。有些人专门而来，我却是不期而遇，有时旅途就是如此，总在不经意间邂逅了惊喜。

我伫立在路旁的人群中，好奇地观察着印度裔的长相，只见参与大宝森节的印度裔，基本都是黝黑肤色，不知是否因当地温度太热而导致的。他们的额头都点着红色朱砂，男性穿着裹裙，女性身着纱丽，身形要么肥肥胖胖，要么矮矮瘦瘦的，像印度电影里肤白丰满的印度女郎，并不多见。

见夜色已深，我沿着大街走到小巷，准备返回小旅馆休息。当路过一拐角处，人头攒动，且有擂鼓之声，印度裔观众把周边围得水泄不通，我轻轻拨开人群，走近细看原来是有人在舞狮。奇怪的是擂中式牛皮鼓的人，竟然是一位印度裔，看向眼前的舞狮，它舞动得很有美感，且有技巧，心想舞狮的人应该是华人吧！当舞狮人拿开狮头后，发现居然也是印度裔，我一时感到十分讶异，难道是华人师傅教与他们的技艺吗？

隔日，我独自在吉隆坡随意走走看看，无意中走到一处写有中文“茨厂街牌坊”的地方，好奇走了进去，经过询问才晓得这是吉隆坡的唐人街。

吉隆坡唐人街，是当地最具有华人气息的老街，听当地华人说，来这边可以体验路边摊文化，每天晚上热闹得都像过节一样。

走在唐人街，我听到有些华人店家说着粤语，当店家门口摆放的收音机响起粤语的时候，让我有种穿越时空、回到上世纪九十年代广州的错觉。

唐人街里来来往往的大都是华人，往日不曾走出国门的我，还不知道，原来马来西亚这个异国他乡，竟然还有这么多的华人。

吉隆坡双子塔

而后我了解到，马来西亚的华人主要来自明清时期的广东、福建、海南一带，与中国人同根同源，现如今的马来华人主要分布在吉隆坡、柔佛、马六甲各大州。吉隆坡的华人主要聚居在唐人街，虽无法与巅峰时期相比，但其作为吉隆坡这座城市多元文化的一分子，唐人街无时无刻向世界游客展示着东方魅力。

唐人街和小印度，分别是吉隆坡华人和印度裔的聚居地，华人和印度裔是马来西亚三大族群之一，马来西亚最大的族群是马来人。

我徒步行至象征着吉隆坡繁华的国家石油公司双子塔，它曾经一度是世界上最高的摩天大楼，后来被其他高楼大厦超越，目前是世界上最高的双塔楼。

未到塔前，我远远就看到了挺立在吉隆坡城区的双子塔，雄伟壮观，走到双子塔下仰望，有拔地而起、高耸入云的视觉冲击感。

塔楼里头有售卖美食的层楼，一份正餐 8 令吉左右，相当于人民币十块多，价格亲民。在双子塔顶楼，可以俯瞰整个吉隆坡城市景观，而夜景更是壮观。

最后我来到吉隆坡的独立广场，这儿是马来西亚人每年庆祝国庆的地方。

在绿草如茵且宽阔的广场上席地而坐，看着马来学生穿着清爽的校服在绿茵上奔跑，感受他们青春如火的气息，我的心情不由得舒畅起来。

独立广场一边是荷兰式的建筑，一边是清真风格的建筑，广场上的草坪却是欧美风格，不同风格融合之下显得格外有韵味。正如我在吉隆坡见到的现象一样，多元文化融合，不同民族之间相互尊重、理解与包容，最后才能成就如今多元化与和谐的马来西亚联邦，还有它繁华的首都吉隆坡。

此时我似乎明白了，那晚在吉隆坡小印度区小巷子里，敲打牛皮鼓和舞狮子的为什么是印度裔了。

尊重、理解、包容，人与人之间也应当如此，这也是我吉隆坡之行最大的收获。

36 我从中国来

一路风尘，我背包来到了热闹的马六甲鸡场街，鸡场街也是当地的唐人街，我询问路边一位瘦高的华人姑娘：“附近可有住宿的地方？”

“你从哪里来？”她看着我一副苦行者的打扮，露出好奇的神色。

“我从中国来。”我笑着说道，转身给她虚指中国的方向。

可能是同胞的原因，瘦高的华人姑娘在知道我的来处后，态度很是亲近，忙引我到小巷的一处青旅，青旅前台是个华人小伙，矮矮、胖胖、憨憨的，看起来很好说话的样子。

“只有一个房间了，但那个房间是男女混住的床位房，晚上会有个欧美女孩跟你一块儿住在那里，你介意吗？”

我还未曾住过混居的房间，不太确定地问了一句：“陌生男女混居，这样子也可以吗？”

“这个没问题，是很正常的事情。”

在得到这个回答后，我便放下心来，把行李放在房间，那位陌生的女舍友还未回来。见时间还早，我就拿着随身摆摊的货物，走到马六甲鸡场街，打算看下当地夜市风土人情，同时摆摆摊。

在熙熙攘攘的马六甲长街走走看看，这儿售卖着各种特色可口的小吃和手工艺品，除了少许的欧美游客外，大都是当地华人。听着华人们讲着中文，说着粤语，看到街边小摊上和街道两旁的商铺门口写的都是繁体汉字，而且有戏剧演员在长街中部搭建的舞台上唱着精彩的闽剧，台下边的华人观众掌声雷动，纷纷喝彩，气氛非常热烈，瞬时让我觉得来到马六甲就像没出国一样，好亲切的感觉！

经过询问，得知可以在夜市临时摆摊后，我便找到一处空地席地而坐，过往的人们都好奇我在摆卖着什么，纷纷到我摊边来……

我一一跟他们解说，自己来自中国，卖的是手工镯子，并把其寓意告诉大家，人们未见过我所卖之物，物以稀为贵，且我卖得

也不贵，所以他们很乐意掏腰包跟我买东西。其中有对华裔中年夫妇让我的印象尤为深刻，丈夫个子不高，皮肤黝黑，看着挺朴实，妻子长发飘飘，温柔地挽着她丈夫的手。他们俩因好奇来到我的小摊前，了解我来自中国后，那丈夫轻轻蹲下，说着我听不懂的语言，他妻子也连忙跟着蹲下来，她看到我眼中的疑问，在旁边用中文礼貌地向我翻译：“这位是我丈夫，他的先祖是明朝时期郑和下西洋时的将官，当年郑和七下西洋，曾五次在马六甲停留，遗留的部下在此定居下来，并与当地马来人通婚繁衍，到我丈夫这一代，离那段历史已经是很久远了。”我听了很是惊奇，原来还有这个缘由，心底顿时对那男人也有了一丝亲近感，男人的妻子继续解说道，“我们马六甲有种独特的娘惹文化，既有马来族

遍布马六甲的各地方华人会馆

文化影响，如膳食、服饰、语言，也有华人传统，如信仰、名字、种族认同，他现在不会中文，知道你是来自故土的年轻人，很有缘分，所以他一定要支持你一下。”

听此，我转头看向她丈夫，只见他也正望着我，从其眼神中透露出的真诚，让我百感交集，没想到我竟然与历史课本上讲述的“郑和下西洋”关联上了，有种不太真实的感觉，虽然我与那中年华裔互相之间语言不通，但都有同根同源同种的感受。

华裔中年夫妇一下子跟我买了不少东西，让我的下一站旅程的旅费有了着落，我起身连连道谢。在告别中年夫妇后不久，我才收摊带着感动回到住处。

宿舍里，我终于见到那位陌生的女舍友了，只见对方金发碧眼，长得像芭比娃娃似的，身材很是丰满，我主动用半吊子的英文跟她搭话，女孩自我介绍说来自德国，独自一人旅行到马六甲。在交流的时候她顽皮地对我眨眼，握住我的手好一会儿都没放开，见我显得有些紧张，她用手轻轻捏了我一下，给了我一个自信且灿烂的笑容，顿时让我放松了下来，心想，这欧美人的文化还挺开放的。

隔天一早，那金发女孩便离开了，而我则去逛了鸡场街。沿着长街一路观览，发现街道一边有许多会馆，如海南会馆、福建会馆、闽南会馆、浙江会馆等，会馆搭建类似我们老家的祠堂，跟同乡会差不多的性质，早期国人去海外闯荡谋生，遇到紧急事儿，便求助当地的会馆帮忙。扎根在海外的华人普遍都比较团结，因为依靠乡情抱团发展才能走得更远。凝聚乡情、通商互助及经济繁荣便是马六甲各会馆的作用之一。

我信步来到广东某地方会馆里边，跟里边的老人家闲聊，发现

他们都会说跟我一模一样的家乡方言，只是会馆里的青年不会说祖地的方言了，让我颇感神奇和遗憾。

马六甲不算太大，沿着长街徒步不久就可以到达马六甲运河边，再往前走就可以看到郑和纪念馆、圣保罗教堂、荷兰红屋、苏丹外王宫等历史景观，它们基本集中在一块区域，这也方便了游人观览。

待我在一棵树下乘凉时，见有位老华人正坐在石阶那儿轻摇着扇子发呆，看他神态似乎在回忆着些陈年往事，我也想多了解些关于马六甲的华人历史，于是慢步上前坐在老人身旁，与之闲聊，当我好奇问起中国如果经济越来越好，对这边华人是否有什么影响时，老华人脱口而出："当然有影响了！中国越强大，我们华人就越有地位！"原来如此，我恍然大悟！我们中国与海外华人群体是一荣俱荣、一损俱损的关系。

37 兰卡威岛

兰卡威是马来联邦西部的一个岛屿，位置临近泰国，风景优美，水质青蓝，是适合自驾环岛游和度假的好地方。

小岛面积不大，有专门的机场，不坐飞机只到滨城坐船的话，需要几个小时才能到达。马来西亚交通并不算发达，坐着马六甲往滨城的夜间大巴，我从瞌睡中醒来，看了下时间已是近深夜两点了，车还在颠簸的路上行走着。由于看不懂当地地图，我不晓得我身处哪儿，也不知道车最后到哪儿停，只知是到滨城，想问路一时也问不了，因为包括司机在内车上大多是马来人，他们并不会英语。

我在车上寻找会英文的乘客了解信息，由此认识了两位身着大长袍、来自阿拉伯半岛也门的中年男性乘客，他们也是刚来马来西亚，与我去滨城市的路线是一致的，只是他们的英文也是半吊子水平，我们大多时候是通过比手划脚来沟通。到目的地已是后半夜，两位也门兄弟跟我一同下车，但下车的地点是一处荒无人烟的地方。

两位也门兄弟担心我一个人走深夜街头不安全，便好心拦住我，要求一起结伴而行，最后我们打的到了客运站。车站附近找不着住的地方，困极了，我们便在车站里头枕着背包睡了一觉。

隔日一早，一行三人坐着滨城码头的轮船漂洋过海，几个小时

从滨城码头出发，乘船飘洋过海到兰卡威岛

后终于到了兰卡威岛，为了寻找新的落脚处，我们一家家询问过去，由于三人都不会说马来西亚语，跟当地人交流起来很是费劲，一连几小时寻找旅馆无果。

我背的包很沉重，走得很缓慢，照这样下去我们估计要露宿野外了，为了不拖两位朋友的后腿，我留下联系方式，在两位朋友的不舍中与之道别，告知他们以后如到中国广州，我一定作为东道主，好好接待。

我继续沿着环岛小路寻找着可落脚的旅店，但都被告知满员了。万般无奈，我拖着疲惫身躯在小岛街上徘徊。语言不通，不会使用海外订房软件，也没提前了解当地情况，加上兰卡威岛火伞高张，就连地上的土块都被晒得滚烫滚烫的，可想而知我的窘迫境地。

不知不觉夜幕将要降临，露宿街头似乎已是板上钉钉的事情，但天无绝人之路，浙江义乌的小玉姐因看到我在网络平台上分享的窘状从而联系到我，说要给我推荐落脚处。就这样，我通过小玉姐的引荐来到了一家华人旅馆，刚好那里有个空床位，我顺理成章地住下了。

当我感谢小玉姐时，她说起我曾经帮助过她弟弟的事情，当年她弟弟背包旅行到广州，晚上找不到住处，是我带着他找到了落脚处，没想到我以前无意间做的这件小事情，在自己正需要帮助的时候得到了回馈，不由一阵感叹！

第二天早晨，华人青年跟我下了逐客令，冷漠地说道："我只能收留你一个晚上。"

我理解这华人青年，所以也没说什么，只是他用词不当，让人感到刺耳，我昨晚又不是落难了，而且他是做生意的，我已经付钱了，怎么能叫收留呢？

我拾起背包重新寻找，很快就找到了新的落脚处，老板娘人挺好，大大咧咧的，话语之间让人能体会到人情味，她皮肤被太阳晒得黝黑，让人感觉有种原始的野性美。

迎着西下的落霞，我独自到海边散步，坐在松软的沙滩上，看着结伴戏耍的人群，再看自己独身一人，难免身感孤独。看到潮起潮落的大海，又看看天边充满希望的夕阳余晖，心想，结束兰卡威之旅后，我应该怎么做？毕业后自己又将如何呢？

暂时得不到想要的答案，不禁有些迷惘。

海风吹来了漆黑的夜，月亮慢慢从中爬上来，我漫步行走在珍南沙滩，那块区域有间沙滩酒吧，酒吧附近有篝火堆，火堆边还有岛民，表演着精彩的旋转火圈的节目。

坐在沙滩小桌上聊天的人特别多，一眼望去都是来自世界各地的年轻旅人，我也点了一杯饮料，坐在沙滩小桌边上发着呆。

不一会儿人越来越多，身旁不远的小桌来了位亚洲面孔的年轻女孩，她也看到了我，因周边大多是欧美面孔，我们在人群中显得有点突出，我和亚洲女孩相视一眼，并用中文试探了下，惊喜发现原来都是中国人。

他乡遇故知，我们一下子变得亲近了，俩人凑到一桌，很快又有新的中国人加入进来，中国人似乎有种天赋，出国旅行很容易寻找到集体，而后大伙一起抱团玩儿。

最先与我聊在一块的女孩叫小俞，她是一位普通的上班族，趁着假期出来旅行，打算疯狂释放一次；豪子，在新加坡留学，有空儿就去东南亚周边国家旅行；小萝卜，理着萝卜头，来自北京，

是一位工程师；最后一位是长得娇小可爱、叫汤圆的女孩，她是一名全世界跑的导游。

兰卡威珍南沙滩上，头顶的夜空星光闪烁，月光下，我有萍水相逢的同胞做伴，彼此打开心门，分享着自己的理想与抱负，让人不知不觉中已有满满的收获感。

兰卡威之旅，在既不知地图，也不晓得当地语言中探索，这一路的奔波折腾，让我意识到自己出国经验的欠缺。中途受到的帮助和在当地结识的朋友，将是我终生难忘的回忆。

38 勇敢的心

位置介于老挝万象和琅勃拉邦之间的万荣，是一座传奇的东方小城。因为和中国广西桂林一样，属于喀斯特地貌，在山水景观上非常相似，所以万荣也被中国旅行爱好者称之为“小桂林”。

万荣是老挝主要的旅行城市之一，也是一个非常休闲、适合玩乐的好地方，有溶洞探险、划船、漂流、热气球、徒步等游玩项目，其中漂流是老挝最知名的一种游玩方式，风光秀丽的万荣南松河就是世界各地漂流爱好者的圣地。

在万荣向北不到 5 公里、紧靠万荣市场处，有一条路前往南松河边，那里是水上漂流的一个起始点。从起始点坐着竹筏沿南松河道向下，河两岸边有些古朴村落，一排排的茅草房，有村民在上边席地而坐，一些赤裸着身子的当地小孩在河边浅水上追赶戏耍，小孩们用童真且好奇的眼神看着我们这群竹筏上的外来客，当我笑着向他们招手示意，他们也很快用善意的欢呼回应，顿时给我一种淳朴且美好的感觉。河道两旁，有些专门为游客歇息而建的村落。

当我随着竹筏漂流到一处河道时，发现河流中央漂着些橡胶轮胎，接近细看才惊讶发现，竟是些金发碧眼的欧美游客仰躺在上边，他们头枕着手，脚随性伸进河水里，有意无意地轻踏着河水，惬意地晒着太阳，有的甚至拿着书籍，躺坐在轮胎里，优哉游哉。南松河上大多河段并不湍急，他们可以一直顺着河道随波逐流，到下个目的地后再上岸。

“竟然还有这样的休闲方式。”这奇异见闻让我眼前一亮，好一个度假休闲、放空自己的方式，还是欧美人会玩儿。哪天我回归生活后，有压力了想放空自己时，就独自或跟老友再来老挝万荣这边，在南松河上坐着橡皮轮胎随波逐流，边看书边晒着太阳、戏着河水……

傍晚的南松河畔，不时有热气球出没，它们从我头顶缓缓飘过，沿河村落的炊烟缓缓升起，一股自然淳朴的田园风光就呈现在南松河这里，我在异国他乡感受到了一份不同的悠闲时光！

万荣小镇上有去四千美岛的班车，不过那是比较小众的游玩的地方，一般喜欢安静的人比较喜欢去。同时也有直达中国昆明的国际大巴，中老国土接壤，从云南陆路或是空乘往来老挝都相对方便。来此地的外国观光客中，除了中国游客外，就数韩国游客最多了，因为韩国首尔等城市都有直达老挝的航班，机票费用也就几百人民币。

游客一般是白天到周边游玩，晚上在城镇歇脚。由于老挝缺少工业基础，物资大都靠进口，所以可买的东西不是很多，像我习

惯吃夜宵，等晚上嘴馋了，想去超市买点零食，发现零零散散就那么几种，要是吃货来这儿，估计得难受。

万荣郊区有些体验不错的地方，其中有一处天然的高空跳水处，那是一处湛蓝清澈的内河，河宽十来米的样子，周边景观像童话世界里的布景一样唯美，河边有棵高大雄浑的古树，粗大的树枝上挂有两条麻绳，有矫健身手的青年手握粗大的麻绳像人猿泰山一样，从一头晃到另一头，显得狂野无比。那粗大的树身上搭建了几层木梯，最高那层七八米，来自不同国家、不同年龄的人们，在上面排着队，“扑通扑通”地像下饺子一般往下跳。当轮到一位韩国大妈时，她眼睛都瞪直了，死活不敢往下跳，围在下方的人见状纷纷起哄，接着又给她鼓掌激励，哪怕是过了十来分钟，排在韩国大妈身后的人也不催促，围观人群显得很有素养。每次

不同国家的游客正在鼓励准备跳水的韩国大妈

准备跳水的我

我以为她将要跳下来的时候，她还是退缩了，下方的人似乎心里都有个期望，有的女生满怀希冀地望着树梢上的韩国大妈，希望大妈能勇于突破自己，但她还是失败了，最后尴尬地从树上走了下来。

我对韩国大妈有些失望，对其半途而废的做法颇不认同，可当我真正站到跳台往下俯瞰时，瞬间理解了韩国大妈。“这么高呀？！”我不禁在心里惊呼。我近视，度数有几百度，即使摘了眼镜，往下方看是朦朦胧胧的，但还是有种万丈深渊的既视感，顿时联想到小时因为贪玩溺水被人救起的经历，那种内心深处止不住的恐惧感，让我本能地后退。下方的人看着我脚步后退，纷纷给我鼓劲，见此我也不断地给自己打气：

“不能怂，一定不能放弃！”最后我心一横，睁着眼睛跳了下来……坠落时的失重感也就那么一瞬间的事情，然后到了水里猛

喝了几口水后才上岸，依然感觉到自己恐水恐高，我决心借机克服心理障碍，接着又一次次地爬上高树往下跳跃。十多次之后，我明显感觉自己不再对高空和水恐惧，又完成了一个小目标。

旅途中我不断尝试定下一个个目标，努力去实现，遇到一个又一个困难，不断地去解决和克服。越挫，内心越勇敢，过程中能清楚地感受到自身能力、阅历在不断增加，这些是我在生活中学习不到的东西，这也是我热爱旅行、坚持通过旅途磨炼自己的原因。

身为青年人，不能缺少一颗勇敢进取的心。

39　琅勃拉邦

我在琅勃拉邦租赁了一辆摩托车，沿着土路，来到了琅勃拉邦周边古朴的小村寨，其现代化痕迹不是很明显，房子基本用木竹建造，外形跟西双版纳的吊脚楼类似；村民基本身着当地服饰，男性着无领对襟上衣，下穿沙笼式裤子，或长筒宽腿裤，女性穿无领斜襟上衣，下着筒裙。男性除了少部分留在村寨劳作，其余人都跑到大城市比如万象、琅勃拉邦市区，甚至到东南亚诸国做劳工，挣钱养家糊口去了。女人多留在家抚养小孩，从事原始的手工编织挣些外快，对于大一些的小孩，则放养在山林之间任由他们闹腾。

看到我这个陌生人来了，村寨的成人们总是友好地对我微笑，很纯朴的感觉。小孩们则远远地看着我，他们的眼神纯净且无忧无虑，胆子大些的，会开心地跟我打招呼。

琅勃拉邦的清晨，天刚蒙蒙亮，当地老挝人已早早出摊了

在老挝山区转了一圈，我便原路折返，但归途中我迷路了，刚好遇到一位热情的马来西亚华人，他看起来四十多岁的样子，见我对路况不熟，便亲自带我找到目的地，因他的善举我们慢慢熟络起来，并得知他叫allenang，是马来西亚的导游，目前在琅勃拉邦休假中。知道我稍后要去夜市卖东西，他非常好奇，约好晚点会面。

夜市在琅勃拉邦市中心洋人街那块，白天那里是道路，晚上不能通车，则变成了热闹的夜市。入夜后，摊主们在主街两旁支起帐篷群，中间的过道也排有两列摊位。我随身带着货物在夜市中闲逛，打算逛完后再择一角摆摊，以求挣到下站的旅费。

琅勃拉邦夜市售卖的东西五花八门，有木雕、纺织品、纸灯笼、油伞、茶叶、香料、首饰等，基本都是当地的特产，且价格都很低廉，让人一般难以开口讲价，如果非要讲价，摊主也会笑着把计算器递过来，最后往往都能成交。不管游客最后买与不买，摊主都会轻柔地笑对游客，让询价的人们也可以以轻松的心情在夜市里购物，这是让我感觉当地人友好朴素的地方。

月光笼罩下的琅勃拉邦，灯火辉煌，夜市无疑是琅勃拉邦最靓丽的一道风景线，置身其中，我有种梦幻之感。

随着时间的流逝，人流增加，我礼貌询问一处老挝摊主的意见，得到允许后开始摆上小摊，很快被世界各地旅客围得水泄不通。见我忙不过来，有些客人等不及就生气走了，还好没多久 allenang 就找到我，在他的帮助下，我的小摊销量直线上升，这其中还遇到一位身着个性服饰的云南哈尼族女孩，她离开前主动让我留下联系方式。

晚上十点后，我正在认真地给摊边咨询的客人讲解问题，在身旁的 allenang 带着些急促的声音提醒我："天翔，我刚才看到周边的老挝人都望向你这边了，咱们还是不要摆摊了吧！"我不以为然，认为我的生意好他们关注也是正常，但过了一会儿他又提醒了一次，我抬头疑惑地看了看四周，也没发现什么。直到第三次 alenang 用郑重的语气跟我道："天翔，这次你要相信我，刚才我发现他们都眼红了，都不是很友善，我很担心出事，真的不要再摆了。"

听他屡次提醒，我也慎重了起来，再次抬头，终于感受到周边摊主正有意无意地看着我，空中弥漫着异样的气氛。考虑到我已挣到去下站的旅费，不必再继续冒险，我便听从 allenang 的建议，提前收摊走了。

在我们俩在吃夜宵时，哈尼族女孩约我喝酒，正犹豫怎么回应时，allenang 知道后便调笑："那女孩刚才在摊边看你的眼神都不一样，估计是喜欢你。"

为了不让他误解我是重色轻友的人，我果断拒绝了邀请。

随后，我跟着 allenang 到他落脚的高档客栈做客，他主动帮我给客栈的越南老板娘推荐饰品。在他的劝说下，越南女老板从我手上挑选了一百多美金的东西，我非常意外，不过想想也是情理之中，导游口才确实很好。

在客栈大厅，我和 allenang 闲聊了起来，他主动跟我讲起他的往事……听完他传奇的故事，我一时唏嘘不已，从中领悟到不少东西，一下子对他的印象大好，感觉此次老挝之行最大的收获就是结识了 allenang。

回住处途中经过一处夜宵摊，我被几位五六十岁的华人给叫住了，领头的华人认出我是今晚夜市的摆摊小哥，我好奇地问他为什么认得我，他脱口而出道："在夜市的地摊卖家中，唯独你是中国人，这么特别当然记得你！"

原来如此，我们还挺有缘的！

经了解，那位记得我的华人是马来西亚人，他们一群人都是来琅勃拉邦这边度假的。临别前，马来西亚华人几番邀请我日后一定要到他的农场走走，并对我说："后生仔，我很欣赏你，因为你跟我年轻的时候很像，很有闯劲，人应趁年轻多出来闯荡！"

听了他的话，我认同地点了点头，男儿的确应志在四方。

40 被 盗

夜幕笼罩下的仰光，街道上车水马龙，缺少交警指挥的十字路口，秩序显得有些凌乱嘈杂，我第一次来仰光，入眼一切都感到陌生和新奇。

缅甸女孩们在清扫仰光大佛塔

沿街有各式各样的街边小吃，看着令人嘴馋不已，好奇上前买了一些尝尝。回到住处，我心里总觉得哪里不对劲，想了想，便打开钱包检查数额，第一遍检查发现少了三百美金，以为自己搞错了，我又重新数了几遍，最后确定了事实：真的是丢了三百美金！三百美金，对穷游的我来说无疑是笔巨款，遭遇这意料之外的情况，我有些发愣，恍过神后，回想到可能是刚才在移动小摊贩买东西时，被摊主和同伙给偷了，赶紧小跑出去急寻那一伙人，但到了那儿，早已不见踪影。

我忙跟附近缅甸人说明情况，拜托他们给我提供帮助，但他们都听不懂英文，并用疑惑的眼神看着我。顿时急得我咬牙切齿，愤怒地直跺脚，然后在丢钱的附近来回巡视，还是没能找到刚才那一伙人。

初到缅甸就遭遇到重大挫折，满腔兴奋之情被泼了一盆冷水，我这个常年行走江湖的人，竟然被盗走了钱，亏我还是曾走了半个中国，自喻还算见识多广，该有的警惕性都没有！

最后我失魂落魄地回到旅馆，坐在床上发呆，痛苦的同时，陷入深深的自责："这样通过游历来锻炼自己，还有意义吗？还值得继续坚持吗？"心态崩了，我脑海里开始质疑自己坚持游历、永不放弃的信念，质疑的念头一发不可收拾，一时间无法相信"巨款"被盗已成事实。

这突来的打击，让我控制不了往坏的方面想，无法原谅自己，但我知道我不能放弃，更不能消极下去，所以为了让自己冷静下来，我选择听些舒缓的歌，结果出人意料的好。待情绪平复后，我把音乐关掉，然后把钱包里剩余的钱分开几个地方装好，伴着困意沉沉睡了过去。

早上起来，我发现自己心情放松，已淡忘了昨日的烦闷，重拾信心。

昨日的经历也告诉我，我们身在旅途中，不可能都是一帆风顺的，正因前段旅程一直很顺利，我放松了警惕才有了钱财被盗的经历。

"不知戒，后必有！"记住教训，在接下来的旅途中，只要让我有所成长的经历，都不算坏事儿。

41 失而复得的美金

自从我在仰光被人窃走300美金后，手头的资金已不够接下来的旅程，所以我必须要想办法挣到下站的旅费，不然只能被迫放弃周游诸国的目标，灰溜溜地回家。

在准备去仰光大街摆摊前，我先把准备售卖的东西放到大厅的一张桌子上进行整理，大厅还坐着些客人，也许有人会买。

“请问这是什么东西呢？”听到身旁有人问，我循着声音望去，原来是邻桌一位戴着鸭嘴帽、个子不是很高、肤色黝黑的女孩。

“这些是我自己手工制作的东西，它们是来自中国青藏高原的特产。”我指着桌上的手工饰品，给她解释道。

女孩似乎也听说过中国西藏，忙走近来我桌边看稀奇。

通过交流得知，女孩是华裔，爷爷奶奶都是中国人，早年间去了印尼，后来女孩的父亲在印尼娶了同是华人的母亲，女孩从小就生长在印尼，一句中文都不会。最后，女孩跟我买了一对饰品。

因华裔女孩的缘故，旅馆的几位前台也被吸引过来买我的东西，于是我在大厅中当起了销售员，告诉不同国家的旅客，我卖的东西是从中国带来的，缅甸没有。没过一会儿，我就把在仰光的食宿费用给挣到了。

挣了钱，我心情愉悦不少，随后独自外出游览仰光，打算见闻下当地的风土人情。

没来过仰光的人，大多误以为仰光就是缅甸的首都，其实缅甸的首都2005年早已从仰光迁移到内比都，但如今仰光仍然是缅甸最大的城市以及政治、文化、经济中心。

十九世纪中期的缅甸属于英国殖民地，沿路的主街道建筑除了具有缅甸传统风格，也有少部分英式的建筑，宗教建筑有道教的天后宫、基督教堂，更多的则是佛教的寺庙。

在仰光的大街小巷，会有不少的印度裔身影，他们在街道上兜售着印度飞饼，或三五成群在一起赤脚踢着毽子，打着羽毛球，又或成群结队地围在一个街角赌珠子进洞，就像我小时候在乡村跟小伙伴玩弹珠进洞一样，没想到我们小孩子玩的游戏在这里会是中老人用来娱乐的。

查询了相关资料了解到，仰光的印度裔之所以如此多，是因为当年英殖民政府为了便于统治，把大量印度人迁到缅甸，跟马来西亚吉隆坡的情况有些类似，其中迁往仰光的印度裔数最多。在唐人街那块，我也见到了不少华人生活着。

仰光不同族群有不同文化，缅甸政府也没有多加干涉，仰光甚至把城市规划成很多街区，给不同的族群聚居，这一切看起来很自然、和谐。

仰光这边天气比较炎热，我看到一种有趣的现象，就是在仰光，无论是男女老少，都会在脸颊涂上黄色的香木粉，这几乎成了仰光街头标志性的人文景观。经了解，原来那是缅甸人就地取材，用黄香楝树干研磨的“黄粉”，作为物美价廉的天然防晒美容霜，“黄粉”有防晒、清凉、止痒、防止蚊虫叮咬等作用，它们最主要的作用还是防晒和驱蚊，因为缅甸常年温热，多蚊虫。我也入乡随俗，往两边脸颊各抹了一些，一时脸上有非常清凉的感觉。

缅甸的街头小吃，不单是晚上比较多，白天也有挺多，虽然我

昨夜买小吃被窃了财物，但我不会因此抗拒街头美食的。

我经过观察发现，当地人比较喜欢在街头的槟榔摊买槟榔嚼，他们买槟榔一次至少买一包，有 4 到 6 个不等，装在一个小塑料袋里，用牙签把袋口封住装在兜里，吃的时候随时拿出。我在槟榔摊边看着摊主制作槟榔的过程：一片绿叶子，用水稀释过的石灰在表面刷上一层，接着撒上几颗槟榔粒，再从不同的罐子里放上各种香料，都齐备以后，再拿新鲜的绿叶子包起来，一个“缅甸槟榔”就成型了。

有时见我好奇地看着他们，他们就会咧嘴一笑，对我打招呼，看他们因嚼槟榔而留下的一口红黑色的牙齿，多少有些心理障碍，同时也觉得颇有趣味。

缅甸的餐馆，费用都很便宜，在仰光这儿不管是缅餐还是印度菜，一顿普通正餐大概 6 块人民币。

我去了一趟仰光市区最大的批发市场，有意在那里把手头的货物批发掉，顺便看下当地红木摆件。在国内珍贵的红木，在仰光市场这边费用却很低廉，红木在缅甸属于高产物，而在中国产量低，所谓物以稀为贵，因价格优势，缅甸红木在中国市场上颇受欢迎。市场上的缅甸木匠们随处可见，他们零散或成群，随意坐在水泥地上，认真雕刻着一件件红木摆件，把红木做成精致的木雕和日常家用的餐具，再由一家家商铺和贸易公司把商品销往世界各地。

顺着市场内的珠宝长廊，我准备离开批发市场时，听到有人在我身后用中文呼喊：“先生，请等一等！”

起初不知道是叫我，随着呼叫声接连响起，我才回身望去，只见一位身着筒裙脚、穿着拖鞋的缅甸短发女孩正气喘吁吁地追上来，到了我跟前，我疑惑地指着自己，问道：“你是叫我吗？”

和华人女老板交易镯子

“是的先生，我们老板叫你！”

“请问有什么事情呢？”我并不认识她口中的老板。

“刚才你路过的时候，我们老板看到你戴的手镯挺好看的，想问下你哪里有卖的。”

“这个是我自己做的。”

“啊，那太好了，我们老板可以买，先生请跟我来。”

说完，她领我到了一家珠宝店，只见老板是个中年女性，里边还有几位女员工，交流后得知她们都是华人。

“你们去门口候着。”知道我从中国带来很多自己做的手镯后，珠宝店女老板用命令的语气让员工自行到店外去候着，她要跟我商谈采购价格。

我见状忍不住皱了皱眉头，诧异地望向女老板，觉得她那样不太尊重员工。

“我不能让她们知晓价格，这样可避免日后争端，她们另起炉灶抢我生意。”华人女老板观察到我神情的变化，向我解释道。

“原来如此！”我心里恍然大悟，她真是精明的生意人。

接着我们开始交易，三言两语间我就领略了她的厉害，我们起初谈的价钱减少零头后，总数再减了一次，论谈判经验、生意技巧，我在这位女老板面前真是小巫见大巫，毫无招架之力，很快败下阵来。我吃了点亏，只觉得这女老板过于精明，我们只能合作一次，她只顾自己压低成本，不会给我这个“供货商”让利丝毫。

我们以缅币成交，最后我算了下，折合下来也差不多三百美金，很巧，等于我“找回”了昨晚被偷窃掉的钱。

这种“失而复得”的感觉，相当奇妙，也许是因我心中对梦想的坚持，越挫越勇，想办法解决难题，“它”才自动回到我手中来。

42　金色蒲甘

缅甸中部的蒲甘城，我正在一菜市场售卖随身所带之物，一群当地人把我包围，他们对我这个外国人卖的东西很有兴趣。

我的售卖价格约四五十元一个，他们虽然喜欢我的东西，但由于月平均工资也就七八百元人民币左右，舍不得买，便尝试与我进行古老的交易模式——以物易物，他们的物品则是漆盒、干果、香草等，考虑到今后的旅程，我并没有同意。

午后的蒲甘艳阳高照，我租了一辆摩托车，准备去一趟万塔林，欣赏蒲甘日落时分的景象。

时间还早，我一个人漫无目的地穿梭在蒲甘塔林中，一缕缕金色的阳光穿过树冠缝隙，洒在我正在穿越、烟尘滚滚的密林土路上，让我有种身在画中之感。

蒲甘被称之为万塔之城，密林中放眼望去，尽是古佛塔，传说塔林里的每座古塔，都供奉着一位高僧的舍利子，至于是不是事实，不得而知。据缅甸史记，以前蒲甘有约一万三千座佛塔，经过岁月长河和战火硝烟的洗礼，如今仅遗存两千多座，但这不影响它成为亚洲三大佛教遗迹之一。

世人眼中的万塔之城遗迹已是人间奇景，难以想象蒲甘的巅峰时期是怎样的辉煌。

这些佛塔、佛寺的建筑艺术，是缅甸古老建筑艺术的缩影，是缅甸以及世界珍贵的历史文化遗产。

遗存的佛塔中，给游客开放的，也仅是极少的一部分，让人颇觉遗憾的是，其中很多壮观的佛塔杂草丛生，没有被开发。而最佳观看日落的位置则是一座雄浑的大型古塔，在密林中隔着老远，我都能看到那座古塔，因为塔身巨大，坐落在塔林之中，给人一种鹤立鸡群之感。

当我赶到了之后，才发现已有很多来自世界各地的游客集聚在巨型古塔附近。这座古塔有点类似埃及金字塔的形状，不太一样的

万塔之城，密林中放眼望去，尽是古塔

是塔身四边有小塔供卫，大小佛塔内外塔体上都有着精美的壁画。

缅甸官方为保护这座年久失修的巨塔，给古塔四周圈上了铁围栏，禁止游客攀登，白天有管理人员来回巡查，很难攀爬上去。

古塔下方排着如长龙般的队伍，我好不容易才爬到塔上，发现塔身向阳的那面，已坐有密密麻麻的人群，在等候着夕阳西下。

过了许久，我才寻到一处无人注意的小塔角落，那里虽然看着危险，但视野开阔，位置更佳。

我站在塔角的高处眺望前方，蒲甘平原塔林如尖，无数五彩缤纷的热气球飘浮在平原上空。

很快，夕阳最美的时刻如约而至，只见夕阳在天际线缓缓向西落下，发出耀眼的光芒，飘浮在上空的热气球像调皮的精灵一般，从夕阳中缓缓滑过，日落余晖漫过静静伫立在烟云中的两千多座佛塔。

充满历史沧桑感的塔群，浓荫密林，缥缈的烟云、灵动的热气球、辽阔的碧空和蒲甘平原，连带整座蒲甘城都披上一层金光，我视线中的一切皆染成金色的世界，显得无比的壮丽！

身处这金色世界，我恍然悟到，原来……这就是金色蒲甘！

“真美，真美啊！”

蒲甘的日落惊艳无比，让我终生难忘，但此时词穷，不知道怎么去形容我此刻看到的美景，蒲甘日落，应该是我这辈子见过的最美的日落吧！

世界上总有些美景，让人看了会有种热泪盈眶的感动，我兴奋之余，才发现身边竟然没有一个可以分享内心喜悦的人，那瞬间，失望涌上心头。

也就在这时我决定了，未来某天，我要带上喜欢的人再来一趟蒲甘这个城市，一起看心中最美的日落。

从塔林骑车返回小城，待我取了包裹，准备换个离火车站近的地方住宿时，空中突然电闪雷鸣，瓢泼大雨袭来，直到夜色朦胧，它还没按下暂停键，其间我背包找了很多客栈询问，老板们总是遗憾地对我摇摇头道：“没有房间。”

我一时半会儿找不到落脚处，不得已再次回到原先的店家那里，想那老板娘看着是挺面善的女人，应该能帮到我。到了旅馆前台我向老板娘恳求道：“只要让我有个落脚的地方就好，我无所谓环境。”

她面露犹豫的神情，欲言又止，最后还是对我道：“二楼有一个大厅，我们平时用来存放杂物的，如果你不介意就住在那里吧，

只要 8 美金就好。”

我听后大喜，终于不用露宿街头了，不假思索地忙应了下来，顺便把价格砍到 7 美金一晚。

交了费用，拿着老板娘给我的被子，沿着古旧的扶梯走向二楼，在右转角间，看到有条通往大厅的路，那是一条十来米幽深且静悄悄的长廊，走在其中，能清晰听见自己的脚步声，依稀见到尽头那有些微弱的光，沿路墙体上有一面小窗口，月光从那里传来，这才让昏暗的环境亮了些许。

我远远向长廊深处发光的地方望去，也不知道前方那里到底有什么，未知会让人觉得恐惧，只觉得一股森然之意从尽头涌出。我不由想到香港演员英叔主演的中式恐怖电影里的场景，心里不免“咯噔”了一下，不禁有了退缩之意，但如果不到尽头的大厅住，那我今晚必会露宿街头，此时屋外狂风暴雨，那样肯定行不通。

我只好硬着头皮，迈步往前走，伴着窗外阵阵打雷声，忐忑不安的我终到大厅又一拐角处，一进大厅下意识向右边望去，只见大厅中间靠墙的地方有一张老旧的木桌，桌面上放着两位往生老人的黑白照（估计是店家的父母），加上老人遗照前方摇曳的烛光，在这昏暗里非常醒目，这简直就是惊悚现场，我一下懵圈了。

此情此景确实是挺瘆人的，顿时头皮发麻，浑身起了鸡皮疙瘩，脑海瞬时闪现刚楼下那女店家跟我交流时，欲言又止的画面。

她竟然没有说清楚大厅会是类似灵堂一般的景象！不过仔细想想，外面确实是没有能收留我的地方了，既然退无可退，只有向前。

缓了一会儿神，我压下心虚之感，放下包观察起周边环境来，眼前客厅颇大的空间一片寂静，让人感到不安，我一个人站在大厅中间，更显得孤零零的。由于客厅只有烛火，光线显得很暗黄，大厅中央有一个床垫随意铺在地上，紧挨着老旧的木桌，在木桌子旁边墙体上，挂着一张半人高的彩色框装图片，相片里是一个戴着清朝时期圆顶帽的小男孩，脸颊两边画有两个红彤彤的圆印子；左边有同样大的框裱喇嘛画像；邻近喇嘛照片的则是一个不知名的东南亚风格的铜佛像；端坐在墙洞中，还有一个印度风格、面相凶恶的图像，可以看得出来，挂在墙上的这些画像都已有些年头了。

我就站在大厅中央，看着老人照片、小孩、喇嘛相片、佛像这些混搭的图像，感到特别怪异。

抬头看到挂在墙头的钟表时间，快到深夜十二点，我不想在客厅夜宿，身处这样特别的环境，我睡得也不安稳。忙寻找其他可以过夜的地方，只要不在这看似诡异的大厅就行。

环视大厅周边一圈，见到大厅有口小门通往外边阳台，屋外虽然暴雨连绵，但雨水并没有溅落到阳台上，所以我决定把垫子和被子搬到狭小的阳台上，躺下后才发现晚上的蚊子还真是大啊，拍死一批接着来一批，气得我干脆就不管了，打算早上起来时，再数下身上起了几个包包。

深夜，睡在阳台的我，通过阳台木门的玻璃口，依稀看到大厅里在黑暗中摇曳的烛火，虽然被蚊子叮咬得睡不着，但我死活不愿再搬回那看似阴森森的大厅。

凌晨三四点时，我还在阳台被窝里胡思乱想，便打算做点事情分散注意力，就在网络社交平台随意发了一个在缅甸旅行的动态，看到有女生评论，我乐了，赶紧找她私聊转移注意力。

刚好对方也失眠了，隔着网络，我们有一搭没一搭地聊着，直

到早晨六点钟天蒙蒙亮，我把垫子搬回大厅，而后赶紧拎起背包跑路，离开这个让我内心“小鹿乱撞”的地方，如果时间来得及，我将到下一站仰光过泼水节。

43 泪洒车厢

每当到了缅甸泼水节，当地人都在准备休假过节，很难搭乘到交通工具，我以比往日多一倍的车费，才有的士愿意把我载往火车站。蒲甘车站很小，一天就一班火车前往仰光，还好没错过。

我乘坐的缅甸黄皮火车，就似牛车的速度，慢是其特点，不过正适合我观赏沿途风光。这种火车是二战时期日本所造，后赠予缅甸，属古董级文物，整条火车是分成一节节的，独立的车厢，不像国内那样整个车厢都连通。

没过多久，火车就到了一个不知名的小站，短暂停留间上来了一家人，先进来的是一位肤色黝黑的长发男人，他带着位穿着纱丽的妇女，还有一对儿女，这家人打扮穿着虽然看着不是很富有，但却给我一种朴实之感，他们的小孩都有一双大大的眼睛，长长的睫毛，粉嘟嘟的，很是可爱，也不哭闹，挺乖巧的样子。

男人一家看到我后，友好地打了招呼，随后在过道一边与我相邻而坐。

由于语言不通，所以也没跟他们多聊，轻倚窗边，转首默默望着窗外风景，发起呆来，心想：孤身在缅甸坐火车旅行，也是一种特别的体验。

快到午饭时间，那家人拿出提前准备好的咖喱饭和薄薄的大圆饼，赤手抓吃了起来，这是他们的主食，我没吃过他们这样的食物，便扭头好奇地观看着。

男人见我在关注他们，以为我也饿了，便拿了一块薄饼对我善意地笑了笑，递了过来，示意让我接受。

可能我从小吃东西用筷子习惯了，看他赤手拿着食物给我，下意识有些排斥，正在犹豫时，那男人再次向我点头，示意不要客气，同时给了我一个温和的笑容。

我跟他眼神对视了片刻，意外发现他眼神很纯净，很难相信一个已有妻儿的中年男人还依然有这样纯净的眼神，直觉告诉我，他是一位非常善良的人。

实在没胃口，最后我还是摇了摇头，婉拒了对方的好意。看到我没有接受，男人眼神有些黯然，他低下头，慢慢把手上食物放回桌子上，这让我感到有些内疚。

坐在男人大腿上的小孩，可能是坐太久车了，感到不舒服闹腾了下，导致汤汁洒在了自己衣服上，很快他就被母亲给呵斥了，接着母亲帮男孩整理了下衣服上的污渍，小男孩的姐姐在旁边嬉笑地看着弟弟，继续吃起饭来，男人也在旁温柔地看着妻子和一对儿女。我很少羡慕别人，但每次只要看到一家人温馨的场面，心里都莫名地感到有些羡慕。

加上刚刚拒绝了那男人的好意，有些内疚感，一时百味杂陈，让我触景生情忆起往事。人独自在旅途中，总会有些沉思，我想起关于家的问题，什么是家我一直搞不懂，违背家人意愿，执着地四处游历，一直在路上的我并不符合家人期望，得不到任何支持。他们觉得我不务正业，不负责任，把我当成一个合格的叛逆

者，有些淡淡的遗憾，而我已许久没跟家里联络了。

上次在广州感到的失落，是随着我旅行深入，意识到因过于执着旅行，与生活中的朋友感情生疏了。这次意识到的问题，是因为到处游历而失去对家的感受。因旅行失去了很多东西。

什么是旅行？为了什么而旅行？我不禁思考起旅行的意义，我也不知道为什么而旅行，只是知道通过行走能让我成长：忍受孤独的能力、挑战能力、应变能力、受挫能力、社交能力……都会在旅途中无形变强，我坚信这些。

在异国他乡的火车上，思考关于家这种看似沉重的问题，让我很感伤，万千思绪心头涌起，不由红了眼眶。

很快感受到脸颊有些温热，有东西顺着脸颊流下来了，似乎是眼泪，控制不住而流下来的眼泪……

一个坚强的旅行者，一个大男生竟然流泪了……我怔了怔，有些不可置信，下意识要抹掉它，但刚抬起手，又想起一个女驴友曾和我说她经常一个人旅行，到过很多地方，吃过很多苦，很多时候也感受到孤独，时常一个人走着走着，眼泪就不自觉流下来了，怎么也止不住。

那时我心里还笑话那个女孩，觉得热爱旅行的人都很勇敢，怎会轻易掉眼泪，女生就是感性，反正我是不会像她那样的。

现在自己竟然也在旅途中流泪了，哈哈！原来男儿不是不流泪，只是情未到深处。

我便放下抬起的手，没有再去试图抹掉它，泪就让它往下坠吧，也许它是对自己追求心中答案、无怨无悔的感动……

44　缅甸泼水节

“嘶，好冷！”窗外突然有一盆冷水泼了进来，溅到我身上，冰凉的水，把沉寂在个人世界中的我惊醒过来，看了看窗外，并确认了下网络地图，原来火车已到了仰光地界，它正在穿梭一处贫民窟，只见窗外的贫民窟小孩们，穿着破旧的衣服，各自端着一盆盆水在火车道两旁，兴奋地守候着。恍然想起，从今日开始便是缅甸泼水节了。

缅甸泼水节是缅甸一年中最为盛大的节日，每年的四月初中旬，仰光这边都会举行泼水节，表示辞旧迎新之意，也是所有缅甸人的狂欢节，跟我们中国的春节差不多，一般为期三天左右。

火车道两旁的小孩们，只要看到路过火车窗开着的车厢，就一顿乱泼，我试图躲了一下，结果用力过猛，把手臂给划伤了，伤口血在流，身心疲惫的我干脆不管了，无言地轻倚在火车窗，呆望着窗外的天空，也不知道自己在想什么，任缅甸小孩们陆续通过车窗把水泼我身上，心想：泼吧，没事儿，只要我能挺到仰光，在旅馆好好睡一觉就行……

当我背包到了仰光市区，见到主街上早已人山人海，摩托车、人力车、皮卡车、行人们把大街围得水泄不通，街上充塞着汽车的嘀嘀声、擂鼓声、疯狂的呐喊声，人们参与泼水节的热情，才刚刚开始，气氛好不热闹！

大街上的皮卡车最常见，每辆卡车都载着几大桶水和一群满脸亢奋的奇装异服非主流男女青年，皮卡后车的男青年们都赤裸着

上身，女的穿着暴露的衣服，都染着五颜六色的头发，一边伴随着车上劲爆音乐忘我地扭动着身体，一边拿着水瓢和水枪对过往的车辆、行人泼水狂欢，给我一种“群魔乱舞”的既视感。

记得非主流文化曾在约十年前的中国大陆流行，而缅甸在如今的 2017 年左右才开始兴起，缅甸这边经济消费水平也相当十多年前的中国消费水平，在仰光泼水节间的所见所闻，让我有种穿越时空，回到了十多年的中国大陆之感。

虽然缅甸看着相对落后，但街道上行驶的车辆却是很先进，大多是日式和德式进口车，因外国商品进入缅甸关税比较低，所以价格上比较便宜，经济稍好些的缅甸人，都能买到一辆不错的车。仰光这边先进机动车辆和落后的经济水平，成了我眼中的一个反

全民狂欢的节日——缅甸泼水节

差对比。

除了大街上狂欢的人群外，小巷子里每家每户门口也都摆放着一大桶水，只要你出现在街头，他们会默认你参与了狂欢节，给你泼水祝福。

我背着沉重的旅行包，遇到泼水的人群能躲则躲，当走到一处两米宽的小街入口，看位置，路的尽头就是我要落脚的地方。在前方不远处的那些屋子门前只是有大水桶，并未见有人影，我庆幸自己不用湿身了，但在我走过去快接近水桶时，十几个穿着背心赤裸着胳膊的壮汉拿着水桶和水瓢突然从我前方蹿出来，我看到后边后退边疯狂摆手，同时示意道："NO！ NO！ NO！"

对他们示意我衣服很干，不要泼，但我越这样，他们越兴奋，很快我就变成了落汤鸡……

待我走远后，再回头看刚才对我泼水的人群，见他们正嬉笑地蹲坐着，或站在街边石阶上玩起手机来，我心里气不打一处来，寻思：今天是缅甸人特殊的节日，我泼回去应该不会挨揍吧？

安慰了下自己，便偷偷跟当地人家借了一小桶水，顺便在里边加了冰块，藏在身后，悄悄地走过去，坐在石阶的人群中有位男子抬头疑惑地看了我一眼，我赶忙递给了他一个人畜无害的笑容，他见我也没危险的样子，便低下头不再搭理我。

接着我在他们还没反应过来的时候，坏笑快步向前，大吼一声："看招儿！"话音刚落，水便泼了过去，随后引起一片惊呼声，石阶上的人们手忙脚乱地擦着手机水迹，接着拿起水瓢反击，我赶紧撒腿就跑，边跑边哈哈大笑！

被追赶了一小段后，那群壮汉看追不到我就放弃了。

看他们因是泼水节不能生气，对我无可奈何的神情，我开心极

了，这是我第一次在缅甸过泼水节，真是有意思且难忘的体验啊！

只是没高兴多久，一不留神间，又被前方几位蹿出来的小孩给泼湿了，最后我还没到旅馆，连人带包已被淋得浑身通透了。

45 印度洋的眼泪

斯里兰卡是一个美丽的国度，与印度半岛南部隔海相望。如果单看世界地图，斯里兰卡的形状就像是一滴眼泪，所以外界给了它一个美誉——“印度洋的眼泪”。

古时的斯里兰卡叫锡兰，它是跟中国有一千多年渊源的国家。早在东晋时期，高僧法显渡海取经，第一次把锡兰记入中国史；六百多年前的明朝时期，锡兰是郑和下西洋重要的中转站；而如今的斯里兰卡，依然是跟中国关系较为友好的国家。因为“一带一路”的建设，中国在斯里兰卡援助了港口、煤电站、大桥等大型项目，2017 年中国是斯里兰卡最大投资国。

来斯里兰卡前，我联系了在科伦坡做地接的毛毛，她还在尼甘布开了家客栈。毛毛安排了一辆突突车来机场接我，突突车是斯里兰卡很常见的交通工具，类似三轮摩托，四面透风，小巧便捷，因行驶时马达发出巨大的“突突”声，所以才得了这样一个名称。我坐着晃晃悠悠的突突车，穿梭在深夜中，过了许久才到客栈。

毛毛早已在门口等候了，她对客人挺用心的，凌晨两点多还在大厅静候另一位客人，刚好我因为时差一时半会儿睡不着，便在大厅跟她交流起来。

毛毛与我是同乡，她在斯里兰卡已经独自打拼了几年，每天很努力地打理客栈，接待客人，因为“一带一路”的际遇，这边还有不少跟她一样到斯里兰卡定居、奋斗的中国投资者，他们多从事旅游业、贸易业类。

斯里兰卡物产比较贫瘠，大多数的工业产品依靠进口，所以总体消费不低，除了交通和生活日用品之外，都不算便宜，物价平均也比我们国内二线城市稍高，首都科伦坡更是直逼中国一线城市消费水平。

住宿方面，费用比东南亚国家约贵一倍，毛毛家还是我找的比较便宜的落脚处。斯里兰卡政府对持有正规执照的餐厅、酒店类征税比较高，这也是斯里兰卡酒店业费用相对昂贵的一个原因。

加勒海岸线

考虑到旅费问题，我打算在当地夜市摆摊卖东西，毛毛了解情况后，摇了摇头，好心规劝："当地平时有宵禁，晚上 9 点之后就不准出门了，并没有夜市，可能摆摊旅行在此地行不通。"了解到这个情况，我面露难色，如不靠旅行摆摊挣回旅费，我的旅程会受到影响。听说加勒那边风景不错，也许可以临时摆摊，我决定先在尼甘布走走，后面再去加勒那边看一看。

隔天我独自在尼甘布游览，发现街道很干净，当地人体貌跟印度人长得差不多。见到当地一些精美的工艺品，我没舍得买，跟不同商铺老板交流过程中，发现他们对我手上戴的饰品很感兴趣，于是我便想对他们推销，路过每家商铺，我都主动展示我手中的手工艺品，商家们一般都会同意与我钱物交换，或者以物易物，他们的物品多是风靡世界的高山红茶、乳胶枕，还有木雕。

斯里兰卡是世界海运枢纽和货物集散地，国际上超过一半的航运集装箱和石油都会从斯里兰卡航道路过，虽然陆运通往中国不便，但海运却很通达，我把换到的当地特产通过网络卖掉，再通过当地国际海运，把已卖掉的货物托运回国到买家手中，这样一来，我就有了多余的旅费，能去更远的地方游历了，暂时解了燃眉之急。

46　茫茫旅途，终靠自己

在我准备离开尼甘布前往康提那天，毛毛的弟妹从广东过来看望她，由于毛毛没有时间陪她弟妹，便邀请我跟她弟妹一起包车走南线。

斯里兰卡旅游观光路线，主要分南线和北线，北线是科伦坡以北的地区，南线是以科伦坡为起点，沿线为西南部康提、努沃勒埃利耶、加勒等海滨城市。

包车费用 4 天 100 美金，不包食宿，这对我来说是“奢侈”的旅行方式，满心纠结，但想到这趟行程有毛毛亲人在，她应该会比较上心，会主动分享旅途我需要的信息，而我的斯里兰卡体验也会丰富些，于是便忍痛答应下来。

一起同行的，还有同住客栈的东晨和刘旭情侣，他们英文水平也不佳，之后的一段行程，我相当于是他们的兼职翻译。

斯里兰卡四面环海，最不缺的就是美丽的海景，从尼甘布到康提这段路程，沿途风景优美，天蓝蓝海也蓝蓝，湛蓝剔透的海水，前仆后继地扑打在金黄色的沙滩上，远远看着就会让人心情很舒畅、放松。

当行车路过一段海景时，我看到了近海处耸立着一根根木桩，木桩上有群渔民，或站或坐在木桩上边垂钓，这便是斯里兰卡面向世界的一个标志性名片——高跷垂钓。高跷垂钓是斯里兰卡独特的钓鱼方式，据说这边的渔夫基本是穷人，买不起船，只能利用这种方式钓近海的鱼。渔夫垂钓并不用鱼饵，像姜太公钓鱼一样，愿者上钩，但他们凭借经验技巧，一天也能钓到不少海鱼。放眼望去，黄昏时分火烧云下，与那群渔夫形成唯美且有意境的画面，让观者有种发自内心的喜悦感。

美中不足的是，在康提之后的旅程，载我们的斯里兰卡司机想方设法挣我们的钱，总是引导我们去购买货物，不买就绷着脸。

虽然通过交涉我们一行人没有吃亏，但已影响到游玩的体验。所以，自由行的人如果时间充裕，我还是推荐直接坐当地的交通工具，一个城市一个城市地走，这样体验会更好些。

一群人在沙滩挖黄金蟹，玩得不亦乐乎

在斯里兰卡南线，沿途有世界八大奇迹之一、巨岩王朝空中宫殿狮子岩以及大象孤儿院、美瑞莎观鲸、雅拉国家公园以及国家博物馆等景区，这些地方对当地人免票，或者象征性收取一点，但对外国人收取的费用奇高，这是一个奇特的现象，因此我们一行人只选择了部分地方进行游览。

到了中部城市努沃勒埃利耶，我们刚好碰上斯里兰卡的新年，当地住房供不应求，我们找到一家中国客栈，由于价格高昂，我们试着还价，但并未成功，因不想露宿野外，我们只好住了下来。

第二天我们一行人想去海滩边挖螃蟹，努沃勒埃利耶海边螃蟹很多，口感香甜，夜幕降临后，它们会嗖嗖地钻进沙滩挖洞，我们可以通过铲子，或者用手把它们给挖出来。

不知道能否在当地挖螃蟹，在咨询了当地人得到许可后，我和东晨才开始体验沙滩挖螃蟹，最终收获不小，一行人开心不已。

47 海边小火车

一辆即将前往科伦坡的列车前，挤满了密密麻麻的人，而我前后左右通道也都被人群堵住了，不由得怀疑自己待会能否挤上去。

身旁不远处的三疯表现得很淡然，他说：“你待会就站在门口什么都不用管，车启动时人流会把你给挤上去的。”我对她的话半信半疑，可不一会儿，现实便告诉了我答案：火车刚启动，人们便像逃难般蜂拥而上，我下意识地看了看周边，发现挤得最生猛的，是老头老太太，我慌忙地举起双手来，担心挤伤了他们，而同时我也发现自己根本不用使劲儿，“轻松”地被挤上了火车，我转身看了三疯一眼，给她竖起大拇指点赞，表示她有先见之明，三疯则回了我一个拽拽的表情。而让我惊讶的是，上了火车的人们反而不急了，没有再去争抢座位，变得有秩序起来，斯里兰卡人见我和三疯是外国旅客，便让出最后一个座位，三疯非得让我坐，一般旅途中都是我照顾女生，这次反而是轮到女生照顾我了。

三疯是前几天我在加勒结识的，那天我背包路过一处客栈，见到上面用中文写着“三疯的客栈”，名字起得非常有个性，脑海中顿时浮现出其掌柜披头散发的形象，我怀着好奇走了进去。

一进门便看到一个很大的院子，大概二三百平方米，大声询问是否有人后，只见一位戴着大耳环、顶着一头杀马特发型、穿着木板拖鞋、又带有三分干练的女孩从屋里走了出来，而她就是掌柜三疯。

她说话方式单刀直入，嗓门大得很，我平日接触温柔的女生较

多，所以一开始并没有适应跟她直来直去的交流方式，而是连在她家客栈住了几天后才熟络了起来。

那天早晨，我到大厅发现有几个赤裸着胳膊、一身肥膘的壮汉正在打牌，三疯也在大厅沙发坐着，我过去后，她问起我旅途的经历，知道我通过旅行摆摊的方式挣取路费，她便立马站起来对我道："喂，你把东西给我。"

我依言把东西递给了她，正奇怪她要干吗时，只见她单手拎着我的货物往几位大汉的牌桌上一扔，大大咧咧地对他们说：

"哎，这是他从国内带来的一些饰品，很有特色，你们要不要看看？也当是支持下他。"

看到这一幕我不禁傻眼，哭笑不得，换成我的薄脸皮，那肯定不好意思这样干的，还担心几位满脸横肉的汉子会揍她。

但出乎意料，几位壮汉挺给三疯面子，在她说完后，便围着袋子挑起顺眼的饰品来。

看他们挑了许久，神情都有些纠结，我估计他们兴趣不在上边，只是不好意思不买，便上前解围："几位大哥如果不是很喜欢这些东西，也不用为了支持我而买，这样我也会过意不去。"

话音刚落，便听其中一位大哥说："哎，本来不想买的，就冲兄弟你这实在话，我们买了。"

最后他们从我这儿挑了许多东西，还真是无心插柳柳成荫，我们皆是性情中人。

三疯知道我下站将去印度，而她之前去过，便跟我分享了那边的大概情况。比如外国人在印度办理当地手机卡很麻烦，不但需要提供繁琐的资料，而且办理期间只能待在原地，久的话，要一

科伦坡火车站

周时间才能办理下来，这对于旅行者来说，是非常耗时间的。

“你到时离开印度后，手机卡不要马上丢弃，可留给下个需要的人用，因为我去印度时用的卡，也是位陌生的旅行者传给我的，后来我就把电话卡传给下一个人了。”三疯颇为认真地跟我说道。

听到这话，我颇感意外地看了她一眼，因为在这之前，我对她的印象还停留在“粗鲁”阶段，没想到她看似大大咧咧，心倒挺细腻的，我们属于同类人，有颗感恩的心，顿时对她印象大为改观。

我准备去科伦坡玩，而三疯因要去科伦坡矿区拿原矿宝石，所以我们便约着一起去，于是出现了开头我被人流挤上火车那幕。

我手里拿着加勒通往科伦坡的火车票，大概是 3×4 厘米尺寸样子，看着小巧的火车票，一种喜萌感扑面而来，火车票约 9 块

人民币，很便宜。

随着火车穿过平民居，越过高山，沿途的景色并没太多出奇，我一时兴致索然，闭目养神起来。

“哎，你快看前面的海景。”三疯用力拍了我肩膀一下。

“前面的海景中的火车轨道，就是宫崎骏导演的动漫《千与千寻》里海边小火车铁轨的原型，只有短短十几分钟，别错过了！”她无视我的白眼，薄唇叼着根细烟，说不出的英气。

《千与千寻》我曾听过，都说很浪漫，我便向三疯示意的方向望去。

“哇，好美！”

只见前方天空海阔，艳阳高照在万里无云的上空，蔚蓝的海水平面，不时有金光闪烁。一道道海浪，前仆后继涌来近海，拍打在火车轨道和车身上，发出“哗……哗……”的声响，偶尔溅起几米高的浪花，我很担心火车因此而停留，或者被海浪拽到海中，此时视线里的海景给了我一种极其意外之喜。

有一段海路，火车轨道是弯月形状，坐在前部的我探出头，往后望去，还能看见长长的红色火车身，它沿着印度洋海岸线行走，整列火车就像一条海蛇，游离在浩瀚无限的深海之中，不时回望自己的尾巴。远远望去，一辆列车行驶在茫茫大海之中，极具梦幻之感，令人震撼！

我静静地坐在车厢门边，任海风轻轻抚摸我的脸，眼中的大海似乎有种独特的神韵，它与海边小火车结合形成大自然的奇景，让我感到一种无法言语的感动，脸上满是激动，一时间心里也颇不平静，竟红了眼眶。不由想起一首歌中所写：我曾难自拔于世界之大，也沉溺于其中的梦话，不得真假，不做挣扎，不惧笑话。

逆着光行走，任风吹雨打……我就像这辆驶向没有尽头的天边小火车一般，不断探索旅途的意义，一心一意追寻梦想的路途，也不知道还要走多久，那就像歌词里所说的，心之所动，且就随缘去吧！

48 疾病突来，水火两重天

素称“宝石之岛”的斯里兰卡，盛产红蓝等宝石，是世界五大宝石生产国之一，很多世界巨头珠宝零售商和珠宝公司都将总部设在科伦坡。

通过打听，我来到科伦坡当地最大的珠宝交易中心。装饰奢华的交易大厅中人来人往，大都是西装革履、穿着讲究的职员，而我一身旅者的打扮，显得有些格格不入。那些职员中大部分是中国面孔，他们基本是国内的珠宝公司派驻的专员，专门驻守斯里兰卡收购珠宝原石，然后经过加工销往中国这个庞大的市场。

交易中心的珠宝种类应有尽有，看着让人眼花缭乱，很多我叫不出来名字，像昂贵的红蓝等珠宝，一个新手贸然去购买很容易踩坑，我没把握买到好品质的宝石，所以没有帮任何人代购珠宝，而是悄然离开，把所有收到的代购费用，都退回给客户，包括在加勒摆摊时结识的莉姐交给我的一万八千元。

不能把握产品质量的情况下，我不能为了挣钱而挣钱，起码不能辜负他人信任，这也是我做事的一个原则。

在科伦坡大街闲逛时，我偶遇了同样背着小包、理着短发、看

起来精瘦清爽的中国青年阿里。在不同国度的街头，同是中国人很自然能搭上话，有时这也是我旅途信息交换的方式之一。

阿里是四川人，来斯里兰卡之前，他是一名白领，现在在科伦坡已待了三个多月。

“我被兰卡珠宝商人骗了一万多块。”阿里说起这个事情时，神情间有些黯然和苦涩，接着看似洒脱地说道，“就当是用钱买教训吧！”

阿里初来斯里兰卡时，刚接触到宝石行业这块，很不幸地被骗了一笔钱，而这笔钱差不多是他身上所有的积蓄，现在他还没从那件事上缓过劲来。

“我将留下来，不回国发展了，把这个珠宝行业当成我一生的事业来做。”离别时，阿里仰起头，眼神坚定地跟我说道，虽然他在谈吐间还显得不太自信，但我从他的言谈中，感受了他的决心。

我和阿里虽萍水相逢在陌生国度，没深入去交流，但我看好他的未来，因为我们都是年轻的追梦者。

我也考虑过跟阿里这样定一个点做事业，在游历诸国过程中，我看到了很多在国内看不到的机会，但此时此刻，我还是决定先跟着心走，继续去更多更远的地方看一看。

待到夜晚，国际青年旅店的旅客们把混住房间的空调温度开得很低，冷得我直打哆嗦。深夜噩梦惊袭而来，梦到六个斯里兰卡人抬着花花绿绿的木轿子，向我走来，凶巴巴的，硬拉着我上轿，我奋起反抗，被他们拿捏住手脚，压得起不来身，然后我就惊醒了……

早上起来，我明显感到身体有些不适，估摸应是昨晚被子单薄，自己着凉了，看到枕头上有些血迹，不禁疑惑，感到鼻子有些异样，下意识用手摸了鼻子，发现手上都是血迹。我赶紧跑去洗手间看什么情况，到了洗手间，发现自己整个脸都是通红通红的，鼻孔也不断在流血，着实吓一跳，睡了一觉醒来，脑子还不是很清醒，迷迷糊糊的，还在梦里游荡的错觉。

利索地仰起头，我把鼻子流血的情况进行简单处理，但依然觉得很困，到屋里准备再睡上一觉，只要醒来也许就好了，旅途中一般身体出现症状，我都这样处理的。

但这次行不通了，没过多久鼻子又突然大出血，这回血像不要钱似的狂流，我赶紧返回洗手间，看血止不住，不得已用纸巾把鼻子堵住。

大清早的，我的眼皮子疯狂打架，从来没有这么困过，这个情况很不正常，以前没有发生过这样的事情，一时间我也不知道怎么办，只觉得浑身没劲。

看到二楼楼梯转角那里有沙发，我侧身躺在那里，一下睡着了，不久，伴随着身体的忽冷忽热，我皱着眉头醒来，我双手环抱，躬着身体取暖，其间有些上到二楼的国际旅客诧异地看着我在沙发上昏睡，可能是觉得我在公众场合没有礼貌，又可能疑惑我在干什么。我实在没有力气考虑其他，脑子如浆糊，反复醒、睡，水火两重天的滋味，实在是痛苦难忍。

这种状况持续到了晚上，我从二楼大厅的沙发挣扎地走到房间的床上，这天什么都没干，昏睡了一天一夜，隔天早晨终于恢复了些元气。

挺巧的是，当天在尼甘布结识的阿丹给我发了一条信息：在几天前，一起的同伴小丸子在医院检查得了登革热，你赶紧去确认

下情况，当时的同伴们可能都被传染到了。

记得那天，阿丹、美凤、小丸子和我一行 4 人，在尼甘布沙滩挖螃蟹……我上网看了下资料，登革热的症状有出现皮疹、口鼻出血和全身忽冷忽热，严重者，七天内会死亡。于是我仔细观察了手臂，不知何时，手臂上已起了密密麻麻的小红疹，估计我很有可能就是得了登革热。

我对登革热这个病没概念，只知道它是可以通过蚊子叮咬、血液传染，在广州读书的时候，也曾小范围爆发过，没听过有严重后果，所以不大在意。

考虑明天将要去印度，不能出什么问题，夜晚我到了科伦坡一家公立医院去检查，医院来来往往的人不少，患者排着长长的队，为数不多的夜班医务工作人员则在不慌不忙地做事儿，跟国内忙忙碌碌的医院景象大不相同。

斯里兰卡这边所有的公立医院都是免费的，服务没有私立医院周到，且人多需要排队，要是遇到急病，可能就来不及了。

有些条件的人都会去私立医院，我也是兜里没钱的旅者，不得已才来到这儿。

抽血检测的结果，需要隔天才有信息，但我明天就要飞走了，要是明天在我登机前能收到检测信息，我还能去治疗下。

“明天这个时候，能通过 Email 告知我检查的结果吗？”

我请求医院的护士帮忙，以便赶在飞机前得知结果后对症下药。

“可以的，这没问题。”肤色黝黑的护士很爽快地答应了，这让我有些意外。

“真的吗？我是希望明天这个时候收到邮件信息。”我再次确认。

“真的。”护士猛地点头，

“好的，谢谢！”

转身时，不知为何，心里第六感预知，这护士应该不会按时发我检测结果，刚才多问了一次，不过是求心里安慰罢了。

果然不出所料，隔天在我出发机场前，并未收到护士发我的检查结果，在之后的日子里，也没有任何音讯。

到了登机时间，我才发现来早了一天，飞机起飞是明天这个时间，这两天睡得脑子都短路了，我竟然犯这样低级的错误。

考虑到费用问题，我决定就在机场内候机一天，刚好登机口前有个临时搭建的施工棚，趁人没注意，我钻到里边。夜晚把包里的一些衣服拿出来，临时铺在冰凉的地板，身上多裹了几层，将就过夜，其间被冻醒几次，到了早晨感到身体更加虚弱了。

突来的疾病，扰乱了我的心绪，第一次引起对旅途健康的重视，按现在自己的身体状况，对接下来的印度之旅，心里也没底，只知道新的挑战又即将开始了，而我一定要坚守不放弃的信念，不管如何也要完成接下来游历印度的既定目标。

49 初旅印度

富丽堂皇的孟买国际机场，占地面积广阔，规模宏大，旅客走了许久仍看不到尽头。

机场内的人们穿着打扮很时髦，静悄悄的，也很有秩序，孟买

是我来印度的第一站，这儿似乎并没有我想象中的那么不堪。

走到出口附近时，周边突然躁动起来，我不明所以，而有的印度人也一脸意外，不过他们相互之间求证信息后，也都跟着惊喜起来，听他们解说，应该是某个印度明星驾临了。

很快，越来越多的印度人知道有大明星来孟买机场了！他们激动地大喊着，急匆匆往我的方向小跑，与我背道而行的，有文质彬彬、戴着眼镜的学者，有西装革履、夹着公文包的金领，有穿着个性、带着单反相机的记者，还有穿着讲究纱丽的中年妇女、时髦靓丽的年轻女孩……人们蜂拥而来，一时间机场内喧闹不已。

我不用回头，就晓得身后那个壮观的场面是怎样的，而我并没有兴趣以及时间观看。

出了机场，坐着嘟嘟车往市区，沿路所见低矮简陋的大棚屋，跟远处高大靓丽、耸立在大棚屋中的孟买国际机场，形成一种强

旅馆的印度员工正打着自来水，给客人免费饮用

烈的反差比，心下不由恍然大悟：印度并没有在孟买机场内所体现的那么富有，也没我想象中的过于贫穷，耳听为虚眼见为实。

我所落脚的旅馆，挂着国际青旅之名，但其实是一间普通旅馆，类似招待所。

“冰箱里的水免费喝。”管事好心跟我说道，我太渴了，就拿了一瓶猛地喝了一大半。喝完后看到他在冰箱那里忙碌，我好奇地走到他身后，只见他正在不停地从水龙头处接装自来水，然后摆放到冰箱里。见到此情景我一脸蒙，头顶冒出很多个问号：难道我刚才喝的，正是他接的这个水吗？那自来水是可以直接喝的吗？会不会是传说中的恒河水？

待反应过来后，我以百米冲刺的速度冲往洗手间，使劲用手往喉咙里抠，“呕……呕……”，试图把刚才喝的自来水都吐出来……

我试图躺在床上平缓一下心情，可刚躺下就发现了几个硕大的老鼠在我床下窜来窜去，连续的吱吱声让我忍无可忍，于是顺手抓了一只活的递给老板，示意他帮忙扔掉。结果他拿到旅馆外的门口，口里神神道道念着什么，小心翼翼地把老鼠给放了……

传闻中，印度有鼠庙供奉着老鼠，信徒都把老鼠当成神仙，难道那传闻的真的吗？也许我所见的老鼠们，是旅馆老板养的宠物也不一定，我独自在风中凌乱……

来到印度的第一件要事儿——办理手机卡进行联网。距离落脚地约两公里处，有家专门办理手机卡的小商铺，老板是个中年人，办完手续后，他跟我说定隔天下午 2 点就可以拿到手机卡。

对于能这么快拿到手机卡，我感到惊喜不已，待第二天准时

到达商铺，结果老板摊摊手，告诉我号码还没办理下来。他跟我再次约了第二天的同样时间，我依然准时到了，可他依然食言了。没办法，无可奈何的我只能再一次和他约好第三天，结果还是令我失望。事不过三，我终于爆发了，恼怒对方的时间观念。我告诉对方生意不能这样做，需要守时守信，我时间有限，将要去下站，会因为他的失约耽搁重要的事情。他听了很不好意思，挠挠头，让我再等一会儿，接着拿起电话催促那头，本来没抱多大希望，不过没多久我还真拿到卡了，估计要是我没发火，手机卡还要等上一周时间。

知道我生病了走路费劲，小商铺老板坚持要把我送回旅馆，以表歉意，感受到他的善意，我的气自然也就消了。

一连几天，我身体不适并未多出去走动，鼻子一直止不住血，有时还咳出血块来。店小二是个年轻人，他看我的病似乎越来越严重了，神情有点儿嫌弃，问我要不要去找医生，对他既嫌弃我，又要帮忙的样子，我感到意外，便拜托他带我去看下医生。

店小二带我坐了人力车，并成功帮我砍价，我想要是我自己来车费怎么也得翻倍。

人力车很小个，但速度飞快，我们随着它走街串巷，沿途的小巷交叉错落，刺耳的喇叭声此起彼伏，有的人推着三轮车吆喝，售卖着这边特有的小吃；有的人头顶着东西，慢悠悠地行走，不管大人小孩，大都赤着脚走路；还有小屋门前挂着很多衣裳，妇女们在衣裳下边拿着棍子敲打着衣服，而这便是这边特有的人工洗衣厂；有的印度女性甚至裹着大毛巾在街边洗澡……路过的人都习以为常，但对我来说，这些独属于印度的民间烟火气息，新奇无比。

骑着三轮车飞速在公路穿梭的男子

蜿蜒曲折的小巷中，除了我，不曾见到其他的外国人，所以我吸引的回头率还是超高的。

我们到了一家人满为患的医疗站，店小二引领我到一位白大褂老年人那里，那是位蓄着大胡子的医生，看起来有些严谨，店小二跟大胡子说话的时候，小心翼翼地，显得很尊敬。医疗站里的其他患者，也有些拘谨地坐着，可以明显地感受到，医生的社会地位不低。店小二跟医生说明了我的情况，随后医生打量了我一眼。

“Hello！”我对他露出大白牙，友好地笑了笑。

“别动，头稍抬起。”他不苟言笑地对我道。

正当我照做，疑惑他要干吗时，他突然以闪电般的速度，用手使劲捏住我的鼻子。

“嘶，疼！”巨痛的感觉瞬时向我袭来，我下意识用手拍了对方一下，医生见状则捏得更起劲了，感觉是用了吃奶的力气。

“啊，啊，啊！疼啊！”医生边捏我鼻子边有节奏地往上拎，并不管我咋叫喊，而我只能踮起脚尖，以缓解不适感。

“你放手！”我怀疑医生整我，也稍用力捏住医生手臂，示意他放开我那早已经被捏扁了的鼻子。

“好了，没事了。”他果真放了手，摇头晃脑说道。

终于不疼了，我揉了揉鼻子，深呼了口气，有种劫后余生之感，而眼泪则不自觉地流了出来。

“咦，不流血了。”我很快发现鼻血似乎止住了，有些惊讶。看来我错怪这位医生了，他的手法看似粗暴，但确实有用。

感激地跟医生道谢后，我便随店小二回到了住处，店小二还特意叮嘱我：“你远出旅行，要注意身体！”

看他不经意间的关心，我心里不禁有些感动。

50　孟买街头

从斯里兰卡到印度孟买后，我以为自己身体已恢复健康，没想到到了印度的第三天，病情加重，脸色重新变得青紫，每天早上起来都能看到白色枕头上沾满了血迹，身体越来越虚弱。在旅馆店小二带我看了医生后，只是把鼻子流血的这个情况解决了，但身体虚弱感并没有降低。

过后几天更是严重，旅馆小二不在，我只能自己到街上去寻找医院去检查一下，我在叫车软件上叫了辆轿车，不靠谱的印度司机按着谷歌导航，差点儿把我带进沟里。见司机也搞不懂路怎么

我因生病导致浑身乏力，蹲坐在孟买街头，以旁观者的视角看着周边一切 （Mandy 绘图）

走，我只好让他把我放在一个有人烟的地方，自己步行按着导航寻找医院。

就近找到一处外墙装饰干净大方的医院，在我要进去的时候，门口保安把我给拦住了，他指了指大门，告诉我这个地方是私人医院，不能进去。

我这才注意到，这个医院周边没有见到衣衫褴褛的穷人，进出医院走动的病患，都是打扮得光鲜亮丽、肤色白嫩的人，原来这家是专为上流人群服务的医院。

印度保安给我的感觉很势利，他上下打量着我，似乎在说，没钱你不能踏入里边半步。

我不满地瞪了保安一眼，表明我有消费能力，不能阻挡我进

去，看到我的硬气，他吓得缩了缩脖子，赔了赔笑，给我放行了。

可进去之后，我确实有些后悔了，最便宜的挂号费就需要一百多人民币，吓得我也缩了缩脖子。算了算，如果挂号再加上买药，我可能真的身无分文了，于是又默默退了出来。看来刚才的保安是有先见之明的，他看人很准，我也确是“穷人”……

已有一周时间没有怎么进食，疲惫的身躯排斥我吃的任何东西，哪怕是干净的水。我看到一处小摊，卖着大块头的芒果，但果皮上面却趴满了苍蝇，果贩们见怪不怪，也不驱赶它们。我虚弱得实在没有力气了，必须吃点东西补充，只好强忍着不适感，跟果贩买了几个芒果，挥手驱赶着讨厌的苍蝇，再把果皮刨开，吃进去没一会儿，依然全吐个精光，不得已，继续强撑身体，寻找可补充能量的食物。

路过一家顾客很多的咖喱鸡店，突然很有食欲，我便走到跟前去，看到负责打菜的印度厨师刚从卫生间出来，他手还没清洗，右手搓了搓臀部裤子后，接着赶忙帮客人打菜。

有趣的是印度人左右手分工明确，右手是干净之手，用来吃东西，左手被认为不洁之手，用来做不洁的工作。有客人端着打好的饭菜，让打菜的印度厨师他加点咖喱汁，勺子一时不够用，那厨师竟然用右手插进咖喱鸡里边，接着用手勺起咖喱汁洒到客人白米饭上，咖喱汁沾的他满手都是，那客人也不见怪，同样右手抓起米饭，一边吃一边端到座位上。

他们这番神奇的操作，看得我一阵呆愣，最终强忍着反胃之感，强调让厨师一定得用勺子，帮我舀另外一盘里的咖喱鸡。吃完后，没走多远，身体反应又逼着我把吃下的饭菜全部吐掉，连苦胆汁都吐了出来，接下来，只要我远远闻到咖喱鸡的味道，就会提前扶墙呕吐。

来孟买一周左右，我明显瘦了一圈，再不进食真的会交代在印度。我试图找饮料代替食物，满大街找饮料，结果找了十几家商铺，他们卖的饮料翻来覆去就苏打水、可乐、橙汁这几种，没有给我太多的选择余地，其中的橙汁难喝得要命，怎么个难喝呢？就是我喝完第一口，就想快速扔掉它，有多远扔多远。

我徒步穿越过孟买的护城河，河里堆满了垃圾，臭气熏天，虽捂着鼻子，但那刺鼻难闻的味道，还是让我毕生难忘，很难想象作为印度第一大经济城市，孟买的市中心，还有如此脏乱差的街景。

护城河边，是破旧大棚搭建的贫民窟，那里垃圾成堆，苍蚊乱飞，无家可归、衣不蔽体的人群在街道游荡，在垃圾堆里搜寻着食物。有的成人甚至赤裸着身体，在街边的树荫下卧睡，同样不穿衣服的小孩，可怜兮兮地跟着父母乞讨，那些穷人们，基本都是黝黑的肤色、瘦骨嶙峋的身形……

路过的人，不会关注那些在垃圾堆里觅食的人，只有我看着他们的身影若有所思。

贫民窟前的大街，交通纷杂，所有的车见缝插针地挤作一团，喇叭响个不同，个个都像得了路怒症，有的稍微擦碰到直接就干起架来，抡起拳头互有往来，捶打了一会儿后，各撂下一句狠话，又像没事一样继续把车开走了。待道路稍微通畅些，司机们就猛踩油门，路上的巴士有的看着马力不足，但印度司机却能把它开出法拉利速度的既视感，有的眼看就要发生车祸了，但最后啥事儿都没有。我感觉他们这儿交通不是秩序不好，而是直接没有秩序。

要让孟买大街上的司机们让路，只有一种情况，那就是遇到自由游荡的黄牛，黄牛在印度人心中有非常高的地位，被誉为圣牛，

街道上经常看到，它们横行霸道，有的甚至盘卧在道路中央，行人和车见到它们必须要礼让，绕道而行。某些虔诚的信徒渴了时，会拿着杯子接上牛尿，据说它可以净化肉体和灵魂。神奇的印度，每天都有见闻刷新我的三观。

贫民窟隔了一条街道的不远处，是一排高档的白墙别墅，别墅门口有条羊肠小道，只够两个人并肩行走。水泥路之外的地方，是显得有些脏兮兮的土路和泥水，别墅看着是有人居住的，但门前有些显眼的牛屎和狗屎，他们也没清理。

此时我虚弱得双腿发软，用手扶着别墅墙壁，勉强站稳。此时有位肤色白嫩、体态丰腴的印度女人，牵引着一条法斗宠物犬，无视沿路的狗屎，高昂着头颅，傲然从别墅羊肠小道走来，而一个瘦骨嶙峋、肤色黝黑的印度男人，见到丰腴女人走来，赶紧低着头，避让着她，与女人擦肩而过，显得卑微不已。

我浑身乏力，半蹲坐在人来人往的孟买街头一角，以旁观者的视角看着周边一切。

头低垂着，双手无力地垂在双膝处，不知过了多久才机械般地站了起来，继续往前走。身体的极度虚弱并不只是因为饥饿导致，更多的是因为登革热这个病。

我看到贫民窟景象时，很想拍照留做纪念，但结果却虚弱得连手机都拿不起来，就算是双手协力尝试了多次，依然如此。

绝望这种负面情绪，平日绝不会在我身上出现，此时在孟买街头的我，刹那间感到绝望和无力感，人到最无助的时候可能都会想到家吧，我也一样。以前总觉得，有信念的人如同猛兽总是独行，牛羊才会成群，从来没有想过自己独行在旅途中生重病的问题，到境外旅行，也许有个同伴照应会好些，也不至于像我这样，在异国街头孤立无援。

听闻每年来印度的旅行者，因各种原因都会失踪几位，那我此刻如果死在街头，也没人知晓。费力甩了甩头，把负面情绪甩出脑外，决定还是要强打起精神，试图寻找类似中餐清淡的食物。运气爆棚的我，找到了一家卖早餐的印度小店，里面有些稀粥售卖，刚吃完我就跑到餐厅电线杆旁呕吐，吐完再进餐厅重新点一份。餐馆老板看到我为了支持他的小店，这样给力，对我回馈于热情，端茶倒水还免费送了些干果。

这个过程持续了大约两小时，我感觉身体终于恢复了丁点儿元气，有效果！我有多余的力气回旅馆，不用露宿街头了！

几天后，就在我将按原计划登机去尼泊尔时，身体传来阵阵的虚弱感让我醒悟："此去尼泊尔，按我的身体状况，有可能九死一生，回国还有一线希望。"

我四处穷游，渴望得到更多旅费，实现经济自由，也能去更多地方旅行，但钱对我来说，真的如此重要吗？作为有信念的旅者，我看淡生死，对健康不甚重视，但这次特殊的印度之旅，让我明白健康比钱重要。在生死抉择面前，再多的财富也是过眼云烟，不值一提，挣了钱，得有命花才行。

最后我还是决定，回国见上父母一面，我也不知道自己这样的状况，还能否看到明天的太阳。

一场意外，让原本就不富裕的我雪上加霜，我用身上所有的旅费，临时买了一张我平生最贵的机票，三千多块，返回了最初的起点广州。

第四卷 04

背包中国，寻找心中的归宿（2017年）

旅行的见闻让我不断成长，终有一天，我看清了现实，决意重新启程，带着困惑出发，背包游历中国，通过行万里路，识万般人，寻找到心中的归宿。

51 初识现实

客厅角落，包严得密密实实的蚊帐中，我曲抱双膝坐在床角，低头沉默着。

大哥从他的房间走出，愤怒地以手指责：“看你去那些乱七八糟的国家，染得一身病，竟然还把病给带回家里来。”

小弟站在他房间门口，想为我辩解，却欲言又止，受到其他人影响，他不再像开始那样站在我的立场为我说话了。

怀孕的家姐挺着大肚子在大厅来回走动，边摸着肚子边厌烦地说：“你还是出去住吧，租房费用由我来出，你再待下去，影响到我未出世的孩子就不好了。”

听到她这样说我也没抬头，继续抱膝于蚊帐中沉默着。

重病的人内心敏感，就像开了上帝的 360 度视角一般，平日感受不到的真实情感和人性，此时却特别清晰而深刻。

父亲在大厅背手踱步，同样显得很愤怒：“你这病是传染病，治不好了会被隔离，这辈子注定废了！没了你，我还有你哥和你弟。”

听到这样绝情的话，我的心仿佛被尖刺狠狠刺了一下，抬头望了眼父亲，又低下沉默，这……就是我心里最在乎的父亲，要放弃我了吗？他说的那句话，就像压垮骆驼的最后一根稻草，一瞬间我觉得世界崩塌，万念俱灰，闭着眼睛，也能清晰感到此时内心世界一片灰暗，一道被狠狠劈开的裂痕就在其中，怎么缝合也缝合不上。虽然此时是炎热的夏季，但父亲的话让我如临寒冬般，冰冷冷的。

2017 年 3 月，我独自背包游历了亚洲五国，从印度归来，同跟我一起归来的，还有自己极度疲惫的身躯。

进入广州海关那天，我看到一条提示：在国外生病回国，入境需要自觉及时申报。

想到自己疑似得了登革热，可能会通过血液传染他人，便走到值班室内咨询医师意见。在那里，我看到一对夫妇，据说他们是发了高烧，刚从埃及回来，因为近期是非洲埃博拉爆发阶段，所以他们夫妇俩被重点关注，只见那对夫妇手拉手，低着头，坐立不安，等待着检测结果。

我主动上前跟值班医生说明自己可能得了登革热的情况，值班医生也没在意，只是给我简单抽完血检测，确诊了是登革热阳性，测了体温没有超过 38 度就让我走了。看他们随意的态度，我想登革热这种病应该不算严重，最后留下了联系方式和大概住址，就回家了。

在广州街头，看到便捷的交通，方便的线上支付，越发完善的城市基础建设，还有首次见到各种各样的共享单车，我有点像傻子一样，连怎么去开共享单车都不会。

这一切对我来说都有点儿陌生，在东南亚国家待了短短两个多月，归来再看国内，竟然有种翻天覆地之感，忽然有种我出国已有了一个世纪的错觉。

当快回到家门口时，我却有点近乡情怯之感，深吸了口气，轻轻敲门，随着“吱呀”声，大门缓缓地打开，见到母亲在虚掩的门后探出头，疑惑地问我：“你是谁？”

看母亲不似开玩笑的样子，我有些郁闷道：“妈，是我，老三啊！”

万念俱灰，我闭着眼睛，也能清晰感到此时内心世界一片灰暗 （Mandy 绘图）

听到我说话，母亲满脸惊讶，小步上前细看，终于认出我来，惊喜回头往屋里喊道："是老三，老三回来了！"

"你怎么晒这么黑了，不说话真没把你认出来！"母亲的话让我哭笑不得，我出一趟远门，导致她竟然连自己儿子都认不出来了，看来我以后不能晒这么黑了。

对于我的归来，父亲则表现得很平淡，面无表情地说道："你都整得像东南亚人了，怎么不留在那边？"

我知道父亲是在对我没有安心工作赚钱、到处旅行表示不满，也不知如何向他解释，便默然不语。

哥哥在旁讽刺道："国内待得那么好，为什么要去那些山卡拉[①]的国家？"

---

① 山卡拉：广东方言，指偏僻落后地区。

闻言我眉头一皱，但还是选择了不争辩，自打我坚持去游历外面的世界，在家里我逐渐被边缘化，观点得不到重视和认同。

回家第一时间，我跟家人坦白了自己得登革热的事情，虽已经过了七天危险期了，但还需要注意蚊子叮咬，以防万一。家人对登革热这个疾病没概念，起始也没在意。

登革热让我身体依然很虚弱，我在家好好休息了两天，但第三天早晨的一个电话，打破了这份难得的平静，是海关防疫专员来电，电话那头传来专员急促的声音，显得很紧张。他问我能否提供具体住址，他们要对我家访了解详细情况。

来电很突然，我一时也很不满意，既然是应该重视的事情，为什么专员三天后才与我联系。我不想麻烦家人，最后只告知了大概地址，并和他们约了中午时间会面详聊。

当我父亲了解到有专员来电后，脸色一下变得特别凝重，以为我这病无药可救，跟当年的“非典”有得一拼，按他的想法，连官方那边都亲自过问了，以后我可能会被相关部门长年监控或被隔离。

几位工作人员在中午饭点时间应约而来，我们在一处早餐店见面，只见他们几个身着工作装坐一边，我父亲则正襟危坐在另一边，场面搞得跟谈判似的。我心里不由啼笑皆非，虚弱地跟工作人员请求道：“你们能否帮忙跟我父亲解释下，我得的这个登革热，并不是绝症，没有那么糟糕。”

工作人员听完便笑了笑，宽慰我父亲道：“这个是一种短期传染病，不算特别严重，只要在近期内不被蚊子叮咬就好了，你也不需要太过担心。”

看我父亲不以为然的表情，很明显觉得工作人员在忽悠他，并没把他们的话听进去。

短暂“谈判”完，工作人员继续问我父亲要详细地址，帮忙杀毒，毒源就是蚊子，被父亲拒绝。最后他们没法，只好叮嘱我近段时间要注意防蚊事项就走了。

拖着虚弱身躯，我跟父亲回到家，默默回到墙角的蚊帐床中，身体还是极度疲惫，我需要休息。

但因为有专员的造访这事儿，家人炸锅了，恐慌不已，纷纷出来讨论。

家姐道：“我上网查了，他这个病属于特别严重的传染病，根治不了，会跟随人一辈子。”

我父亲受家姐话的影响，越想越坐立不安，看我的眼神越发不满，充满了怒火，似乎在怪我到处乱跑，只会把病带回家。

我知道自己病情并没有那么糟糕，曾也在广州看到关于登革热的宣传，这病只要七天内人没事儿，后面会随着时间推移自然康复，但我此时人轻言微，根本无人会静心听取我讲的话。家人们只有恐慌，我也确实是没力气说话了，便也不再辩解什么。

接着，就出现了文章开头我躲在密封蚊帐里受家人指责那幕。原本我以为自己在外面无论变成什么样，家人都会接纳我归来，我以为家人的想法，对我不重要，哪怕不支持我到处旅行，我也会坚持我的想法，但此刻我领悟到自己的内心深处，原来还是渴望家人的认同。在印度生病时，我想到的是回来见父母一面，万万没有想到，在我最需要他们的时候，得到的却是令人意外的对待，没有人关心我身体怎样，有的只是无限的指责。

独自外出闯荡之人内心自然坚韧，就算外人怎么责骂，外在的伤痛并不可怕，往往是最亲近的家人才能诛心，毁灭性打击伤得最深。

见坐在蚊帐旁的母亲还没说话，我终于缓缓抬头转看向她，发现母亲正用满是担忧的眼神望着我。

这让我已经冰凉到极点的心，感到一丝触动和温暖。如果不是母亲那刻担忧的眼神，让我心底最深处对亲情还有一丝挂念，我想，我已经彻底对亲情心灰意冷了吧。

母亲向父亲、家兄和家姐等人恳求："你们也别责怪他了，他也不想这样的。"接着又对我说，"你下次就别到处跑了，就在广州老老实实地找份工作吧！"

我并未马上应承母亲的话，脑海中浮现出在川藏线结识的朋友叶珂的身影，记得他曾分享给我一个梦想——在他自己大学毕业那年，背包环游中国所有省份，当作自己的毕业礼物。但当他毕业时，我问他实践得怎样，他却黯然告诉我，因要照顾年迈的父母，也要挣钱养家，所以实现不了当年的梦了。我当时还很不理解他，但现在有些理解他的无奈了：看看我眼前的现实一幕，不正是类同他当时的处境吗？

我也有游历四方的梦想，想到自己的抱负，心中挣扎，眼中露出一缕不甘之色。反复追问内心，近些年来我一心一意地去旅行，回首细思，却发现除了会旅行外我一无所长，我所经历的事儿，真的有意义吗？

我初步认清了现实，原来在这社会大环境中，自己像蝼蚁般，如此渺小。如今的家，并不是我理想的避风港，这里并没有让我感到心安，那我的栖身之所在哪儿？我能去哪儿呢？得出的结论是我无处可去，天地之大，一时竟没有我的容身之地……

此刻我抱膝蹲坐在蚊帐里，内心发生着剧烈的改变，心中百转千回，刹那间闪过无数念头，强者本就无依无靠，既然家人都靠不住，那往后最大的靠山就是自己，日后我将浪迹天涯，四海为家，找一个没有人认识我的城市，在那里扎根，并成家立业。我毅然决然，在心中立下誓言：一定要走完代表祖国山河美景的三山五岳，国内的除台湾省外的33个省、市、自治区，不管途中遇到怎样的困难，也绝不会放弃！

完成这个目标后归来，将一心一意地去做事，那样不再有什么遗憾。

52　重踏征程

生病居家休养的那段日子，由于病痛，我浑身没有一丝力气，萎靡不振，我无处可去，平日都待在蚊帐里。

饭点到了，母亲就帮我把米饭端过来，我默默吃掉。空闲时，我就像泥塑木雕般跟在父亲的身后，去周边的大小医院检查。每次都要抽一次血，一周下来，会被抽五六次血，问检查结果，医生皆支支吾吾，都道不出个所以然来。

那段时间，疾控中心的专员，一天准时打一次电话，问候我们全家：“你现在怎样了？你爸妈还好吗？其他家人有没出现异常？”

一连二十多天他都如此嘘寒问暖，我跟那专员都快成好朋友了，毕竟被一个素不相识的人关心如此长的时间，也算拍案惊奇之事。

背包重踏上征程，不达目标誓不归来

有天我下楼买吃的，发现居民楼周边街道上有几十号穿着严密防疫服的人员正背着大瓶子在喷着白雾，周边白雾随风起舞，如同科幻片，我看着不对劲，忙拉住不远处的一位穿防疫服的人，悄悄询问：“嗨，哥们儿，你们这是在干吗？”

被我询问的工作人员，神情严肃地看了我一眼，回道：“最近你要小心些，附近有人得了登革热，以防传染，我们在努力杀蚊子。”

闻言，我心里咯噔了一下：“这说的，不正是我吗？”

见工作人员没有把我认出来，而是继续努力剿灭着蚊子，我赶忙把衣罩给套头上，紧张地穿越几十号穿着防护服的人员，成功溜回房间，打算身体康复些再出门。

这是我生病期间一个有意思的小插曲，在我休养的那段日子里，家人过得并不安心，每次我都小心翼翼地待在我的地盘——蚊帐床上，在那里静静发呆，以免我的病会影响到他们。

直到有一天，再去医院检查，女医师看了检验结果，摆手对我说道：“没事儿了，你可以回去了。”

在旁的父亲满脸疑惑，问道：“这就好了？不是一辈子遗传的吗？”

女医师听了，没好气道：“这个是听谁说的？你儿子这病早痊愈了，平日注意休息就行。”

得到确认后父亲才安心，我也彻底松了口气。

看到父亲离开医院时蹒跚的步伐，我突然有些理解了，我生于普普通通的家庭，我父母也是天下普普通通父母们中的一员，一下子遭遇如此“极端”的事情，是普通家庭一时无法承受之重，也难免恐慌和乱了方寸。

我也曾以为自己的父母是思想开明的，会放任我一直在外闯荡，经过这事儿，才晓得他们也很传统，期待我能老老实实工作，娶妻生子，不要跑太远的地方。

我不甘平凡，不甘这一生就依照父母的安排，屈于现实过着远远就可以看到头的生活，我要通过游历突破这个环境，还有超越自己，故而我又生发了环游中国的梦想。

时间如白驹过隙，眨眼间，我已休养一个月，经过我生病期间的一系列的事情，已有心结，临近出发当天，虽然还是有些虚弱，站立不稳，但心就像脱缰的野马一样，早已奔驰向了远方！

出发前，我仅与我母亲做了告别，也写了一首独白给自己以示决心：

当我决意出发，
重新踏上征程时，
就只能前行，不能后退。
当我背上行囊那刻，
身上有了重量，心底就有了动力。
那无拘无束，无畏无惧的，
探索未知的行者，我回来了。
踏上新的征程前，
我把所有生活中未完成的遗憾，
放得下的放不下的，也都放下。
与过去，做个道别吧。
我将翻山越岭，
走遍千里，

访问三山五岳，
寻找那份，未完成的执着，
让内心安宁，让理想踏实，
日后旅程结束归来，必将有改变！
漫漫旅途，我来了！

53 终识庐山真面目

背包环游中国的第一站——江西九江市，这儿有我的目的地——三山五岳中的庐山。

我带的旅费不多，能省则省，卸下背包里十来斤不值钱的东西，余下三十多斤货物，带上一起爬山。之所以带上这些货物爬山，一是因为它们相当于我的旅费，一旦丢失，我环游中国的目标就要中途夭折了，二是想增加爬山的难度。

从牯岭街开始，我迈步走向目的地三叠泉瀑布，按神奇的网络导航走，它成功把我从宽坦的大道，指引到偏僻小道，独自沿着光线昏暗、充满蛛网的小道。我忐忑不安地走了近 4 小时，才到了大路上，不由得想起往年我在大理苍山户外穿越时，跟同伴走散迷路的经历——当时我们惊险地从熊瞎子窝路过，也是走了 4 个多小时才走出山来，走得腿脚发软。

往目的地庐山瀑布途中，雷电交加，突然下起连绵不绝的雨来。冒着雷雨我毅然前行，当地人几次劝我，不要再冒雨前行，都说雨天路滑，一不留神就会跌落下山沟的洪流中。我看着前路不

壮观的庐山三叠泉

时有石子伴随雨水滚落而下，山路旁的沟里全是激流，确实凶险，便不再鲁莽向前，听从规劝折返回五老峰露营。

五老峰入口的一个小亭子处，一位老人家阻止我在此露营，他指着旁边菜园里一处“惨烈无比”的案发现场，比划道：“这是昨夜来访的大头野猪造成的痕迹，夜晚露营很不安全，遇到了野猪群那更加危险。”我寻思一个人遇到野猪群也是被虐的份儿，这雨也不知道下到什么时候，五老峰暂不适合露营了，得另觅他处了。

老人看着我紧皱眉头，正发着愁，便给我遥遥一指，推荐了五福门："那边露营好。"他说道。

到了五福门那里，我发现这是一处很大的废弃广场，周边没有一个人影，里边的建筑破败不堪，广场中央悬挂有一口巨大的铜钟。这儿以前应该是专门用来举行风水仪式等活动的，破败广场上，有两排形态各异、栩栩如生的蜡像，竖立在距中央巨钟不远的玻璃壁里，蜡像造型有道士，有和尚，也有穿着燕尾服、脸色凄白、长着獠牙的洋人，黄昏时分看着确是有几分怪异。

傍晚准备在帐篷休息时，发现帐篷门口朝着它们，我便把面对着蜡像群的帐篷口调换方向，用电筒照看四周，确认附近没有蛇虫出没，才安心睡去。

一夜无梦，清晨打开帐篷门帘，入眼的便是东出的旭日，一阵惊喜，只见它高挂云海之中普照四方，给庐山上的生灵带来曙光。迎着晨光，呼吸着庐山清晨极为新鲜的空气，我心情十分愉悦。

由于起得早，爬山其间无人跟我交流，显得很乏味，我只好自娱自乐解闷，途中渴了就喝甘甜的山泉水，累了，就坐在山石上晒晒太阳，很是惬意。

一个人的旅途，过程中更容易思考人生，而我不断在想作为90后，未来怎么做才能变得更优秀？

用耳机聆听着说书人缓缓道来的励志故事，试着感受故事里些精英人士的思维，从他们的阅历、他们沉稳的处事方式中，我似乎知道了答案，知行合一才能让自己变得更优秀。

九江这边有句俗话，"庐山瀑布首推三叠，不到三叠不算庐山客。"几个小时后，我终于到了传说中的庐山三叠瀑布！

真正在现场看到壮观秀美的庐山瀑布，很震撼，相对瀑布于我有些渺小。在它的水雾笼罩下，心灵似乎被灵泉洗涤了一般，整个人的精神变得空灵。

在瀑布脚由低往上看，一叠、两叠、三叠泉，啊，美极了！

古人这样描绘三叠泉：上级如飘云拖练，中级如碎石摧冰，下级如玉龙走潭。说的一点也不为过，描绘得特别形象，最下级的瀑布由上而下，飞入深不见底的幽幽的深潭之中，按老一辈人的说法，有龙隐藏在庐山深潭中。大自然的神奇，我们凡人搞不懂，一切皆有可能。

亲眼看到庐山壮观的瀑布时，爬山带来的疲惫仿佛瞬间被扫空，剩下的全是满足感，我们千里追寻的，不正是路上这些难忘的美景吗？观赏大自然美景的同时，心胸也跟着变得宽广。

庐山其实很大，我仅是看了一部分的山景而已，古诗又有云：

不识庐山真面目，只缘身在此山中。

我要原路返回看五老峰的风景，返程并不容易，起起伏伏的阶梯，下去三叠泉三千多台阶，上去也三千多台阶，我是用“狗爬式”爬山法，即低着头，喘着气儿，吐着舌头往回爬的，浑身的劲头都用光了，实在顶不住了，就用登山杖撑着休息。

这时庐山上游客慢慢多了，他们看着我背负帐篷费劲爬山，注视的目光纷纷集于我身，有活泼的小孩，扯着她母亲的裤脚问道：“妈妈，那哥哥好酷！”又有旁边的小孩道：“哇！好帅的哥哥！”我听了一阵得意，忙纠正难堪的爬山姿势，保持美好形象，昂首挺胸向前走。

“小伙，一个人吗？”

“是的。”

“你是背包客吗？”

“是的。”

“你是驴友吗？”

“是的。”

“累吗？”

“不累。”

“晚上山上有野兽，露营注意安全哦！”

“谢谢啊，不怕。”

“小伙子加油！”

“谢谢阿姨！”

那些陌生的游客家长很热情，七嘴八舌问起各种问题，每一句支持和问候，都能给早已疲惫不堪的我提供动力。

途经五老峰南苑，那里有中国四大书院之首——白鹿洞书院，始于唐、盛于宋，沿于明清，这里是中国教育文化重要发源地之一。

再往上走不一会儿，天空下起细雨，山景被雾气笼罩，朦朦胧胧的，如果有一位女生此时从雾里出来，我会觉得是仙女下凡。庐山上一年有两百多天都在雾气中，庐山盛产一种茶叶，叫庐山云雾茶，因为常年有雾气滋养，所以茶叶品质很好，颇具当地特色。

五老峰有五峰，我走过了一、二、三峰到达四峰时，发现不少人折返回去了，他们说第五峰路长，太累，劝告我不要去，这反而激起我的斗志来，一直坚持走到第五峰。去五峰途中，偶遇到上山时同车的杭州女生曹玲，便一起同行。

到五峰的峰顶时，我站在一块临崖半悬空的巨石上面，不顾危险摆了一个很“风骚”的姿势，吸引了一位平头大叔的注意，他特意给我拍了张照片，想让我加他女儿联系方式，大叔的女儿长了一张娃娃脸，亭亭玉立的，由于害羞，她没同意。

但在我将离开时，娃娃脸女生主动过来找我加微信，这时曹玲也同时过来要我的联系方式，正当我感到不好意思时，突然听到不远处一个小女孩大声说道："一个人出来就是好，受女生欢迎！"

声音很大，周围人都听到了，齐齐望了过来，我脸皮薄，一下子脸红了。

干笑了几声，我故意板起脸问搅局的小女孩："小妹妹你多大了啊？"

小女孩叉着腰，傲娇回答道："小学六年级，咋啦！"

哎！现在小孩懂这么多了？我干笑着，心里震惊于小朋友的早慧。可能是看出我尴尬，那平头大叔上前拍了拍我肩膀，替我解围道："我是看这小伙子比较勇敢。"我这才领悟到，他有让我追求她女儿的意思，这是个有趣的插曲。

我们来自天南地北，在茫茫人海中因缘而遇，虽很快就挥手告别，但彼此都留下了一个好印象，就像这次五老峰上结识的几位朋友一样，我们坚信未来还能有再见的一天，就像相信缘分一样。

54　前辈的故事

当我到达瓷都景德镇时，夜空已然星月交辉，背负四十多斤的旅行包，脚步有些缓慢，整个人有些疲惫。

路过一家亮着灯的餐馆，我想进去吃点饭，歇歇脚，可还没进

去，就听见旁边传来冰冷冷的声音：“做什么的？”

我惊愕地向声音传来的地方望去，看到门口正站着一位尖嘴薄唇的女人，只见其双手环抱，皱着眉头，用冷漠嫌弃的表情，居高临下地上下打量着我。

我似乎意会她的意思了，估计她看我拎着、背着大包小包，不重装扮，以为我是过来要饭的。狗眼看人低，顿时我心里生气极了，便对那女人轻笑道：“老板，您看我像要饭的吗？”

女人不说话，我转身离去，没走几步，便听到女人的丈夫在责备她，有意挽留我，但我不再回头。

苦行万里，我并无意装扮外在，因此常遭遇世俗异样的眼光，包括那女人势利的眼神，这种种境遇，都是对我心境的历练。

我很快调整好被影响的心情，顺着黑漆漆没有灯光的小路，一直走，路过小巷，看到一家装修很有瓷都风格的青旅，我进去后沿着楼梯一路往上，阶梯两旁悬挂着很多风景照片，照片里边的旅行者是一位三十出头的干练青年。通过照片看得出来，那青年就是这家青旅的掌柜，他应该也走过国内很多地方了。

上到二楼客厅，有个看着憨憨的“黑炭”小哥接待了我，据他说他是台湾人，刚上大二，在父母的支持下，从杭州武汉一路骑行来到了瓷都，才晒得这么黑。

他告诉我掌柜出去办事，明日才归来，“黑炭”小哥帮我办理入住后，我便观览起周边环境，见大厅的墙壁上也跟楼梯口那里一样，贴满了掌柜旅行时的照片。墙壁上的景德镇旅行报刊中，有报道关于掌柜辞职旅行多省的事迹，原来他已经走过中国的33个省、市、自治区。看到他拍的照片以及所写文字，我有所共鸣，也许在纯粹的背包客身上都会有些共同点吧。

挂满旅行照片的旅舍，是让前辈张又延内心安定的“家”

“路漫漫其修远兮，吾将上下而求索”，现在的我虽已走了半个中国，但心中依然有诸多困惑未解答，我要通过不断的游历，与各路旅者交流，促使自我成长。

我等待着这位同是背包客的前辈回来，希望通过与他交流，能解答我心中困惑已久的一些问题。

隔天早晨掌柜就回来了，他见到我笑着迎了上来，首先跟我说了声抱歉，解释说昨晚有事儿没有及时接待，这让我对他印象不错。

他叫张又延，80 后，三十而立的年纪，理着一头中发，给人的感觉很沉稳。因他近年辞职环游中国的经历，在景德镇这边小有名气，他这儿不单可以给旅者提供住宿，也可以在顶层的小楼

听背包客前辈张又延讲述他在旅途的故事

中进行陶艺培训，他跟我打了招呼后，便开始拿起一些辅助工具，专注地做起陶瓷来。我拿着一张小木凳，坐在张又延旁边不远处，好奇地向这位前辈取经："张哥，你是怎么看待说走就走的旅行呢？"

我的问题让他沉默了一小会儿，思考后道："我觉得我们大部分人活得太束缚了，缺少时间与自由，一旦家有老小，就会被捆绑住，动弹不得。"说这句话时，他抬起头似乎想到什么，又继续道，"说走就走，哪有那么容易，在国内说走就走后而导致的父母子女断绝关系的事儿并不在少例。"说完这话时他语气低沉，也有对现实生活的无奈，因为他是家中独子，父母老了，时常也有力不从心之感。

对于他的观点，我也陷入深思，平日自己只顾着四处游历，还没怎么往远处想。他说得有些道理，我通过旅途接触过不少同龄人，或是比我年纪大些的朋友，他们说的最多的话，一是没有时间，再一个没有经费，虽心底都极其向往远方，但却被现实种种原因束缚了，难以做到心底深处渴望的身心自由，更多的时候，只能被动地随波逐流。

我能理解他们有时身不由己的感受，因为我也曾挣扎过，只不过现在已行走在旅途中了。

张又延抬头望了我一眼，面对我这个后来的追梦者，神情有些复杂："我以前也像你一般，想要做很多很多事情，但后来我明白了，其实我们都是普通人，做不了太伟大的事儿。"说完他停顿了一下，话锋一转接着道，"但生活如果没有激情与追求，如死鱼般，那跟行尸走肉有什么差别？还不如死了算了！"我听了后面他这句话，松了口气，前一句话刚以为这位前辈已丢失了曾经的梦想和锐气，只愿回归生活，做一个没有激情的普通人，如果那样，并不是我想要的答案。显然张又延心中还有炙热的梦想，只不过暂时归于生活。

我虽是平凡人，但喜欢做不平凡的事，生活中没有找到自己喜欢做的事情，没有动力和激情，就会有种有力使不出的感觉。如果整日无所事事，"像死鱼般"这样的形容，倒很贴切。

就如我前段时间在广州休养，过得太舒适了，没找到继续奋斗的目标，日子一天天过去，精神恍恍惚惚，有点行尸走肉的感觉。深夜常常辗转难眠，想着要怎么改变自己，未来想要什么。连晚上做的梦，都是关于突破现实束缚已经在路上的景象，既然在生活中我得不到想要的答案，那就只能在旅途中寻找。

"背包穷游的人，旅途中以苦为乐，难免心中孤寂，学会自娱自乐，才能坚持走更远的路！"张又延边回忆边说道，我认真地

听着这位前辈讲故事。这句话说到我心坎里了，有时路上我背的包袱很沉重，五六十斤很正常，走着走着感到疲惫不堪，背带勒得肩膀皮破血流的时候，越选择坚持前行，内心越是能涌生能量，有时便会自嘲是不是不正常，为何喜欢自虐。内心孤寂时，不保持乐观的心态是不行的，一味地苦旅坚持不了太久，所以要学会苦中作乐。

“穷游时间超过一年以上的人，都不会是孬种，经历会比一般人多一些，内心也会丰富许多。”他接着分享了自己一个有趣的经历，有年他特别想去爬一座高山，没有人同伴，只好只身前行。后来他在山中迷路了，穿过野林、坟地，直到深夜还没走出深山，他独行在荒山野岭中思考人生。深夜里，听着帐篷外缠缠绵绵且凄厉的风声，显得特别恐怖，像是有人不断在他耳边窃窃私语，特殊的环境中他不由得胡思乱想，最后他把手机的音乐音量放到最大，克制自己转移了注意力，才安然睡了过去。这次经历让他变得更加有胆量去面对将来遭遇的各种事情。

张又延的分享，让我联想到自己曾经行走的经历，每一次过往都成为精神财富，勇敢的心已成为旅行的常态，所以有探索精神的人，都是勇者。

看到我在认真思索，张又延叹了口气：“穷游的人啊，虽然能经历挺多，不了解的人会羡慕我们，但有时我们在旅途中会因为资金问题，过得有点憋屈，想要的东西又不能要，那种感觉并不好受。”

张又延的分享，顿时让我感同身受，旅途中饿了、渴了，也可能会因为经费问题节省吃喝，看到某件想要的东西，想想还是算了，想要给家人朋友买些纪念品，但摸摸干净的裤兜，摇摇头便转身离去，因此也曾遭受到不少人的冷眼。很多时候我暗暗发誓，等日后经济条件好了，自己要随心所欲地玩！

“一直在路上是不现实的，终有一天要回来。”张又延说的这些话，也算是对我的劝告，他继续说道，“很多想去的地方我都走了，如今累了，就想留在我有归属感的家乡景德镇，想在这儿开个连锁的陶艺馆，然后娶妻生子。日后有时间、经费了，要纯走路去西藏，去珠峰，现在努力赚钱打基础，也是为了以后的梦想。”

听完前辈张又延分享的故事，让我对未来的路似乎更清晰了些。

张又延把中国大陆转完后，选择归隐生活，我想走完中国，还想去更远的地方看看，他去过的很多地方，我都还没去过。当我走完跟他差不多的路，在和他差不多的年纪后，我会不会也会跟他有一样的想法？或是还能坚守初心继续下去？

我不知道以后会怎样，但知道自己如今非常抗拒一眼到头的生活，先跟着心走吧，继续在旅途中寻找更多答案！

55　伴我同行，身随心动

游历完庐山不久，湖南的朋友詹勇通过电话联系我，说他近期对自身的状态感到困惑，平日看我独自背包穷游，体验人生的经历，心生向往，想追随我走一段路，尝试在伴我同行的旅程当中找到未来方向感。

待我应承下来，他很快就辞去还不错的武术教练工作，前来与我会合，通往下站义乌。

如今许多感到迷惘的年轻人，放不开手脚去追梦，像詹勇这样感到被生活捆绑时走出来寻找答案的，已很难得，想要改变现状，我们都需下决心踏出第一步。

詹勇年纪比我稍长几岁，在社会上摸爬滚打几年，除了旅行外，其他的阅历都要比我丰富，大者为先，我倾听起他的故事。

在大一时，他就加入学校武术队，大二时与几位师兄成立武术培训班，专门教一些小朋友，挣了人生的第一桶金。

毕业后几年，他一直在做武术教练这行，有了一定积蓄，直到 2016 年初在广东佛山买了一套一百多平方米的房，当上了传说中的房奴。说到这里，詹勇皱了眉叹了口气，拍了拍胸口懊恼道："悔不当初，我租个房多好！"

雷峰塔顶，俯瞰杭州城

背负上房贷后的他，疲于奔命，偿还每月一万多元的贷款，再也不复买房前的潇洒。从事武术培训几年，内心疲惫不堪，但因房贷羁绊着，又不敢辞职。

短暂相处中，我感觉詹勇人还不错，乃性情中人。他比我稍矮半头，因常年练武，身板显得很壮实，说话声音洪亮，一张方方正正的脸不苟言笑。我们俩走在一块，有种他是我的保镖的既视感，无形中增强了我的安全感。

那天，我在义乌夜市摆摊挣旅费，陆续有路人经过，但只是看看瞧瞧，并没有多作停留。看自家生意惨淡，心急的我硬着头皮吆喝起来：

“来来来，看我手工做的特色镯子，走过路过不要错过了啊！”

“一个手工挂坠，就两顿饭的钱，买不来吃亏，买不了上当。”

“来自西藏高原的藤镯，可以活血化瘀，越戴越红、越亮、越

行走在车水马龙的杭州街头

好看！”

吆喝叫卖有了效果，很快就有路人包围了过来，同时也开了张，但效果并不明显。正当我内心着急时，在不远处观望的詹勇背着小包跨步走了过来，只见他走到小摊前，突然蹲下身拿了镯子问道：“这个好看，怎么卖？”

咦，奇怪他要干吗时，只见他对我挤眉弄眼，瞬间我就明白了，他这是在帮忙我当“托儿”呢！“托儿”这事儿有点意思，于是我们俩你来我去地聊得火热，旁边准备要走的客人停住脚步，颇为意动，最后也买了几个东西走了。

我望着客人欢快离去的背影，忽有些内疚，不过还好我卖的是好东西，价格很实在，倒没坑人。

“你这个托儿，咋当得那么自然，没有一丝违和感？”我好奇地询问詹勇，只见他挥挥手，显得淡然：“摆摊这事儿，我还是学生的时候就干过，当托儿这事我在行。”

听到这儿，我不由得感叹，看来我这同伴高人不露相啊！

“刚看你卖得这么辛苦，就开了个张，想帮帮你！”听他这么说，我甚是感动，心想，其实有个同伴也挺好的，这样的旅途，应不会像以往一个人那样，时常感到孤独。

即将离开义乌前夕，我跟詹勇商量，因近期走的路太顺利，不够坎坷，违背了当初出发多经历磨难的初衷，打算在下站开始要野外露营，以更折腾的方式行走。

我们到达杭州时已是晚上，由于并不晓得哪里可以露营过夜，我们便分开寻找空地，直到半夜才在一处道路旁的密林中找到合适的空地。

“我们今晚就在那里搭帐篷怎么样？”有住的地方了，我很高兴，询问詹勇意见，但见他的头摇得像拨浪鼓，死活不愿意随我到密林凸地那里搭帐篷，并郑重其事道：“你刚说去破落土瓦屋边时，我眼皮子疯狂地跳跃，直觉告诉我，那里有不祥的东西，我们不能去。”

看他满脸认真，不似开玩笑的样子，我只好和他在杭州西湖公园一处花丛中央搭上帐篷，虽然夜色中鸣笛的声音偶尔响起，我们有被城管驱赶的可能，但也顾不了那么多了，折腾一天，实在太疲惫了。

彼时的杭州正处炎夏，火热的太阳炙烤着大地，连呼吸都是热的，我们虽打开了帐篷外的遮阳布，只剩下透气的网袋罩着，但帐篷内依旧闷热无比，半夜迷迷糊糊中我也不知道醒来几次，更惨的是，被蚊子咬得全身上下都是肉包！

半梦半醒间突然感觉有点清凉，稍睁眼看了下，原来是詹勇正在给我使劲扇风去热，我非常感动，只是我睡得迷糊，不知是梦里梦外，很快又睡了过去，待后半夜天气稍变，这才凉爽许多。

接下来的日子，我们俩人结伴游历，一起到杭州西湖、雷峰塔、浙江大学、横店影视城等地方游历。

短暂的同甘共苦的旅途，已让俩人建立起深厚的友情，但离别的日子还是不期而至。詹勇跟我坦白，他想去的地方是灵山大川，并不是繁华的大都市，灵山大川才是给予他灵魂触动的地方，而我自己的想法，是繁华的地方要去看看，贫穷落后的地方也要去看看，见过两者的对比有所触动，才更容易寻到心中想要的答案。

旅行即修行，理念不同，我们只好分开各自修行，其实詹勇这次追随的并不是我，而是他内心的声音，就像我一样，身随心动，志在游历中国。

56　快乐善良的女人

世界闻名的小商品城义乌，我一直都对这个城市充满好奇，它发不发达？它经商的模式究竟是怎样的？那边的人是不是都会做生意？友不友好？

初到义乌时，我发现这儿不单外省来打拼的人多，街上的外国人出现的频率也很高。入夜后的义乌街道，商铺门口坐满了外国人，来义乌发展的外国人中，要数第三世界国家的人多些。

带着疑惑，我询问当地务工者这个现象，他们都说从二十世纪九十年代开始，来这儿的外商就非常之多，在义乌基本都有驻点，他们有的在这边开店，专门服务于外商，有的专门把货物托运回自己的国家进行出售。相比第一、第二世界，那些第三世界的人们，则更喜欢物美价廉的义乌小商品，所以义乌的外贸公司也多如牛毛，正因商机多，来这儿的务工者才愿常年待在此地奋斗。

义乌的城市街道很干净，我对义乌的第一印象很不错！

我对逛商品市场有极大的兴趣，因为我觉得这种经历会开拓我的眼界，白天我便骑着共享单车去义乌小商品贸易城看市场，到了商贸城，只见正大门挂着很大的牌子，上面写着：诚信为本，诚信无价！

商人的诚信经营，才是义乌发展的长久之计，所以义乌政府在大力支持商品贸易的同时，也在极力提倡商户诚信经营。

贸易城实在太大，逛了一天，我只是管中窥豹地看了其中小部分产品，小商品种类繁杂，让人眼花缭乱，很多想不到的东西，

全球最大的小商品批发市场——义乌小商品城

在义乌都有批发。当地商家都说，没有两周时间，是逛不完义乌小商品城的。

我试着以进货者的身份，走进一家家商铺，咨询各种商品价格，发现义乌的批发价格确实很有优势。广州和昆明最大的批发市场我都曾去过，相比之下，还是义乌小商品价格更优廉。

同个商品，同等质量，不同老板有不同价格，有些人诚实经营想做长远生意，有一些人只想着高价售卖，一次赚个够，这就要看自己采购的时候如何跟老板协商谈合作。这些过程，都需要极大的精力和耐心，由此看来我日后想走生意之道，也不是容易的事儿。

即将离开商贸城时，我看到一处出口旁有个户外商铺，心一动就走了进去。经营这铺子的，是一位三十岁出头的女人，她卖的东西并不贵，在网上看到千来块的羽绒睡袋，在她这儿仅售几百

块，她总是笑呵呵的，没有老板的架子，快乐得像个 18 岁的小女孩一样，跟她交流我感到非常放松，并感觉她人很实在，于是留了她的联系方式，准备以后有需求就跟她进货。她无意看到我在网络上分享的旅行动态，很是惊讶："不看不知道，原来你是一位纯粹的旅者。"

说完，她看向我手上戴的饰品，询问我哪里买的，她自己也有戴，但买的昂贵。

"我自己做的，我也会卖，卖来的钱用来当作旅费。"

见她很喜欢的样子，我便拿出东西任她挑选，可能看我售价不高，她对我态度更是亲近不少，不单自己购买，也特意给周边商铺推荐。看她忙前忙后帮我推销镯子的样子，内心有所触动，明白不是我卖的东西有多么好，而是她在有意支持我，她为什么要帮助我这个陌生人呢？

夜晚的义乌街头商铺外坐满了国际友人

而后她跟我解释道：“我有个弟弟也像你这般年纪，看你一路不易，单纯想支持下。”

看我背的小挎包坏了，她特地带我去一家商店挑包，以最低的价格给我挑了最实用的小挎包，还给我分类整理了包里的东西。买了包后，她温言教我应该怎么卖东西，以后跟人做生意要注意些什么，这些都是我想要学习的东西。

说实话，我并不习惯别人对我这么好，但那一刻真的被温暖到了！离去时，她看我带的帐篷不够好，非要送我一套她自己工厂生产的帐篷，我不想给她留下贪心的印象，便婉拒了。

这位善良的女人姓王，义乌本地人，我叫她晓晓姐。虽萍水相逢，但我已把她当成自家姐姐，她虽经商多年，但并没有体现出唯利是图的商人气息，按她的话，自己挣得多会开心，挣得少也会开心，每天要做一个快乐的人！

三人行，必有我师焉，她乐观对待事物的心态，值得我借鉴学习。

就在我离开义乌的前两天，一位已就业的学姐知道我来了义乌，尽管每天忙得不可开交，也要在百忙之余抽空接待我，只因我曾在广州接待过她的弟弟。我称她为小玉姐，为了不影响她工作我只接受了简单聚餐，虽然我们是第一次会面，但交流很轻松，她很随和。

饭后她为我送行，途中我向小玉姐了解她毕业工作后的经历，作为自己未来事业的参考，她几乎是有问必答。

接触中，我能感觉到这位学姐也是心善的女人。她用心与我分享关于自己毕业至今的工作经历，大学快毕业时，她在义乌有幸遇到一位师傅，带她入门贸易行业，由于用心学习，进步很快，

从无到有直到现在小有成就，也就花了几年时间，她对现在的生活很满意，很快乐。

小玉姐的经历引起我的思考：我自己现在也是一无所有，没有经验，没有前人指引，自己不断试错，在黑暗中一步步摸索，这个过程其实是漫长且难熬的。如果有一位明师给我指引方向，那么我一定会像小玉姐一样，进步更快些！

主驾驶上的小玉姐转头对我轻轻笑着，态度诚挚地建议道：

“毕业后抉择就业的城市很重要，一个人的大半生，也许就跟那座抉择好的城市息息相关了。”对于她的话，我往心里去了，想等旅行结束后找一份工作积累下，然后择一喜欢的城市、喜欢的项目去创业，我相信自己。

随后小玉姐分享了一个关于创业的实例，她曾结识一位颇有传奇色彩的客户，那位客户做生意很有一套，会三门语言，在商谈时，日语、西班牙语、粤语轮流着上。那人 16 岁时就到了日本，通过努力，50 多岁时积累了一辈子都花不完的财富，但后来因为金融危机破产，一无所有，并负债累累。近年才回国跟着他的一个朋友做外贸，不要丁点儿工资，跟做一个月，学到模式后马上辞职，借钱继续创业，很快重返富豪之路。

从这个故事中，我看到那位客户超强的毅力和魄力，试问有多少人在 50 多岁破产后，还能从零开始再次创业？我们这代人中，不少人缺乏勇毅的力量，那位富豪这种破后重立的大魄力和耐挫的能力，也正是我要学习的！

在义乌遇到的晓晓姐和小玉姐比我年长，都是善良而快乐的女人，她们拥有现代女性身上的独立、善良、快乐且感恩的美好品质，对于正在探索前路的我，都是很好的一个引导。

有时候觉得，当我们心中有念念不忘的目标，坚定的要亲身去实践的事儿的时候，似乎冥冥之中就会有人为我们指引前路。这也告诉我们：有想法就要去做，不要放弃我们的梦。

57 姑苏水城

上有天堂，下有苏杭，占尽人间仙境一半。

其中的“苏”指的正是苏州，它也叫姑苏，既然去过杭州了，那姑苏我自然也要走一走。

刚踏入姑苏这片土地，就能明显感到它的与众不同，比如在建筑方面，从像宫殿般的苏州火车站开始，一直到市中心，沿路所见，皆是古香古色，让人赏心悦目，这对我来说，是一场视觉盛宴。

苏州古城的建筑，保存得都很完整，市中心的房屋，最高不过三四层楼的样子。这主要是当地政府的功劳，为了保护古城，不在古城里建新的现代化建筑，而是直接把新城开发在古城周边，新城的高楼大厦围护着“低矮”的苏州古城。

苏州城市开发的决策者们，宁愿损失掉部分的经济发展，也要保全苏州古迹，这份远见和情怀实属难得！

被誉为“东方威尼斯”的姑苏城，有不少别致的小街小巷，长长瘦瘦、曲曲弯弯的，石子铺路，显得光滑发亮。有些穿着苏绣旗袍的女子慢悠悠走在石子路上，自有一股浓浓的江南水乡风情散发开来，令人迷醉。自古江南出美女，我想美丽的应该不单是

苏州城中古香古色的公交站

江南女子的容貌，应该还有她们令人难以忘怀的秀气与风情。

石子路旁，伫立着不少有着飘逸枝条的杨柳树，柳树旁往往横卧着一条小河，小河上又有姑苏城中常见的小拱桥相伴，几乎每隔几十步，就有一座小桥，偶尔有持画伞的旗袍少女从小桥缓缓走过，一切宛然如画。所见姑苏的景致，不由得让我心生羡慕，一方水土养育一方人，在这样环境下生长的苏州人，想不优雅大方，想没有艺术细胞都难。

我漫步在山塘街，站在石拱桥上，望着持桨的船夫在苏州城的河道上划着小船，随着潺潺流动的小河游走，缓缓穿过拱桥，让我感受到一种如诗如画的意境，让我这个观画人有些烦躁的心也跟着宁静下来了。

姑苏的夜色，那更是柔美迷人，有众多的大小画舫船可乘坐，顺着河道，观览姑苏两岸风景。我发现在船头观景，观感要比坐在画舫船的两侧位置更佳，只是船内没有人有勇气尝试跟我这样子做，因为有的河段黑漆漆的，没有灯光照亮前方，看着有点儿危险。

我独自钻出船外，站在船头，画舫船沿着明暗相间的河道游走，只见河畔悬灯结彩，熙熙攘攘，河面波光粼粼，船儿穿过河中大小桥梁，穿越过一片寂静幽暗的河段，我观览沿河的苏州白砖黑瓦的民居，时不时听到苏剧那轻柔细语的女声从姑苏水城的老宅传来……脑海顿时浮现出“朱栏层楼，柳絮笙歌”这句话，真是把姑苏城描写得活灵活现，把它的繁华道尽。

我站立在画舫船船头，看着视线中这一幅美妙的水墨江南景象，有那么一瞬间，我觉得时空都变得静谧了，四周似乎就剩下我和姑苏水城两者，沉默对话，在这样充满古韵的环境中，我也不由诗兴大发：

上有天堂，下有苏杭，
杭州的杭，姑苏的苏。
姑苏城内，灯火斑斓的夜晚，
白墙黑瓦，小桥流水人家。
苏州水城，虽是游人众多，
但还是有种韵味，也许深夜过后，
游人尽归去，
味道会更浓郁。

游完山塘水道，我还频频回头，万般留恋。

到了白日，我念叨着古诗《枫桥夜泊》：月落乌啼霜满天，江枫渔火对愁眠。姑苏城外寒山寺，夜半钟声到客船。跟随唐朝诗

夜幕下的姑苏水城，河畔悬灯结彩，熙熙攘攘

人张继，走到姑苏城外轻烟缭绕的寒山寺和枫桥边，亲手把寒山寺内的古钟敲响。

又到怪石嶙峋的狮子林，以小桥流水而著称的拙政园，游山玩水，感受千百年来文人骚客们曾走过的路，再到云雾中的云岩寺，看那虎丘塔影，一时感叹，姑苏城真的得天独厚，不知从小在苏州这种充满古韵的环境中成长的人，长大后又会是怎样的。

58　户外遇险

姑苏城的三伏天，阳光火辣辣的，炙热的高温似乎让空气都变得扭曲起来，身处其中，我浑身冒汗，嗓子出烟，全身黏黏的，走几步路不喝水的话似乎人就不行了。我穿着透凉的背心，光着膀子，没一会儿功夫，两边的胳膊早已晒得脱皮了。

走到一家青旅门口，大门打开后，探出头的是一位穿着长裙、干干净净的姑娘，给人的感觉很舒服，我不由得对她多看了几眼。

大厅里有几位年轻人正坐在沙发上聊天，只见他们正拿着小扇子疯狂地对自己扇风，这天气，实在太极端了。

放下包，我也跟他们交流起来，坐我对面的是一位头顶束发、一身素衣打扮的女生；她旁边的女生身着宽松睡衣，满头的发卷，有周星驰电影里包租婆既视感；坐在侧面沙发的则是一位精瘦文身青年，只见其光着上身，胸前文有显眼的左青龙右白虎，他一开口我就晓得是东北人；最后站着的那位青年，有一副眯眯眼，他自我介绍刚退伍不久，不过我观他言行举止，不像兵哥，反而像混迹多年的社会青年。眼前的这些青年男女，都是跟我一样独自远行的，突然感觉这个落脚的地方藏龙卧虎。

交流发现，一群人中经历最多的是我，经历最少的乃是刚才给我开门的左左，她刚从学校的象牙塔中走出来，来苏州这家青旅做义工，单纯得像一张白纸，而且她还和那个文身青年相约一起去青海。

每个人都有分享自己旅行的见闻，轮到我时，我便讲起自己摆摊旅行走南闯北的故事，左左听着入了神，她非常好奇，因从来没有体验过这么多有趣的事儿。这次从家乡武汉来苏州，已经是她下的最大决心，来到的最远的地方了。得知我准备隔日要寻找小道进入以小桥流水而著称的苏州拙政园时，她便想跟着我去体验一把。

晚上六七点时，大厅传来争执声，我跟众人走出屋外，原来是那位自称退伍军人的青年对左左拉拉扯扯，在争论着什么。见到

户外遇到毒蛇，我不加思索地护在左左面前，安慰她不要害怕，有我在 （Mandy 绘图）

我们出来后他便不作声，走了出去。

通过左左，我们了解到，男青年几次相邀她吃夜宵喝酒，左左不愿意去，这才争执起来。大晚上孤男寡女去喝酒，成年人都知道什么意思。

待其他人都回屋，剩我在大厅，见那青年对着左左的方向斜目而视，眼中的凶光闪过，一脸阴鸷。这家伙绝对是个危险人物，我心生警惕。

到了半夜，那男青年又借故找碴，刁难左左，把她骂哭了，我见她一个人蹲坐在墙角那里，委屈得直抹眼泪，但没人去安慰她，我心生不忍，过去提醒她："注意那个男生，晚上千万别跟着出去。"

又过了一日，那青年见捞不到好处，众人也排斥他，在平台上甩给了左左一个差评，灰溜溜地走了。经过我们求证，青年其实并不是退伍军人，只是他想给自己添加光环，利用社会对军人的崇敬，所以才到处告诉别人自己当过兵。

因为差评，左左又被老板说了一顿，她气馁不已，与我说起这个月来在苏州青旅做管家的经历，她遇到了不少奇葩的客人，有的住了两天给了一天的钱，有的借了钱说隔日还最后失信了，还有人拿着青旅的东西跑了，没有丝毫的诚信和羞耻可言。

左左很后悔，为什么在她大学期间，没有多出去走走，现在因缺少阅历很被动、迷惘，只能多去经历，才能弥补曾缺失的东西。

这天下午，左左跟我同去寻找通往园林的小道，我们穿过小片树林走了许久，才找着可以进园林的偏僻小道。小道前右方，有间长方形的破旧草屋，左方有堵同样破旧、长满了青苔的墙，

它们中间隔着一条两人宽的羊肠小道，小道两旁杂草丛生，眼

前一片断壁残垣，令人莫名有些不安。

左左先几步走在我前面，我觉得不妥，便叫住她："等等，我走在你前面吧。"我在前方领路，俩人一前一后相隔两米，万一出现什么状况，我也能快速应对。

就在我提神关注前方，大概走了十来米时，突然身后传来"啊"的惊恐尖叫声，我愕然回头望去，只见此时左左双手捂住嘴巴，满脸惊恐状，脸色煞白，没有一丝血色，浑身战栗，像筛糠一样哆嗦起来。

见她六神无主的模样，我不明所以，顺着她的视线看去，猛然发现一条三米多长、成人小臂粗的大蛇，蛇头部呈三角形状，一看就剧毒无比，只见其正直立着身子吐着蛇信，向左左发出"嘶嘶"的声音，试图攻击她！

从小到大我是第一次偶遇这样的大蛇，一时间目瞪口呆。

"这时候她一定害怕极了，需要身边有人安慰……跳过去帮她的话，我可能会遭遇攻击，但如果不管的话，那她势必会受到伤害……"我皱着眉头，脑中瞬间闪过无数念头，有惊讶、内疚、自责、坚定、决然等，但情况危急不容多想，最终正义感驱使我小步助跑，一下跨过蛇身。大蛇在我跨越时，转头伸缩着身子试图攻击我，侥幸没被它咬到，我跳到了左左身边，拉住她的手，第一时间安慰道："你别怕，有我在呢！"

左左缓过些神，惊讶地看了我一眼，接着双手紧握住我的手，生怕我把她丢下。我没有慌张，挡在左左和大蛇的中间，俩人缓退几步。

大蛇看我们没有轻举妄动，便优哉游哉地转头，游回旁边破旧的草屋，直到它长长的蛇尾尽没草屋内时，我仍然心有余悸。

眼见左左依然惊魂未定的样子，我只能是连连安慰和道歉，一时间无比内疚——是我疏忽大意，缺少户外风险意识，刚才俩人只顾着前行了，根本没有留意到脚下的危险，谁曾想会从两人中间蹿出这么大一条毒蛇来呢。

“我刚才以为你会第一时间跑掉，没想到你会跳过来，挡在我前面。”左左紧跟我身后，有些感动道。

“那怎么可能，因我你才身处险地，我绝不会抛弃同伴！”这时，我回想起与我同走川藏线的小雅，当年我没有保护好她是我心里过不去的一个坎，从那之后，我学会了对同伴负责。

接下来，我非常警惕地在前方开路，拉着左左走到了安全的地方。

“你下一站去哪儿？”左左突然问我。

“我去温州，那里有三山五岳的雁荡山。”

“我跟你走，可以吗？”说完她看向我，神情认真地问。

左左可能觉得我比那个文身青年更靠谱些，才主动愿意跟我走。

有个同伴去爬山也不错，会比一个人更有趣，我并未拒绝，最后俩人一起坐上了南下通往温州的火车。

59　游雁荡山

我和左左从苏州一路南下，到达温州雁荡山灵峰区时，为减轻负重，俩人只带了几瓶水和几袋干粮补给，干粮需要水伴着吃才

能下咽，为了省水，我每次也是轻抿小口。

本来是炎热的天气，爬山更费体力，第一天没走多远左左就渴了，“咕咚咕咚”一下子把一瓶水给喝完了，我顿时傻眼，后面还有一天一夜呢，水可能不够用了。

我们背着大包汗流浃背，走过了第一个山头时，发现前方已没路，于是抄小路，顺着户外俱乐部开发的路线走。

户外俱乐部开发的基本是小路，陡峭异常、长满荒草，沿路的树木枝丫上都绑有红带子指引，不过早已破旧不堪，也布满了蛛蛛网，可以说是既惊险又破败。

不久我才意识到走错了山峰，正在走的这座山，并不是雁荡山的主峰，而是未经人开发的野峰。这次还是冒失了，再次对左左抱歉，我的冒险精神再次让她身陷险地。我们必须小心翼翼，因为但凡一人受伤，我们都难出这座山了。

有在苏州破草屋旁遭遇毒蛇的前车之鉴，看着沿路茂密的草

翻山越岭，游雁荡山

从，我心中不免担忧。

“你害怕吗？”我问身后的左左，这次爬山，我去哪里，她就跟着去哪里，从不说累，让我更起了要照顾好她的心思。

“我不怕！”

“为什么？”

“因为有你在！”

左左的话，让我既感动，又觉得这份信任沉甸甸的。

就这样，我们翻山越岭，走过了一座座山头，对面的群山偶尔传来和尚诵经的声音，随着脚步渐行渐远，逐渐消失。

走到傍晚七点多，我们再次迷失了方向。为了安全着想，我们决定就地扎营，但因找不到平坦的地方，不得以找了一处满是小石子、凹凸不平的地方搭帐篷。

夜色中的山峰，多有蛇虫出没，为了安全起见，我和左左俩人就老实待在帐篷里。通过帐篷缝隙，我发现远处有灯光隐没，雁荡山这边的夜景很美，躺在帐篷里看上空的弯月、星星，非常带感，可惜我没有带单反相机，拍不下那浩瀚的星空景观。

天刚破晓，雁荡山上朦朦胧胧的山景特别迷人，我和左左在山顶的云雾中眺望群山，像是那神仙中人。

顶着骄阳，俩人再次越过了一座座高山，站在某座山顶回身看向已“征服”的群山时，心里有种成就感。

雁荡山之行，爬到腿软，走到不想走之时再去坚持，看到想看到的山景，过程中不断反省不足之处并决心改变，心中收获颇丰。三山五岳之雁荡山历练意志目的，算是达到了！

天下没有不散的筵席，出山短暂休整后，我跟左左即将分开，在苏州时，我与她只约定了一起走完温州，她随后就要回武汉找

雁荡山上，搭帐篷露营

工作。但离别时，左左再次跟我说道：“后面的路，你可以都带上我吗？”

这次她的神情比在苏州时更认真，她的请求，让我内心挣扎，通过近些天的相处，我知道她是个好女孩，但我此行遥遥万里，前路茫茫，不知何时是归途，并不想有女生跟着我一路折腾受累。

独自走则不会顾虑太多，多了一人，我没信心完成接下来的环游中国的梦想，犹豫了一下，便下了决心，看着左左的眼睛坦白道：“我们俩走的路各不同，我现在在颠簸的旅途中，同样很迷惘，跟着我走没有将来，我不想耽搁你，只想独自走完接下来的旅程。”

我以为左左听完我的话会生气，没想到她反而递给我一个欣赏的眼神：“你这么坦诚，我越觉得感觉是对的，还想跟你走。”

我懵了一下，忙补说道：“按前面的约定，我们只到这一站。”

“你太自私了，只顾着自己。”左左这次生气了，抿着嘴气鼓鼓地看着我，眼眶红红的。

我低头不敢看她：“待我完成梦想回来，如果你我还单身，那就在一起吧！”

最后，我让左左按着她的原计划走，也不要送我，我背起包袱，迈着坚定的步伐，逐渐消失在她的视线中……

三山五岳还差四座，要去的省份也还差十几个，我要把它们全走完。

60 神都洛阳

每当说到雍容华贵的牡丹花，人们总会联想到十三朝古都洛阳。唐朝时期，洛阳是中国的中心之一，也是人们心中的富饶之地，它还有个别称——神都。

如今的洛阳，依旧是底蕴深厚的千古名城，气派不减当年的繁华，从建筑中可看得出一些痕迹来。洛阳的明堂和通天塔是当地的地标性建筑，其中恢宏大气、巍峨的通天塔，也叫天堂，两座仿古建筑是现代人在原有遗迹上重建的，据史料记载，那是女皇武则天登基、生活、礼佛之地。

夜色弥漫，明堂和天堂更是灯火斑斓，我初来洛阳城，趁着夜色，来到了两堂的脚下，远远通过天堂的大门，看到里边金碧辉煌的装饰，显得“贵不可言”，让我不由得自惭形秽，加上囊中羞涩，我并未选择买票进去观览，只站在它们的外围，悄悄地望着。

远远通过天堂的大门，看到里边金碧辉煌的装饰，显得贵不可言，让我不由得自惭形秽

在离天堂不远处的广场上，我看到那里正放映着露天电影《狄仁杰之通天帝国》，密密麻麻如蚂蚁般的民众，皆在认真地仰头观影，影片中展示的是武则天即位后，改唐为武周的皇朝，其中森严的等级制度和强大的帝国，还有那气焰万丈、一手遮天的女帝，让我不由得遥想到当年女帝君临天下的风采与神都洛阳万国朝宗的盛况，又观如今眼下雄伟的天堂和明堂与露天广场中正播放的影片情景相重合，不由有些恍惚，也许电影中描述的情景，就是当年“武周之治”时期的部分写实？

也许是见识过明堂和天堂的原因，我觉得整个洛阳城都显得厚重和大气。

夜幕下的洛阳城，比之白天，更是人潮涌动，在老城门那里久久围聚一群人，我走近一看，原来是有两位男歌手在演唱，他们俩一壮一瘦，分别短发和束发，在唱歌时特别自信，感觉全身

听流浪歌手在唱歌

都在发光。周边驻足着一群追捧他们的年轻人，特别是女孩子们，都用倾慕的眼神望着他们哥俩。那份弹唱工作，似乎要比我摆摊体面和受欢迎得多，一时间不免有些羡慕。

怀着复杂的心情，我回到落脚处，不久便见到有两位归来的陌生舍友，他们正是我在城门口所见到的两位歌手。经过交流我了解到高壮短发的青年叫火鸡，看起来有些桀骜不驯，他来自广东；瘦点儿、束着长发的叫高岩，看着有些斯文，是洛阳人。

通过与火鸡和高岩俩人的沟通，我这才了解他们的生活也并不是很如意，原来此地有很多歌手，他们只能在老城门口轮流唱歌，也许一个星期每人才能唱一两个晚上，这样挣的费用，也只能勉强够他们的生活开销，特别是火鸡，他总是皱着眉头，他说自己被生活压得喘不过气来，对未来充满了迷惘，羡慕我这样能仗剑天涯、四海为家的人，正如我不久前羡慕他受同龄人关注和热捧一样。

看来凡事不能单看表面，像火鸡这样的流浪歌手，台前看似光鲜亮丽，其实背后也有很多无人知晓的心酸，这让我加深了对生活的感悟。

除了火鸡和高岩外，我还有一个性格直爽的山东舍友，他叫冠军，比我年长两岁，我们在刚来洛阳的大巴车上结识，其间一起结伴前往代表中国石刻艺术最顶峰的龙门石窟、古老的佛教祖庭白马寺和武圣关羽的葬首之所关林庙等地游玩。冠军跟其他的旅行者不一样，他正在旅行创业，因看好大学生定制旅行这块的市场，正在考察布局中。他主动寻找热门城市的地接，再带领属下的学生团队进行推广，目前事业已有了些起色。

我们结伴游玩过程中，发现各自都深深热爱着旅行，其间冠军语重心长地跟我分享起他对梦想的见解：“之前我也跟你一样，到处穷游，走到某天时，突然明悟了一个道理，没有钱是万万不行的，所以才暂时放弃旅行，义无反顾地回归生活并创业，只有打下物质基础，实现经济自由后，我们才能去更多自己想去的地方。”

对他的话，我若有所思，渴望远方的我，旅途虽也常因缺少资金而苦闷不已，但此时内心对物质的需求，并未那么强烈，我和冠军的最终目标是一致的，就是找到自我存在的价值，只是选择实践的顺序不一样，我打算走完想走的地方，再回归生活艰苦奋斗。

通过交流，我能感受到冠军对追求事业的那份执着，让人莫名地对他将要做的事情产生信心，对于他说的“布局”，这个高格调词语，我似懂非懂，但知道一个事实——冠军已经走在我的前边了。

他很明白自己想要什么，白天在床上专注地做资料，规划并去实践，同舍的火鸡和高岩则看着窗外迷惘发呆，等待着晚上的表演时间，见他们两者状态的反差，我心里也思索着：也许每个人的境遇和追求都不一样，我们这群人都是二十出头，正是最缺钱的年纪，迷惘也属常态。

之后大伙儿拼餐，等要结账时，我们才发现高岩已提前默默地把饭钱给付了，他自己的日子过得很拮据，却为相识不久的人付出，这让我很惊讶，他婉拒了我们分摊的请求，并对我们几人说道："我是河南人，你们来到我的家乡，我也要尽下地主之谊。"

这让我不由得对他高看一眼，就算生活不如意，做事、做人要大气，这也是我从高岩身上学习到的一个点。边走边学，我在探索和寻找自己的路上。

后来又发生了一件事情，让我领悟到了更深层次的些东西，那晚我在洛阳老城门口摆摊，有摊友见我着装与众不同，主动与我搭话，两人就蹲坐在街边聊了起来，随后他被我分享的游历诸国时的见闻所吸引，想着时机到了也跟我一样出去走走，说不定能在国外找到新机遇。

俩人聊了一会儿，便见有几位光着上身的光头大汉，勾肩搭背地走到我的小摊前，他们看起来流里流气的，满脸红光，似乎都喝了点酒，其中有位光头看中我卖的东西，与我还价。开始还有说有笑，但他给的价格远远低于我的成本，两次要求被我拒绝后，对方生气了，他恶狠狠地对我说道："你必须要按这个价卖给我，不然我们就掀了你的摊子。"

对方蛮横的态度也惹怒了我，生气回道："不卖，你们走吧！"

刚才还在一旁沉默的领头大汉，见他小弟说话不管用，突然上前一脚踩到我小摊边角上，他挑着眉，居高临下地威胁道："最后给你一次机会，不卖，我们不单要掀你摊子，还让你走不出这洛

阳城，别不识抬举！”

说完这话，他们几人就围了过来，似乎下一刻我要是再拒绝，就要动手！

我正在气头上，心想要打就打，咬牙怒视着他们：“说不卖就是不卖，我不做亏本生意！”

气氛瞬间剑拔弩张，旁边不久前与我聊天的摊友见状，赶忙上前解围，只见他低声下气地恳求道：“几位大哥别生气，这小弟刚来不会说话，你们大人不计小人过，就原谅他吧！”接着，他转头又悄声劝解我道：“你傻啊，他们喝多了，我们人生地不熟的，就卖给他们吧，让他们快些走，你的损失很快能挣回来，闹起来就不是东西损失的问题了。”

我听后，顿时从激愤的状态中醒悟，是啊，我势单力薄，冲突起来定是吃亏，这东西的确值不了几个钱，硬杠极可能影响到我的计划。最后我亏本卖了几样东西给他们，他们见有台阶下，便拿起我的东西，得意地扬了扬手示意，然后走了。

看着他们嚣张离去的背影，我心里一时憋屈不已，同时也非常感激给我解围的热心摊友，而后沉默下来，孤寂地望着周边这热闹非凡的闹市，却感热闹是他们的，我什么都没有。

静坐在洛阳城门口，我回想起往年在西安摆摊时，也曾被人欺辱过的经历，心有所悟：“我这样孤身流浪下去不行，不管到任何地方，始终是他乡之客。日后自己还需择一城，步步为营就像老树盘根一样，先把基业做大，自身强大的同时，身边也要有一群互相扶持的真心兄弟。”

忽然有种立即回归生活的冲动，但此时我访问三山五岳和环游中国的目标尚未完成，做事不能半途而废，得有始有终。

压下停止游历的想法，心中更加坚定，决意完成既定目标后，将定居在一处非故乡之地深耕，脑海联想到符合我此时心境的古诗句：骏马登程往异方，年深外境犹吾境，日久他乡即故乡。

61 风雨兼程

每当读到“嵩山高万尺，洛水流千秋。往事不可问，天地空悠悠”，我就想起游中岳嵩山的情景，2017 年 8 月，我从湖北到了河南地界后，直奔登封嵩山而来。

途经嵩山脚下，映入眼帘的是一间历史悠久的古书院，这便是被誉为古代中国四大书院之一的嵩阳书院，属于古代的高等学府。

书院背靠中岳嵩山，里边有将军柏、竹林、古碑、壁画等，也有少许游人，安静中带点儿喧闹，这里也是程朱理学的发源地，处身其中的我有种学海无涯、中华文化博大精深之感。

出了书院，再往上就是通往太室山了，嵩山分太室山和少室山，它们没有连通的山路，需分开游览，太室山是嵩山的主峰，我先行此山。

凌晨四点多出发，途中偶遇很多游人，他们多是一些老人，不由得想能做到起早贪黑的人其实挺多，如果相对年轻的我们，找到适合自己的事做的同时，能跟这些早起的人一样，努力且高效率地工作，日积月累坚持下来，何愁有事业不成功呢?

往太室的山路，时而平缓，时而陡峭异常，连徐霞客游嵩山都曾感叹：“吾目不使旁瞬目不斜视，吾足不容求处息也。”

穿着红色练功服的少年排着长长的队伍，鱼贯而入

待太阳高挂空中，我才走到了太室山的顶峰峻极峰，历史上曾有汉武帝刘彻和女皇武则天等三十多位帝王登顶峻极峰，封禅中岳以示君权神授，还有诸多文人雅士都来过此峰，范仲淹有诗云：“不来峻极游，何能小天下。”

拖着疲惫的身躯站在峻极峰之巅，我举目眺望四周连绵不绝的山体，体验嵩山的无限风光，顿时有种“会当凌绝顶，一览众山小”之感，山风拂来，有种阔达的愉悦！

出了太室山，我趁还有余力，接着走往少室山。我们熟知的汉传佛教禅宗祖庭少林寺，就坐落在少室山的山脚密林之中，那里是少林武学的发源地，素有天下武功出少林之说，要进入少室山，得先通过少林寺。

到了少林寺范围内，我发现这里有间叫塔沟的武校，并见到一些穿着红色练功服的少年排着长长的队伍，鱼贯而入，有序地进入武校，他们应该是刚从广场操练回来；有孔武有力的青年武生，正在武校门口以及周边执勤；除了成人外，也有半大的小孩，分成一个个小组，分布在少林寺区域内的各个角落，在年纪稍大些的组长或教头带领下，正热火朝天地操练着武术，纪律严明得像是军队一般。

少年强，则国强，虽然我不是武校的学员，但能感受到练武很苦，吃得苦中苦，方为人上人。由此我联想到初中毕业那会，曾闹过一次辍学，当时父亲担心我日后没有能力在社会谋生，便到少林寺为我谋出路，我想当初父亲应该是找了类似塔沟这样的武校。

继续沿路往前，我见有来自世界各地的武术爱好者，他们挑着水桶，抬着木桩负重，或者蛙跳等，用五花八门的方式在主道上边走边练功，心下感叹：少林寺在世界上的影响力真大！

距少林寺内院不远处，有写着“天下第一名刹”的牌坊，从牌坊中，我能看到一种淡定从容的底气，毕竟“北武当、南少林”名气并不是吹出来的。

到了有武僧把守的内院门口，众多信众游客涌入这佛门圣地朝拜，我看又得高价买票，为省钱便没有进去，事后确实有些遗憾。

接着再往少林寺腹地走，便是历代高僧长眠之地的塔林以及一些道场。

夜幕逐渐漫过少林寺，见游人纷纷都被武僧清场出去，我加快脚步，走往少室山入口，走着走着，我听到身后传来：“一,二,三,四……”的口号声，我不确定与来人会面后，是否会被驱逐出少林寺区域，就找了水泥路下方的一处树丛，隐藏起来。

不一会儿就见到了一队正在拉练的少年，带头的人牵引着狼犬，后面还有手持喇叭的教头车压后，我与他们就隔着树丛，近

风雨兼程，到达三皇庙

在咫尺。巡逻狼犬走过并未发现我，有些忐忑地眼看他们慢慢走过，我才走往山的入口。

少室山入口处，有两位正在拿着烟筒抽烟闲聊的老人，见没有其他地方可进山，无奈之下，我只好赌一把走了上去，其中一老人家看到我背着大包走来，很是惊讶地说道："小伙子你是打算在上边睡吗？晚上山上可没人。"

"是的，今晚打算露营，没事的。"

两位大爷听完，面露赞许之色："小伙子不错啊！"

没见他们阻拦，我便进山了，爬了许久，果真没有见到一个人影。直到伸手不见五指的深夜，周边也静悄悄的，只能听见我自己的脚步声。这漆黑的夜中，气氛也颇显阴森，我只能拿着电筒照亮前路，鼓着气硬着头皮往前走，累了就休息，恢复了些许体能就走。

其间偶尔会有老鼠从我脚边飞速窜过，当手持的灯光照在横跨在沿路的树梢，不经意抬头间，见到有蝙蝠倒挂其上，我顿时惊出一身冷汗。此时山中还隐隐传来未知生物的低鸣声，不久山上起风了，夜风凄厉，像是有人在我耳旁呢喃着什么。

在这种充满未知的环境下，更不能心生怯意，越畏惧，应该越向前！我撇开胡思乱想的念头，坚定勇往直前的信念，跨越一排排阶梯，越过蝙蝠们倒挂的树枝，迈着坚定的脚步一步步向三皇寨走去……

凌晨两三点，仍不见终点，而身上的衣服似乎轻轻一捏，就能捏出一摊水来，手电筒的灯光逐渐微弱，距离三皇寨还不知要走多远，担心天黑路滑坠落悬崖，我便不再冒险前行，在石桥上搭了一个帐篷，想待隔日早晨醒来，再去朝拜天地人三皇。

我对这一晚的经历，印象无疑是深刻的：坚持行走的过程，感到内心有目标有方向，无畏无惧一直前行，相信最终定会到达终点，同时意志力也得到了极大的锤炼。

一夜无言，隔早醒来，听到有人说道："天啊，你看，那里有个帐篷。"

又听一男声响起："不会是昨晚一个人来露营的吧？！"

"可能是今早上来的，我们上前问问！"

听此，我只好拉开篷链，得知我是昨夜独自露营后，他们嘴巴都张成了O型，并用佩服的语气说道："我要是一个人在这山上露营，估计得吓死。"

我会心一笑，可能当勇敢已成了习惯，就不再觉得什么了，如没有勇气，怎能完成游历中国的目标呢？

随后的少室山上，不单下了大雨还刮起狂风，我冒着雨攀爬，有些路段又滑又陡，走路都走不稳，一不小心大风就会把人吹翻。我逆着风雨，用手抓着石体爬山前行，即使又冷又饿又累，还坚持行走，因为我要的就是这种奔赴目标、酣畅淋漓的感觉。

途中少室山的风景，似乎更胜太室山一筹，都不愧为名山之景！

几小时后，我看着坐落于少室山腰的三皇殿，喜不自禁。千里迢迢、跋山涉水，终到目的地，看到主殿里头的天地人三皇，顿感亲切，我诚心诚意地点燃了香火，给三皇行了跪拜礼。

此行嵩山，我深感祖国山河的壮丽宽广，既然选择了远方，就要风雨兼程，越走心越宽广，越走看得越远。攀登山途，我心有所领悟：若登高必自卑，若涉远必自迩。

攀登嵩山有所领悟：若登高必自卑，若涉远必自迩

62　挂壁公路

无意之中我看到报纸上的一条简介：在河南的新乡，有个被称为太行明珠的奇特村庄——郭亮村，这个小村庄原是东汉末年为躲避战乱的先人迁居所建，在村子通车前，每逢夏季村民总要受到山洪和滑坡侵扰，信息闭塞也导致村子经济落后，村民的生活苦不堪言。在二十世纪七十年代初，为了让乡亲们摆脱贫困的宿命，村民在村长的带领下，砸锅卖铁集资，全凭手力，历经5年，在绝壁中一锤一锤地凿出全长1300米、宽4米、高5米的石洞来，而主要负责开凿的那些村民们，被誉为郭亮村“十三壮士”。

自从郭亮村通车后，这个位于太行绝壁上的村庄，被世人所知并享誉全球，村长也被誉为“当代愚公”，备受社会的尊崇。我被其自强不息的精神所吸引，因此慕名来到了郭亮村。

刚到达郭亮村外围时，天气寒冷，司机把包括我在内的乘客送到一家旅馆门口，老板出来热情迎接，见天时已晚，郭亮村也停止售票了，外边下着大雨，我无法在户外搭帐篷，于是跟随老板进去看看房间，见环境还不错，费用并不高，便打算住下来。可能看我身背大包风尘仆仆的，没什么钱，实在的老板还主动给我降了些费用。

随后他友好地询问我：“小弟你哪里人？”

“广东来的。”

旅馆老板听后，便指着郭亮村的方向道：“他们村子里有挺多人在你们广东珠海开工厂，现在都是老总了。”

太行绝壁上的挂壁公路

我恍然大悟，原来他们不是一个村子的。

“你们这里以前经济是否很一般？后来因为郭亮村，才把周边经济带动起来了呢？”我好奇地问起这个问题。

旅馆老板也实诚，答道：“是的，我们这边之前很贫穷，但最先富起来的却是郭亮村那批人。”

于是我便明白了，正是最初因郭亮村而带富了周边区域人群，他们过了原始资金积累的阶段后，跑去沿海地带投资开工厂了。当初无人看好的凿山求路工程，如今却是造福了一方，为后人创造了巨量的财富。

隔日，待我真正进入那段挂壁公路观览时，才觉震撼：从石洞隧道内侧往外看，像是一幅幅风景画，视线里的俊石层叠、雾气袅袅的山崖，深邃的幽谷之中，像是披着一层生机勃勃的绿色植被，让我真切地感受到了什么是“山外有山，天外有天，景外还有景”。

从高处远眺挂壁公路，似一根缠绕在山岩上的细线，挂在悬崖峭壁上，很难想象这铁石般的岩壁是怎么被人力给凿出来的，这绝壁长廊实在是美！我完全被那坚忍不拔的凿山精神和太行山奇观所感染，整个人像打了鸡血般亢奋，心潮澎湃之际，我站在石阶上放声呼喊：“啊……啊……”回声不绝，更觉震撼，这在我心里留下了极为深刻的印象。

到达郭亮村后，见到满是岩石堆砌的石头屋，别有一番风味，有不少学生在此取景绘画。可能不是旅游旺季的原因，这里只有稀疏的旅客，同时我发现村子里头的诸多景点都是人工造就的，而后才了解到村子里的商铺大多都承包给外乡人经营，只剩下极少的原村民留守，这里似乎并没有我想象中的那么原生态。

路过一间石屋旁，我发现有一位坐在木椅上闭目养神、身着布衣的白胡子老人，他看起来年事已高，细看老人身后的屋壁上，正挂着“绝壁开路，致敬英雄”等表示敬意的旗帜，原来他正是当年郭亮村带头凿山、德高望重的村长，我顿时肃然起敬。又见桌子前边摆放着手写的告示牌，里边内容大概意思是当年主要由十三人开凿了挂壁公路，当这条神奇公路为世人所知后，游客络绎不绝，为村子带来了源源不断的财富。在利益驱使下，逐渐有些不安分的村民开始否定“十三壮士”，有的村民当初并未带头付出，事后却认为自己也是其中壮士之一，并到处宣传。老村长气不过，便把真相道出，展示给不知情的远方来客。

我看着告示内容，皱眉思索，这让我对心目中有愚公精神的郭亮村有了一些微词，由此想到进来这座村子时门票费用并不低，到处可以见到收费的告示，商业化气息颇为浓郁，似乎已失去最初的淳朴，想到此，不免有些失望，便没进老村长身后的壮士展示馆。

我背着包走到一个岔口，选择了往下的路，这时遇到一位穿着朴素、背着柴火的大姐，她从上路走来，远远问我："小伙子你去看天梯云海了吗？"

听她这么问，我有些意外，我还真不知这边有云海，便回道："还没有。"

"哎，你不去那里看看会遗憾的，云海是我们郭亮村这边一绝，雨后才出云海，现在雨停了，过去还来得及看。"

她的话引起我的好奇心："请问怎么走呢？"

那大姐回身给我指了一处土路："沿着这条路，上去尽头就到了。"

看那条路跟我要走的沥青路不是一条，半信半疑，最后还是选

郭亮村的天梯云海

择走上去碰碰运气，既然来了就要有所收获。

走了好一会儿，见沿路都是土坡，除了又累又渴有些丧气外，我并没有其他感觉，心想自己是否被那大姐给忽悠了。当我坚持走到一个路转角后，突然迎面来了一束光，有些许刺眼，我下意识地用手遮挡它，过了一会儿，放下手，却见有一片无比壮观的云海展现在眼前。

这突如其来的惊喜，让我惊呆了，我激动地奔向峡谷边，脚下的云层伸手可触，从未如此近距离地接触过云海，远处的太行群山就坐落在仙气缥缈的云海之中，如同《西游记》里孙猴子醉游的天宫，这真是天上才有的仙境！

壁立千仞白云间，气贯长虹万仙山，这真是一幅大气蓬勃的国画！我震撼于祖国山河之美，感动于相遇，顿时觉得来南太行山这趟旅程受什么辛苦都值得了！不禁感叹，此次郭亮村所见，让人着迷的，并不只是当地人文，还有八百里山水相映的太行山啊！

63 生活苦涩，有滋有味

2017 年 9 月，我来到了内蒙古的锡林郭勒盟一个叫多伦县的地方，这里一排排一栋栋的楼房，规整的基础设施，让人看起来很是壮观，只是人流异常稀少，很多装修精致的房子，虽售价远低于沿海城市，但少有人居住。

朋友还在外地，没能赶过来与我相见，便托他妻子招待我，我和朋友夫妻两人是在 2016 年游历西安时通过摆摊结识的。记得

那天我在美食街出摊，有对中年男女走到我小摊前，只见那男的豪爽笑道：“可终于找到你了。”我不明所以，那男子接着对我说：“第一天晚上见你出摊时，我对你印象很深刻，你身上有种敢闯敢拼的劲头，有我年轻时候的影子，我特地过来找你聊聊。”

他旁边的女子也跟着道：“我们这几天每晚都来夜市等你，前两晚都没见你过来，所以今晚见到你，他很高兴。”

我也是喜欢交友的人，见他们这么有诚意，便拿出绒布邀请他们坐在我的小摊旁，后面客人太多我忙不过来，他们便帮我招呼客人，而后我干脆就让女子帮我收货款。那晚生意不错，1 个多小时就挣到了我 1 个月的花销，女子有些意外地看了我一眼，笑道：“没想到摆摊能挣这么多！”

见她误解我钱来得容易，便解释道：“其实不是每天的生意都会如此好，有时出摊几天一分钱收入都没有，要没有一个好的心态，我是坚持不下来的。”

经过一番攀谈，我了解到男子是在西安做基建工程的，我叫他岩哥，女子在内蒙古当老师，我叫她彦姐，俩人性格非常直爽，这也是我首次接触的内蒙古朋友。

闲聊之时，岩哥跟我抱怨起他在西安的工程难做，工地上三天两头就会挖出古董，然后就得停工给专家们作考古研究，几个月的工程，硬是拖了一年多还没干完，简直把他给烦恼死了，正应了西安流传的一句话：地下长安，地上西安。

彦姐因当老师的原因，倒是相对清闲些，不过两人分居两地，一年难得聚上一两回，也挺难的，所以彼此很珍惜每次的相聚。

岩哥跟我说了他的想法，他在西安做的工程规模不小，但手下都是些粗老爷们，缺少得力的年轻助手，看我有股闯劲，有意招揽让我跟着他做工程。

我意识到这也许是个机遇，自己到处游历的目的，不也是在寻找机遇吗？但衡量再三还是婉拒了，我还有很多地方没去，梦想还没有完成，不想半途而废。

夫妻俩在西安招待了我两天，离别时跟我说了这么一句话："相逢即是缘，你日后走到内蒙古，一定要找我们，让我们好好招待你！"

2017 年 9 月，我游历到内蒙古，正是在夫妻俩的邀请下，才来到多伦县。

我能来锡林郭勒盟多伦县，也是颇为不易：先是从包头坐火车熬了半夜，早晨到达河北张家口后，三小时转车回到内蒙古宝昌站，随之再转两个多小时到正蓝旗站，最后才从正蓝旗站来到了现在的多伦小县。频繁的中转，把我整得晕乎乎的。

出站后，没一炷香工夫，我就见到彦姐匆匆忙忙开车过来接我。她一见到我就表示抱歉，因为要带女儿上课才来晚了，随后直接带我到一处饭店，说有同事在一起聚餐。

进了包厢，我发现已坐了一桌子的人，三男三女还有一个小女孩，女孩正是彦姐的女儿星星。

席间彦姐向同事们郑重其事地介绍我："这是我远道而来的广东老弟，他是一名背包客，今天我们特地为他接风洗尘。"

众人纷纷向我敬酒，这受人重视的感觉，顿时让我有些受宠若惊。彦姐说平时大家难得有时间聚聚，正好也借我来的机会顺便一聚。酒桌间众人很好奇我的旅行经历，我便分享了些旅途见闻，他们听得津津有味。

聚会结束，彦姐开车把我和一个男同事送回去，回去路上我感

到脑袋刺痛，天旋地转，眼中的世界都呈颠倒状。

我总是听说有人喝了酒会发酒疯，砸桌伤人等，酒品如人品，我常年行走江湖，必须保持清醒，不允许自己有断片的可能，那样我会没有安全感。

彦姐嘱托我把同事送进旅馆房间，我强忍着醉意，把他扶到房间，然后给其盖上被子。我回到房间上床一躺，马上睡着了。

隔天起来我又被叫上聚餐，到了老地方，我见昨天的几位大姐像没事人一样。同样地，桌面上依然摆放了很多瓶白酒，昨天喝了那么多，今天还喝？

我咽了咽口水，感叹内蒙古人的酒量如海底一般，不可估量。很快，我借口身体不适，避开了再次醉酒的可能。

后来我了解到彦姐招待我的这两顿饭花费不少。彦姐每天都在疲于奔命，根本没有多余的时间去做其他事情，这次接待我，已是百忙之中抽空出来。她眼角的皱纹，让我感觉到了生活艰难，似乎把她压得喘不过气来。

回想起在西安时，豪爽的岩哥跟我讲过的话："我们五六十年代出生的人，都是苦水里泡大的，你旅行中的那点苦算什么，真正的苦是苦涩到心底深处，酸酸甜甜说不出滋味的，那才叫苦。"他的话让我有所领悟，一直以来，我都以为自己体验了足够多的生活苦乐，心底无意间有些自得，但此时有了一个新认知：人生百态，我只是通过旅行体验了一部分，对生活的体悟还未够深入，后面的旅途，还需进一步去了解有滋有味的现实生活。

64 皇天不负有心人

来到满洲里，我有种来到俄罗斯的错觉，市内很多带有俄式元素的建筑，比如颜色鲜艳的俄罗斯城堡，沿街商铺写有中俄双语的广告牌，一股浓郁的异域风情扑面而来。

这儿随时可见俄罗斯人，常见其拎着大包小包的货物往车上装，估计要把从中国买的货物运往俄罗斯销售，由此我联想到之前曾去过的老挝、泰国、缅甸、印度等国，不同国家都有人专门做与中国关联的双边贸易，很多人靠边境贸易生存或发家。来到不同地方看到这些现象，眼界慢慢开阔，有种充实之感。

九月的满洲里，夜晚没有喧嚣的人流，中苏金街在金黄色的灯光照亮下，像是被镀上了一层金色外衣，穿行在绚丽且让人感到低调亲切的金街中，我心情一时格外愉悦。

这边的中俄商品多得让人眼花缭乱，其中代表俄罗斯文化的套娃，更是每家商铺都有售卖。

关于套娃有个这样的传说：相传古时的俄罗斯民族，有两家表亲相邻，表兄妹两小无猜，后来表兄远走他乡，由于非常思念家乡的表妹，每年都做一个木娃娃，一年比一年做的木娃娃大，小的木娃可以套在大的里边。多年后再相见时，表兄就将一排木娃娃送给表妹以表达思念之情。后人称之为套娃，又叫吉祥娃娃。由于有这样一个美丽的传说，直至今日，在俄罗斯某些地方仍保留着男孩赠送女孩套娃的传统。

满洲里位于中、俄、蒙三国交界处，西边就能通往蒙古国，往北就是俄罗斯了，它是中国最大的陆运口岸城市，设有中俄互市贸易区、边境经济合作等多个管理区。由于是边境城市的原因，俄罗斯人和外蒙古人过来满洲里很方便，中国人过去俄、蒙两国也是一样，也有专门的旅游公司带团服务，想去俄罗斯体验的人们，一般是三至七日游览时间。

在满洲里待的第二天，入夜后的天空下起了小雪，我到主要的街口出摊，等候了几个小时，寒风中我冻得鼻涕直流，看着人来人往无人愿意停留，有些失落。

皇天不负有心人，我不信没有人过来，再冷的天气也要坚持到底！通过坚守的这个过程，锻炼我的耐挫力、毅力、坚忍，还有自我调节的能力。

过了不知多久，我的小摊位前慢慢围聚了一圈圈的客人，有本地人、有俄罗斯人、有外蒙古人，还有来自国内五湖四海的游人，周边商家也上来询问购买了。人多我并不怯场，反而更显得淡定从容，客人们想买东西，或者聊天交友都可以。

随着夜渐深，人流逐渐散去，最后还有一男一女的山西人和一位河南的女孩留下来与我交流。在他们的请求下，我开始讲述旅途中的故事和今年要实现走完中国大陆的目标，不远处一位穿中山装的大哥也在认真倾听，看得出来，他对我游历祖国的经历也很感兴趣。

待几位青年离去，只剩下了那中山装大哥，看他陪聊了这么久，我也颇为不好意思，想拿些东西免费送给他以表谢意。他见状连忙摆手婉拒，微微笑道：“我看这么冷的天，小弟你也不容易，想陪你说说话儿支持一下，你身上有种莫名的吸引力，不自觉就能把别人吸引过来，日后你要去做某种事业，一定会成功的！”

金色的满洲里

在我的坚持下，小摊边汇集了来自世界各地的游客，生意也变好起来了

我听后很是感动，也得到了鼓励，一开始没有人光顾生意时，也是这位中山装大哥先过来陪我聊天的。后面人多了，他又默默站到一旁，人少了，又过来陪我聊天解闷，实在是有心。

中山装大哥是个非常直爽的人，来自山东，是一名退伍老兵，这次过来满洲里探望战友。今晚逛街时，无意看到我在雪夜中出摊，因我卖的东西没有他想要的，所以就以陪伴这种方式来支持我，虽然此时我身处陌生城市的寒夜，但感到内心暖洋洋的。这种萍水相逢随缘交友的方式，我很享受，因为互相交流各自经历后，都会有所成长。

过了一天，中山装大哥通过电话联系我，邀请我到周边游玩。

我们到了套娃广场、呼伦湖、满洲里国门、正面为汉语背面为俄语的神圣不可侵犯的 41 号界碑等处观览，并结下了深厚的友谊。

65　宿牧民家

这天清晨，我很早从满洲里出发，前往目的地东北部俄罗斯族聚居地恩和，规划好路线，我沿着边防公路 X904 县道搭乘顺风车。

傍晚时分，我到了黑山头一处蒙古大营门口，没走几步，听到有位大娘叫住了我：“小伙子，你找着住的地方了吗？”

我见她是大营附近的摊主，裹着头巾，穿着朴素，便答道：“还未，蒙古大营太贵了。”然后拍了拍身后的背包示意，“晚上我住帐篷。”

裹头巾的牧民大娘露出关心的神情：“你哪儿人？从哪儿过来的呢？”

“广东的。”

她听后微笑地说道：“如果找不到住的，小伙不介意就到我家住吧，家里有个小院子。”

听她这么说，我顿时露出诧异之色，迟疑了一下便婉拒对方：“我身上没什么钱，住帐篷就好了。”

她似乎意会到我的顾虑，解释道：“小伙子，你也不用担心阿姨我会坑人，不要钱的，看你年轻人晚上住帐篷太冷，来我家住吧！”

我见她说话直来直去，也是实在人，推脱不过，就应了下来。见到牧民大娘推的小货车有些沉重，我便上前帮忙，途中，她一直说对广东人印象很好，因为常年摆摊，她接触到不少游客，觉得广东游客既大方又会尊重人，消费也爽快，我听着心里还蛮高

跟随牧民大娘，到她家借宿

兴的。

经过一片牧地时，裹头巾的牧民大娘指着那块牧地说都是她家的，我看至少也得有几百亩。跟着推车走了小会儿，就到了大娘家门口，我注意到她家院子四周有铁栏环绕，里边圈了好多羊和一些散养的田园鸡，其中有大片的菜园子，也有农村常见的拖拉机和古董摩托车。这时炊烟也在小屋顶缓缓升起，一幅远山绿原牧人家的景观呈现在我眼前。

牧民大娘丈夫见有客人来，很热情地招呼我，简单交流之后，我感觉这对老夫妇都挺朴实的。见老夫妇俩要做饭给我吃，我忙要付钱，但大娘拒绝了，看着我微笑道："阿姨不用你的钱，你不用多想，安心吃饭就好了。"她的善意让我感动不已。

牧民大娘家的炉灶看着已有些年份，做饭时用晒干的羊粪作为燃料，我主动跟着牧民大叔去拎晒干的羊粪。大娘还切了很多自己家的羊肉，又到院子摘了自种的蔬菜，还有家里养的鸡刚生的蛋，好一个悠然自得、自给自足的朴实牧人家。这种田园生活，让久居城市的我看着新奇不已。

很快，饭桌上便摆满了饭菜，牧民大叔拿出珍藏多年的白酒，和我对饮起来，而大娘的手艺也让我赞不绝口，特别是家养的羊肉，那味道更是浓香不已。

牧民大娘关心地问起我的情况，了解到我不但去了很多省份，还去了很多东南亚国家，惊讶地说道："你这一路上也太辛苦了，这种精神值得学习！"接着她说起他们家的故事：大娘姓孙，她丈夫姓于，夫妻俩今年 60 岁出头，俩人是穷苦家庭出身，一辈子勤勤恳恳地过日子。孙大娘时常教育两个儿子人要争气，要吃苦，要实在，也要会做人。两个儿子经过艰苦奋斗，生活都有了奔头，大儿子在黑山头镇上开饭店，小儿子在北京做皮具培训师。老夫妇俩人虽然儿孙满堂可以享福了，但由于过惯了苦日子，总闲不下来，所以在蒙古大营旁摆个小摊。

牧民大娘家的羊群

随之我也给这对好心的牧民老夫妇分享起我的原生家庭，并讲述了自己背包旅行游历世界的故事。

孙大娘听完后看我的眼神更是柔和，点头认可："人只要有志气，未来一定能达到自己理想的生活，就像我儿子一样！"受到她的鼓励，我才恍然大悟：原来自己心中一直憋着的那股能量，叫志气啊！

热情的牧民大叔帮我备好饭菜

在我跟孙大娘交流时，坐在旁边的于大叔偶尔才插下话，他虽不

太善于言辞，但却给我一种非常朴实的感觉。

晚上九点多，老夫妇俩带着我去参加蒙古大营的篝火晚会，我看到于大叔走路有点不稳，便问他是不是喝多了，旁边大娘却说那是他之前开摩托摔到头部的原因，动手术后不能喝酒，今晚是因为我来了高兴才喝了几杯。我听了顿时感到内疚，早知如此，我怎么也不让于大叔喝那么多酒了。

再次回到小屋，孙大娘执意把最好的房间留给我，我只好接受了好意。见到房间地板下像是藏有东西，于大叔见我好奇，便打开地板封口，跟我介绍那是地窖，一般北方人家里都有这个，东西放里边可以长期保存，比南方冰箱还管用。睡前，孙大娘还给我端来了热乎乎的洗脚水，我慌忙起身相接，联想到让我搭免费便车的好心人，感动不已，内心久久不能平静……

隔日早晨，天色还未亮时，我醒来后来到院子，见到孙大娘夫妇早已在喂鸡、放羊，同时热腾腾的饭菜也早已在等我，她给我添了一杯热水，温暖了这个寒冷的清晨。

我准备启程时，拿了 100 块钱给孙大娘，但她坚决不要，并道：“能认识也是缘分，你要是事业有成的人，那阿姨我会收的，但你现在还年轻，需要钱，所以不能要。”

不得已，我把钱偷偷放在床头，但很快被发现，又被她给塞了回来。随后我送了两个自己做的镯子给老夫妇俩，孙大娘塞给我一篮熟鸡蛋，我只挑了两个带走。我留下联系方式，在孙大娘的叮嘱下，百般不舍地挥手告别。

今后有机会我一定要回来黑山头，看望和回馈这对好心收留我的牧民老夫妇。

继续徒步向前，同时我也在思索：到内蒙古后，旅途都很顺利，自己遇到的都是不求回报地给予我帮助的人们，让我心中的感恩之意溢于言表！

66 马背上的民族

那晚，我从满洲里背包到了内蒙古的西旗，打算隔日清晨，就由此独身前往蒙古国。

即将休息时，巴音的妻子乌日汗联系到我，电话那头她有些着急地询问我是否已到了蒙古国境内，嘱托我如果还未出境的话，要等等，因为她的丈夫刚好有事要去蒙古，可顺带我一程。

巴音会蒙古语，跟着他我也不用过于冒险，便同意推迟一晚，等待对方的到来。

对于乌日汗的这通电话，我非常感激，我跟乌日汗夫妇俩并不熟悉，只是曾落脚于她家的旅店，看得出来，他们是心地善良的人。

记得一周之前，我刚到海拉尔就住在乌日汗家旅馆，晚上恰好当地过财神节，眼见人流众多，我便到旅馆门口出摊，有人过来刁难，乌日汗和她妹妹见状给我解了围，我才能安心挣旅费。隔天，乌日汗的丈夫巴音带着义工从乌兰巴托回来了，通过义工口中我得知，蒙古国并没有我想象中的危险，且从海拉尔去那边也算方便，我便有了去蒙古国看一看的心思，出发时间定在走完内蒙古东北部之后。

蒙古国杭盖草原的野马群

一周后我从内蒙古东北部返回满洲里，由于乘飞机费用较高，我决定走陆路。乌日汗帮我办理好签证，也劝过我不要独自出发，毕竟有同伴更安全些。

在西旗待了一晚，隔日早晨我跟巴音在上车点汇合，见到他，我有种亲切感，巴音近一米九的身高，体重超过 200 斤，看起来非常雄壮。他总是喜欢穿牛仔衫，戴着一顶黑帽子，笑容很豪迈，给人一种靠谱的气场，这也是让我愿意跟着他进入蒙古国的原因之一。

在即将出发的 7 人商务车上，除了我外，其他 6 人都是蒙古族，其中四位是女孩子，她们和巴音一样都是右巴尔虎旗人，驾驶的师傅是蒙古国人。

通过阿日哈沙特口岸，进入了蒙古国境内，挺长的一段时间内，商务车走的都是一些土路，少见牧地。

我们先是在一家蒙古包那里休整，里头的支架都是用一些木头支撑起来的，正中间的是取暖的铁制炉灶，周边摆放着一些简陋的木桌。没过一会儿，有位健壮的大妈呈来满是肉块的蒙面和奶茶，见状我心情非常愉悦，心想这趟行程一定能大块大块地吃肉了。

就在我们吃面的时候，有几位壮硕的蒙古国货车司机走进了帐篷，看他们个子如我一般高，肩膀却宽我近一倍，看起来虎背熊腰，看人的眼神就像鹰视猎物一般，让人有种锋芒刺背头皮发麻的压迫感。我此时突然有些理解，为什么当年的宋王朝打不过马背上的民族。

当行车过了蒙古人的母亲河——克鲁伦河后，入眼皆是沃野千里的大草原，我从未见过如此壮阔的绿色原野，巴音说那就是杭盖大草原。

草原上没有钢筋水泥路，司机都默契地按着以往车辆压出来的道路走。

杭盖草原上有茂盛无比的野草，又高又绿的，时而能见到马群在这片草原上放肆撒欢，马毛长长的、厚厚的，看起来都神俊无比！

“为什么这马儿这么肥壮？”我不解地询问巴音。

“你见到的马群都是当地牧民放养几月，甚至几年后才来取的马，它们都变成野马了，基本都很壮实，牧民也没有丢失马匹的情况。”

“原来如此！”我恍然点头，转头透过车窗看向野外的风景，放眼望去，只见蓝天白云下一群群马儿和牛羊散落在沃野中，惬意地食草，时而有劲风吹拂压低了草丛，从而让我望见更多的牛羊群的影子，顿时脑海浮现了一首诗句：天苍苍野茫茫，风吹草低见牛羊……好一幅苍茫无际的景观，它是那么美，那么真实！

这才是我心目中原汁原味的大草原啊，我的心情一时也变得辽阔和澎湃不已！

途中我与同行的几位蒙古族女孩聊了起来，她们也都是二十出头的年纪，其中稍大的叫苏尼尔和乌云格乐，年纪小些的两位女孩分别叫阿敏和花花，她们大学在读。我见巴音自上车后跟她们像多年的老朋友一样交流，以为都是互相认识的，后面求证了一下，才发现彼此都是初次见面，只是大家都比较亲善和团结。

我见巴音他们的名字都有点特别，通过交流得知蒙古族人取名字的方式与众不同，或钟情于日月星辰，或自比于花草树木，或热爱动物等，大自然的种种都可以作为名字的来源。我便请求几位女孩给我取一个蒙古族的名字，我说自己热爱自由，也有雄心壮志，阿敏因此给我取了布日古德的蒙古族名字，寓意为翱翔的雄鹰，我欣喜地接受了这个新名字。

一路向西，到乌兰巴托

随后，巴音跟我讲述起关于蒙古族的历史和文化，他们是喝着马奶、吃着羊肉、住着蒙古包、逐水草而居、从小生长在马背上的民族，草原上不管是男孩还是女孩，从小就学会了策马奔腾，一生大半时间都在马背上度过的。

巴音对蒙古国近代历史的分享并不算详尽，我以往也较少了解其相关的信息，所以耳听为虚，眼见为实，打算随后深入蒙古国也许会了解到更多的客观史实。

我一边望着车窗外，领略那浓郁的草原风情，一边听着蒙古族传统歌曲，我感到自己的视野在快速开阔，精神世界在升华！

黄昏时分，蒙古国上方的天空挂出了一牙弯月，其国道上空也飘来一片火烧云，载着我们一行人的商务车，在绚丽云彩掩映下，沿着国道缓缓驶往乌兰巴托方向。

67　乌兰巴托的夜

透过车窗远远望去，一座庞大的城市渐入我眼帘，只见它伫立在辽阔无边的原野上，由城市四面延伸而出的道路，如长龙般伸往未知的、看起来苍茫神秘而风景独特的草原腹地，这就是乌兰巴托。

蒙古国的首都原名“库伦”，1924 年才改现名乌兰巴托。全国三百多万人口中，常驻乌兰巴托的人口占据蒙古国总人口的一半左右，乌兰巴托以外的区域，绝大多数都是一望无际的“无人区”。

待我到了市内，发现高楼大厦在乌兰巴托并不多见，多是三四

层的小楼房，每栋建筑都零散分布，而且相隔距离较远，这样的布局，让初入这座城市的我有了一种广阔的空间感。

沿街的建筑大多是苏联时期的建筑风格，人们的穿着以素色为主，复古中带着豪迈，让我有种穿越历史的既视感。

乌兰巴托街头，身形壮硕的蒙古国青年们披着大风衣，身着西装，头戴皮帽，脚穿皮靴，三五成群，在街边驻足长谈着，女人们皆是穿着高跟鞋，妆容精致艳丽，脸上带着自信的笑容，成为乌兰巴托街头一道道靓丽的风景线。

由于手上的美元在当地没法直接用来消费，巴音带我到一处货币兑换中心换取蒙古图格里克，简称“蒙图”。当我给了兑换中心工作人员美元后，柜台里那个精瘦的老板看了我几眼，然后递给我一把蒙图，从对方的神情动作间，我感觉似乎有些“猫腻”，于是认真数了数钱，果然兑换数量不对，便找老板理论，可老板却一口咬定说数额没问题。我再次确认后，发现兑换数量的确有问题，大概少了三分之一，心里顿时明白我遇上了奸商，估计对方见我是外国人，想坑我一把。

我拿着计算器算好数额给他看，用手势示意，他刚才递交给我的钱我原封不动。同时我故意叫了门口的巴音一声，让老板知晓我还有同伴在门外守候，并不是我为鱼肉、人为刀俎。

兑换中心老板的眼珠子当即转了转，可能觉得赖不过去了，这才重新补足钱给我。如此一番操作，让我对这个地方产生了不好的印象，同时也多了几分警惕，我人生地不熟，接下来要多长几个心眼。

换完钱后，巴音要去当地的古董市场帮亲友买东西。古董交易市场里卖的东西五花八门，常见有马头琴、装饰用的配刀、青铜

观看成吉思汗广场阅兵活动

器等，还有些传统工艺制作的马鞭等物品，无论新旧，只要带回国内，都能卖个好价钱，所以有专门的一些人在这里做些低买高卖的行当。

随后，巴音要去考察国外旅游团的路线，我便独自一人在乌兰巴托走走逛逛。

走在乌兰巴托的大街，回头率那是百分百，我颇不习惯，虽说肤色相似，但我想他们应该看得出来我是外国人，因为这里的人一个个都非常壮硕，基本看不到像我这样消瘦的人，而且他们的颧骨都很高，一眼就能看出我和本地人的区别。

在一个沿街的公共座椅上，一对蒙古国老夫妻正在交谈，一只小鸟叽叽喳喳地飞到他们脚边觅食，一点儿都不惧人，那对老夫妇只是对小鸟笑了笑，又继续聊天，一幅人与动物自然和谐的画面。

我尝试着靠近那只正在觅食的小鸟，它也是一点儿都不惧我，

反而蹦蹦跳跳主动靠近了我一步，见状，我内心有所触动，刚才因为兑换中心老板而积攒的一丝恶感在无形中少了一分，多了一份柔和。

觅食中，我发现当地许多餐厅的菜单上既有西餐，也有蒙餐，主食以肉类为主，蔬菜很少见，跟肉食搭配比较多的是土豆，这跟俄罗斯人的饮食习惯有些相似，因为蒙古国以畜牧业为主，经济结构较为单一，蔬果基本是靠进口，所以蔬菜的价格比肉食的价格还要贵一些。

午后的乌兰巴托天空澄碧，纤云不染，不知何时飘起了雪花。我冒着雪花穿行，路过成吉思汗广场，偶遇穿着本国特色“战甲”的仪仗队，正在排练迎宾。

傍山的夕阳慢慢西落，街头慢慢出现点点灯光，乌兰巴托的夜开始变得静悄悄的，我独自沿着山梯走到乌兰巴托的最高观景点——翟山纪念碑，抬头仰望璀璨的夜空，乌兰巴托的夜，就像

乌兰巴托的夜，是那么美

歌声传唱中的那么美，它虽然没有国际大都市的繁华，却有一种说不出的意境，像梦中唯美的故乡，充满活力、悠扬又有力量！

我眺望远处的城市，闪烁的灯火，抬头仰望星罗棋布的夜空，一边呼吸着山顶新鲜的空气，一边听着歌曲《乌兰巴托的夜晚》，跟着旋律我轻轻地哼唱了起来：有一个地方很远很远，那里有风，有古老的草原……乌兰巴托的夜，那么静，那么静，歌儿轻轻唱，风儿轻轻地吹，乌兰巴托的夜，那么静，那么静，唱歌的人不许掉眼泪……唱着唱着，我不自觉地红了眼眶，在这静谧的夜里，伴随着悠扬的旋律，我思绪不自觉飘向远方，回忆涌上心头。

我曾奋力挣脱现实的束缚，只是不知具体想要什么，只知心怀渴望，游历四方，旅途的见闻、喜怒哀乐皆能让我成长！

我是执着的，却也是冷漠的，一直在路上，忽略了曾经身旁的温暖，也错过回转生活的十字路口，蓦然回首，却发现身边除了星夜，只剩下我自己。

疲惫过，失落过，流泪过，走得越远却仿佛失去更多，景色越宽广，内心越孤寂，每当千里独行，只有信念做伴，伴我远行。

如今，我剩下的唯有内心坚定的信念，坚信只要秉持初心继续游历下去，必将寻找到心灵深处的那份踏实。

68 西部游记

游览走完乌兰巴托之后，我受到巴音夫妇的邀请，几人一同前往蒙古国最大的淡水湖——库苏古尔湖。

从乌兰巴托始，沿着人烟稀少的蒙古西部大草原，到达了额尔登特市休整，我发现这个城市除了些年轻人外，稍年长的人基本都穿着各式长袍、长靴，头顶蒙古帽，一条腰带系在腰间，点缀着首饰，充满着浓郁的草原民族特色。

在当地餐馆里吃饭，主食也基本是奶茶、土豆、牛羊肉这些，一顿普通的饭食要三千多蒙图，结账时我拿一大把钱出来支付，有趣的体验。

草原天黑得晚，我与巴音在夜色中闲逛。这晚的额尔登特市似乎显得异常热闹，大街小巷都能见到人们在聚会，高举酒瓶子大声闲聊，空气中弥漫着快乐的气息，街头也随处可见一些醉汉。

“今天是蒙古国的教师节，所以酒鬼会比较多。”身旁的巴音解说道，原来蒙古国人民非常尊重教师，每当到了教师节，就相当是全国人民狂欢的节日，他们经常在这一天不醉不归。

第二天，气温下降到零下二十多度，车子里头都结满了冰块，我像是坐在移动冰箱里，感到特别寒冷，一路直打着哆嗦。

随着车子继续往西北走，越来越荒芜，人烟更少了。当日晚，我们在一处不知名的小镇的蒙古包休息，外头虽冷，但蒙古包里边有炉火，非常暖和。

我被叫到了蒙古包的主人屋里，到那儿发现巴音他们都已拿着刀子在割肉，只见他们动作娴熟地用刀子把肉块挑送进嘴里，一种狂野之风扑面而来。我也有样学样，发现做不到其他人那样自然，便用手抓着肉吃了，肉很香，但我没吃几口却有种反胃的感觉，再也吃不下去了。

出发蒙古国前，我自诩无肉不欢，曾美滋滋地想要在蒙古国顿

十月中旬，蒙古国就已大雪纷飞

顿吃肉，吃到满意为止，但真正来到蒙古国后，早上吃肉，中午吃肉，傍晚也吃肉，结果没几天我就上火了，现在一看见肉食就反胃……

又是一天早晨，我推开木门，见屋外早已有厚厚的一层雪，大概有成人小腿那么高，昨夜下起了大雪，我却是后知后觉。

自驾走的第三天，一行人终于到了蒙古国与俄罗斯交界处——库苏古尔湖区域。由于是冬季，很少有游客涉足这个被称呼为“东方蓝色的珍珠”的淡水湖，在零下二十多度的情况下，湖岸的一边是冰天雪地，另一边却是湛蓝的湖水和天空，冰水两重天的奇景，给了我极大的视觉冲击感，一时间整个人变得非常亢奋。我在雪地里开心地狂奔、呐喊着，以宣泄内心的激动。这趟虽行车

劳顿，但在我看到美丽的库苏古尔湖时，感觉一切都值得了。

返回乌兰巴托后，巴音夫妇先行一步坐飞机回了海拉尔，我选择坐国际绿皮火车回归。

蒙古国基础建设比较薄弱，只有两条主要的火车路线，一头终点为北京，一头为莫斯科。

火车缓缓启动，车厢外站着一排排蒙古国女兵，她们面向着绿皮火车行注目礼。时值 10 月中旬，在颇有时代感的老旧绿皮火车上，我看向窗外的风景，一眼望去茫茫的塞外大漠，以及早已枯黄的草地。绿皮火车从炊烟袅袅的蒙古高原，到广袤无垠的戈壁滩，从泛黄的草地到荒芜的平原，从中我感受到一种名为孤独的东西。

火车行驶在蒙古国段，检查得非常严格，在中间段车站停留期间，分批先后来了些列车员、边关检查人员、军人进行检查。列车员都是年纪稍大的蒙古族大妈，身板看起来极为壮硕。由于我经常在国内坐火车的原因，对列车员比较亲近，在走廊看到一位列车员向我走来时，我先对她报以微笑以示友好，她却黑着脸上

回到祖国，感觉特别亲切

人烟稀少的蒙古国西部小镇

前猛地用手一推，“砰”的一声，我被推撞到车厢壁上。看着对方远去的背影，我皱了皱眉头，有些恼怒对方的无礼，却也无可奈何，便转身走回座位。

这里的火车室内装饰跟我们国内常见的火车布局不大一样，车厢坐卧一体，每四个座位就隔出一个单间，每个单间都有可拉伸的房门。

与我同单间的，是一位穿着皮靴的中年男子，开始我们也没怎么交流。他运气不怎么好，在距离国内二连火车站还有几个小时车程时闹肚子了，但洗手间的门已被列车员关闭，那穿皮靴的中年男子用蒙古语跟列车员交流，但怎么说都不行。最后他对我投以一个难为情且歉意的眼神，无奈地拉在了裤子上，一时车厢内臭气冲天，我忙把身上带的所有纸巾都给他做应急处理，然后到附近透气，过了一会儿再回到单间，已没有异味。而中年男子也打开了话匣子，原来他是在蒙古国的中资矿产企业做翻译工作的，对当地情况比较熟悉。

火车到二连站后，乘客要全部下车，工作人员边检验收护照，边给火车换轮子后再启动开往北京。

望着一脸“生人勿近”的蒙古国列车员，再看看不远处年轻清瘦的中国列车员，心里不由感叹，我终于回来了，还是祖国好！

69　战友情

“你知道什么叫战友情吗？”野外的帐篷里，听到睡在一旁的

东北老哥颇为严肃地问我，他此时正冷得不停地打着哆嗦。

“应该是军人之间弥足珍贵的一种情感？”我没当过兵，不知具体怎样，想了想，不太确定地给出答案，“我对军人还是比较崇敬的。”

“对，只有生死之交的战友，才会愿意把后背无条件交给对方。”听到他这么说，我下意识转头看了看，此时我们俩人正背对背，蜷缩着在同一个睡袋里。再看帐篷里头的幕布上已挂满了结霜，夜里寒风侵肌，让我手脚冰凉，瑟瑟发抖。

“你今晚的做法得到了我的认可，不管以后怎样，我认定你这个弟弟了。”只听他郑重地对我说道。

这时我才知道一起“共患难”的东北老哥以前在青岛当过兵，如今是一名光荣的退伍军人。

我们前些天于兰州结识，那天初见，我看到来了位三十出头的东北高个男子，当时他跟其他旅客正聊着天，口才挺好，有些虚胖，理着一丝不苟的平头，并戴着金丝眼镜，说话文绉绉的。

随后，我按着规划的丝绸之路西行，过了几天到达张掖，晚上出来闲逛时，与他在街头再次偶遇，俩人都挺意外的。再次见面，交流话题明显深入了些。

我见这位姓宫的东北老哥打扮倒挺讲究，穿着一身名牌，单论价值，可能要比我游玩几月要花的旅费还多。

交谈间我感到他头脑灵活且谈吐不俗，对生意之道颇有研究，听他说他在东北某国企工作，早年闲暇之余开了一家服装店让家人管理，收入可观。

他独自出游的经历不多，平日也是假期才跟老婆孩子出来走走，这次一个人出来走感到很孤独，在兰州临时找了个青旅体验，我们因此才结识，算是一场缘分。

当了解到我行走多年，还想一直走下去的想法，东北老哥摇了摇头，认为人不可能一直在路上，山山水水总有一天会看腻，长路漫漫，终有归途，有归属感人生才更有意义些。

“你应该是缺少归属感，才会不愿意回家。”听到东北老哥分析，我起始有些排斥，但事后想想又觉得有道理。独自坐在公交车窗边，望着窗外的人与物，我不由得有些迷惘，无意听说“归属感”这个词语，似乎对自己诸多的想法有了一个总结。

我陷入了沉沉的思索，自己跟很多同龄人一样，毕业后似乎就失去了大方向，我要走到什么时候？我喜欢在路上的感觉，也不知道自己想要什么，所以要一直走，直到找到心里想要的答案。

此时，我恍然明白自己就像脱离长辈羽翼的雄鹰那般，从原生家庭远走高飞，在不知方向的天地中，不停地远行寻找属于自己的巢穴，苦苦追寻心底的那份踏实，原来就是归属感。坚持游历下去，我一定会找到愿意停留的城市。

东北老哥没什么游玩经验，我带着他去七彩丹霞，还有酒泉金塔县的胡杨林，以我背包穷游的方式游玩，当向导，把他累得够呛。

他每天都会跟妻子通电话，分享跟我的经历，他的妻子心疼他，说自己家也不差那个钱，干吗受那个罪。虽如此，他还是坚持跟我多走几天，对他来说，跟我穷游，也是个难得的体验。

那天我们一起走到金塔胡杨林时，夕阳已落，错过观景的最佳时间，经过商量，俩人决定在入口过夜，隔日天亮再进去。晚上我们没有被子，只有我带了一个朋友送的睡袋。

“大哥，我们一起盖吧，半夜会挺冷的。”

“没事老弟，你睡就行，老哥我身上这套羽绒服老暖和了。”

他拍了拍身上的羽绒服，对其质量很是自信。我没穿过，不知道耐不耐寒，但根据经验推断，近期丝绸之路的夜里气温会低于零度。

“那……晚上你要是冷，就拍我一下，然后一起盖睡袋。”看他那么坚持，我只好妥协，打算半夜他要是冷了，再一起共享睡袋。

到了深夜不知几点，我被旁边东北老哥无意间的动作惊醒，转头看他一眼，见他身体正无意识地瑟缩着，冷得不停地打着哆嗦，那个状态，应该是处于半梦半醒间。

见他那身羽绒服也不管用，我心生不忍，虽然自身也冷，但不能让同伴给冻着了，既是同伴，那应有福同享，有难同当。

“哥，你醒醒。”叫了几次，他才从迷糊中醒来。

“哥，睡袋我们一起盖吧，虽然不大，但两个人挤一挤还是可以的。”他闻言诧异地看了我一眼，我知道他可能抹不下面子，我不由分说地把睡袋拉链拉起铺开，把一边递给他，在我的坚持下，俩人背对背共盖一个睡袋。

沉默了一会儿，我还以为他睡着了，也准备入眠，但随后就听东北老哥问我的那句话：“你知道什么叫战友情吗？”

了解到他是退伍兵后，我才明白，怪不得他平日里走路像松树那样挺拔，有种莫名的气质，想必是从军队中锻炼出来的。

东北老哥说只有生死之交的战友，才会把后背无条件交给对方，听闻此言，我感到颇不好意思，只觉自己做事出自本心，尽量问心无愧。自此后，东北老哥对我态度更真挚，事事为我着想，真的把我当弟弟看待。

十月金秋的落叶

一群快活的白鹅，准备在胡杨林的内湖中遨游

当我们俩走入十月金秋的胡杨林，似乎踏进金色的世界中，入眼的周边的花草树木都是金色的，其中胡杨林色彩更是浓烈，金灿灿的，像一棵棵黄金树，它们千姿百态，苍劲，狂野，秀美，挺立……树梢间的金叶子折射出来的光芒，更是耀眼夺目。

在静悄悄的胡杨林中，有面清澈见底的内湖，雪白色的鹅群在湖里快活地遨游，“嘎嘎嘎”地叫着，平湖如境，倒映出湖边金黄色的胡杨林和我们旅人的身影。秋风吹拂湖面的水波，摇曳岸上胡杨林，金黄的落叶，入眼的深秋绝景，带给我一种心灵的震撼，激情跌宕，这景色看着看着，内心就不自觉感动了。

胡杨是一种极具生命力的树，常生长于无边的荒漠之中，既可阻住流沙漫延，也可以保护沙区的农业和畜牧业不受侵害。它们执着，耐得住寂寞，只需几滴雨露、几缕阳光便会从逆境中生长，正如我如今追求的拼搏、进取、不屈不挠的精神一般。

此时的秋季，不单使胡杨林变得金黄，连整个甘肃都是层林尽染的金黄色，秋意盎然，野外的一些果实也熟透了，饿了的我们就摘路边的野果吃。

我们一起走过敦煌夜市、鸣沙山，西出阳关，再到千年莫高窟，后来东北老哥离去前给我留了一张纸条，看了上面的内容我既意外又感动，只见上面写道："小弟，你在外行走不易，大哥给你买了点八宝粥和面包，路上补给，也不是很珍贵的东西，不用客气。虽然我们萍水相逢，但我感觉你跟其他在路上行走的年轻人不一样，很有想法，坚持做自己，未来再见面时，大哥希望看到的是不一样的你。"

此时我想到自己规划中的最后一站是东北地区，也许未来哪一天，我们还能再见。

之后的很长一段路，我一直和东北老哥保持着联络，他就像亲大哥一样关心我，并没有因为年长而给我强加一些观念，更多的是以过来人的经历给我建议和引导，让我少走了一些弯路。我也把他当成了我的异姓兄长和有共同经历的"战友"，感恩相遇！

第五卷 05

路在脚下，心在远方

（2017—2018年）

从南到北，从西到东，我终于完成了游历中国的目标，足迹遍及除台湾省之外的33个省市自治区，以及代表中国名山大川的三山五岳。然而从旅途中回归生活后，发现事与愿违，现实与梦想的剧烈冲突，让我一度陷入低谷和抑郁，从而进一步领悟到生活的本质。平凡之路，我心我塑，路在脚下，心在远方。

70 人穷志不能短

从最靠近哈密的敦煌出发，在郊外的G512国道，我走了两个多小时，看到一辆轿车远远地打着转向灯，来到我身旁，除了司机外，车上还有一男两女，看着年纪都比我稍大些。

“你去哪儿？”主驾驶的司机探出头，笑着问道。

“我到哈密。”

“不介意的话，我只能载你走两公里，因为前边我们就转弯了。”司机很热情，我感受到对方的善意，说了声“谢谢”便坐上去了，其实他愿意停留载上我，已经是很感激了，我怎么还会介意呢？

经了解，车主叫曙光，敦煌人，四五年前，在他大概二十六七岁时，也是像我这样搭过顺风车的背包客，旅途中很多陌生人帮助过他，所以他刚才看到我在拦车，马上就停下来了。他以前学的专业是旅游，如今的创业也是与专业相关，不久前有了小孩，打算待日后稳定下来，要带上家人到远方走走看看，走一走他曾经走过的路，看一看当初曾见过的美景。

两公里很快就到了，我与车主曙光道别，由于时间短促，我并没有跟他要联系方式，以免让人感到唐突。给顺风车主们留一个好印象，也许对后来如我一般的旅者，也能更容易搭到便车。

随后，我又沿着国道走了一个多小时，有一辆红色的大货车由远到近缓缓而来。我没有想到它会停下来，因为根据经验，一般货车司机都不太乐意搭载上一个男的。

搭顺风车途中

货车师傅了解我想去的地方后，也说明只能搭我一百公里左右，他要到一个叫柳园的地方去装货。

经交流了解，货车师傅姓张，我叫他张叔，他脸带小酒窝，看起来很亲和，是酒泉人，跑货车这行当也做了二十多载了，有两个小孩，大儿子大学二年级，小儿子还在读小学。

“看到你，我就想到年纪跟你差不多的大儿子。”说着，他脸上露出了宠溺的笑容，接着似乎又想到什么，无奈地摇了摇头，从他的笑容中我能感受出来，他是一位好父亲。他那位学美术专业的大儿子，不是很独立，平日花销挺大，每月至少要七八千块，虽然自己压力挺大，但内心还是期望儿子以后会争气些。他以前也载过几位像我这样背着包行走的年轻旅人，那几次晚上作息时，还把车上睡觉的位置都让给他们了。

因长期开货车的原因，张叔患了颈椎职业病，还有关节炎，走

起路来，腿都像是瘸的，“开货车太累，自己老了快跑不动咯。”

他自嘲地叹了口气，打算等大儿子毕业后，就“金盆洗手”不干了，另外找个轻松点的活儿。

换位思考，我心疼张叔作为一位父亲付出的辛劳。我也大概跟他分享了我这几年的经历，也真心希望张叔的儿子能够通过自我锤炼而改变，不辜负父母对他的期望。

“待我卸了货之后，如果路上我还能碰到你，我一定载你到哈密。”在柳园分别时，张叔让我不用担心后面没有车子。

我感动于对方的善意，对这位负重前行的老师傅，充满了敬意。向他表示了谢意后，我继续前行。

而后我去高速收费站外搭车，收费员见到我，并未阻拦，只是

吐鲁番偶遇骑车流浪两年的独行侠

告诉我注意安全。不知过了多久，一辆商务车停了下来，满头银发的师傅急匆匆地对我说了一句话："小伙子快快上车，这边车不能停留的，抓到要罚款。"见对方知道可能会被罚款，他还愿意停留免费载我一程，我既意外又感动，马上开门坐了上去。

这位司机也跟我天南地北地聊了起来，他是黑龙江人，目前在甘肃和周边省市工作，专门跑和石油相关的业务。那师傅虽然头发都花白了，但实际才五十多岁的年纪，主要是年轻时劳力活儿干多了导致的。他的儿子和儿媳妇都很孝顺，孙子也有了，生活平平淡淡，也没什么可愁的。没有后顾之忧的他，满于现状，跑业务只不过是因为忙碌惯了，闲不下来，打发下后半生的时间。

进入新疆一路来我遇到的大多是热情的人，使我对整个新疆也有了亲近感。如果我是坐着火车过来，而不是搭顺风车，可能就不会有这么多见闻和感触了吧。

哈密市内，我在餐馆就餐时，偶遇一位来自北京的中老年人，他也是个旅行爱好者，退休了没事儿干，便到国内各地旅行。在我离开时，发现他已把我的饭钱给付了，并坚持婉拒我还给他，我只好背包离去，但出门走了没几步，心里不得劲，我们人虽穷但志不能短，我不能白占人家便宜。我重返回餐厅，见那北京大叔还在，我便拿出身上用来收藏的蒙古国 1000 面值的钱币，送给他做留念，他用意外的眼神看向我，然后才笑着收下了。

在哈密城，住宿费用基本都超过 100 块，我手头拮据只好继续寻找更低廉些的住房，折腾了大半天的我早已疲惫不堪，背上的四五十斤大包感觉越来越沉，双肩勒得皮破血流，困顿不已，有种趴地上马上就能睡着的感觉。

"未来哪天回归生活后，一定好好赚钱，不要像如今因为贫穷

而折腾不已。”我不想以后出游也如此疲惫，不断跟自己强调未来一定要努力奋斗。

最后，我找到了一家 30 块钱一个床位的小宾馆，和三位农民工大哥混住，在充满异味的小型旅馆中，度过了在新疆的第一晚。

71　赛里木湖

说到新疆海拔最高的高山湖泊，我就想到曾去过的赛里木湖，位于新疆博尔塔拉蒙古自治州博乐市，正处在丝绸之路北道上、天山脚下的连霍高速旁。它是一个风景优美的高山湖泊，“大西洋的最后一滴眼泪”，这也是世人对赛里木湖最浪漫的描写。

“赛里木”有祝福、祝愿等美好的含义。相传赛里木湖里的湖水，是古时一对恋人的眼泪聚积而成的。每年赛里木湖边都会举行一场盛大的自行车环湖比赛，如果能参与或观看，那是最好不过。

据说来赛里木胡这边的最佳季节，是每年的六七月份，那时不单是赛里木湖美，连整个新疆的风光都无比的惊艳！

那天出发前，有当地人跟我说湖水要结冰了，如果天气不好，过去观览也没意思。我想着进疆一趟不易，赛里木湖就在不远的地方，不去的话确实有些遗憾，所以还是决定去看看！

考虑到伊犁没有班车直达赛里木湖边，去的旅客甚少，也没有包车的，当天出发了可能会无法返回原地，我便把自己的帐篷和睡袋带上，以防晚上搭不到车，那我还可以选择在湖边过夜。

我乘坐巴车到伯乐市的高速路旁下车，行走约五公里，才到达

冬季的赛里木湖，格外寒冷

不见游人喧嚣的赛里木湖湖畔。

走近细看，我发现湖水非常纯净，像涉世未深的妙龄少女的内心世界，令人怦然心动，也能清晰看到湖中一种叫高白鲑的冷水鱼群在游动以及安静躺在湖底的大大小小的鹅卵石，我这才恍悟，怪不得人们把赛里木湖称为“西方的净海”。

我移步稍往远一看，整个湖面就像蓝宝石般，闪烁着神秘的光泽，层层浪花随风而起，后浪像小孩嬉戏一样，扑打着前浪，一浪比一浪高，一浪比一浪蓝……我又走到一处高地俯瞰赛里木湖，此时，它就像是镶嵌在北疆大地上的一颗明珠，深邃得令人难忘！

我独自在湖边静坐，迎着风，独享赛里木湖湖天一色的美景，看着眼前碧蓝的湖水和同样碧蓝的天空，此时此刻，我内心无比

宁静，无比满足。

赛里木湖的秀丽风光让我流连忘返，但湖风阵阵冷冽如刀，刮得我脸颊生疼，呼气成冰，寒流让十指逐渐僵硬，一时自己连按下相机快门的动作都操作不了。

我把手藏进衣兜里回暖，接着起身环湖而行，走了一个多小时后，越走感觉越冷，脸皮冻得似乎要裂开了。由于带的衣服单薄，担心晚上在湖边搭的帐篷会被晚风吹走，也顾虑深夜着凉，故而决定返回伊犁。

时间已晚，我重新走到了高速入口，拦了许久，并未遇到回伊犁的车，看了下温度表此时已达到零下，我全身冻得哆嗦，牙齿打颤，不停地流着鼻涕，想必是身体着凉了。

“为了邂逅美丽的赛里木湖，自己真挺能折腾的。”我在心底自嘲了一句，不过要是我们在旅途中一切都顺风顺水的，少了些印象深刻的体验，那多没意思呢？所以该折腾时还是要折腾！

我眺望远方的雪山脚下，见到那里有户牧民家，打算一会要是搭不到车，就去那边借宿。

决意最后一次拦车时，一辆四川牌的车子缓缓驶到我身旁，司机摇开车窗，他带有歉意地跟我挥挥手道：“抱歉小弟，车坐不下了。”

我有些失望，不过随后他帮我拦了辆后面的客车，一时心里非常感激来自这位陌生人的援手。

上了客车后，我像是投入了温暖的怀抱中，有种劫后余生的感觉。我这个身板单薄的南方人，一时半会儿还适应不了北疆昼夜温差巨大的气候。

赛里木湖，在我心中有着圣洁和浪漫的印象，待日后有机会，我还想再到访此地，挑最好的季节过来，和一群朋友，在湖边搭个帐篷过夜，一起看星河轮转，日出日落。

72 霍尔果斯口岸

霍尔果斯口岸被称为新疆口岸之首，远在隋唐时期，就是丝绸之路北道上的重要驿站，如今也是国家一带一路建设的支点之一，与中亚以及欧洲各国贸易的重要窗口，可谓千年驿站，百年口岸。过了口岸，就到了哈萨克斯坦境内了，也就是中亚地区。

口岸附近，有个中哈霍尔果斯国际边境合作中心，我需要拿着护照证明才能进到里边，那里是属于中国和哈萨克斯坦的一个战略性合作项目。

贸易区里头，有堆积如山的商品，我看到许多来自全国各地和哈萨克斯坦的商人在交易，很繁忙的样子。

两国的商人，每天都会常驻在这个区域，大批进购对方国家的商品，然后各自返回本国进行销售，对他们来说，入驻这里，就代表着巨大的商机，很多人都是靠这个口岸贸易生存和发家的。

当然除了商人外，贸易区里头也有许多中哈两国的游客，我发现哈萨克斯坦的美女很多，她们是中亚人种，眼睛都带有些宝石蓝，显得神秘又美丽，一股浓浓的异域风情。

也许是着装特别的原因，其中的一位哈萨克斯坦的年轻女旅客用水汪汪的眼睛多看了我两眼，让我止不住地心跳加速。

贸易区很大，有免费的公交，就算单程走完，也要半个多小

商家给带货出贸易区的人发薪酬

时，我随意选择到几栋商业大楼闲逛，大楼里边的中哈两国商品品种太多了，看花了眼，也不知道买什么好。

走到几家做香烟贸易的店铺，见价格便宜，种类繁多，便停留脚步咨询，他们告诉我这个商场卖的香烟都是专门供于出口的，出口烟香烟里添加的材料会比国内内销的香烟口感稍淡一些。不过不管内销还是外销的香烟，口感都是不错的，我货比三家，每家香烟价格都会有点差别。

天下熙熙皆为利来，天下攘攘皆为利往，见到中哈贸易区的商家与雇工们为生计忙忙碌碌的样子，心中莫名的有点兴奋，我也挺喜欢这种贸易的感觉，想着以后一定要做点什么，不愿虚度光阴！

如今我走到霍尔果斯，是中国最西边的口岸，中国东南西北边的口岸我都曾去过，走的地方多了，见闻和心境又是不同，趁自己还年轻，以后要走更远更多的地方，让阅历加丰富才是。

73　露营派出所

乌鲁木齐市至库尔勒市的火车上，睡得迷迷糊糊的我，在车身的摇晃中惊醒，看了下时间，已是深夜，乘坐夜班硬座火车，睡得不算安稳，相当是通宵了一晚，那感觉并不好受。

转头观察周边的乘客，似乎只有我一位汉族旅客，其他的都是打扮各异的维吾尔和哈萨克等少数民族，因此我也受到周边目光的关注，一时感觉很是特别。

见一时无法入睡，我顺便看看攻略，把深入新疆南部的大概路线具体化。

库尔勒市是进入新疆南部的第一站，它是新疆巴音郭楞蒙古自治州的首府，也是古丝路的咽喉之地，以及西域文化的发源地之一。除了汉族外，蒙古族、维吾尔族、哈萨克族、回族等少数民族在这儿很常见，来到库尔勒市，会感觉到身处在一个比较多元化的环境中，驰名中外的库尔勒香梨，就产在这座古老的城市，它也因此被称为“梨城”。

在库尔勒市我多待了一天休整，除去了解香梨批发市场外，我还去了一趟当地的天鹅湖。到湖边后，发现早已有一群美丽的白天鹅在湖中嬉戏，不远处也有来自全国各地的游客，兴奋地在给

它们投食，算是当地的一大特色。

听说库尔勒市天鹅湖里的白天鹅们都是野生的，每年它们都要来来回回，飞飞停停，吃饱喝足了，它们就会自行离开，然后接着下一批天鹅过来这边做客。白天鹅起飞的时候，姿态优雅飘逸。

又过了一天，我继续搭车到阿克苏，一位路过的好心民警把我送到国道边，说这里好搭车。我拦了一辆载货的车，开车的师傅大概五六十岁。

“大叔走吐鲁番方向吗？”我跟他搭话。

“不去吐鲁番，一直走到一个镇子。”师傅微笑地看着我。

“如果跟吐鲁番同一个路线，能否让我搭个便车呢？”

“没问题，只要你不介意。”

“不介意！”说完，我便自信地往车上跳，好家伙，以我的弹跳力竟然跳不上去，可能是背的背包太沉了，努力爬了三次，这才上了车，然后给载我的师傅递了一个微笑，以掩饰尴尬。

车子启动后，我有些好奇地询问道：“师傅，你这个用来载啥的？”

“拉老牛的，要去市集卖。”

“那你可别把我带去卖了。”我听了哈哈大笑，又一次坐上牛车了。

那师傅也是个妙人，咧嘴笑道：“你太瘦咯，可比不上牛，卖不了几个钱。”坐着牛车走了大约十公里，我才与之告别。

随后，我又搭上包工头阳光的车，他 16 岁就出来奋斗，虽比我稍大两岁，但如今小孩已经可以打酱油了，我却还在寻找人生方向的路上。而后我又搭到专门到新疆南部乡下收干果鲁哥的顺风车，他是乌鲁木齐人，专门做干果出口生意，批发销往中亚诸国。

露营派出所

他们都比我年长，生活阅历丰富，我会在车上静静地倾听他们讲关于在新疆南部奋斗的故事，偶尔简单做下笔记。鲁哥好奇地问我在写什么，我跟他说在记录路上的见闻，以后还可以分享给需要的朋友看，他听了给我竖起一个大拇指点赞！

与不同职业身份的顺风车车主们交流，似乎已成了我一个习惯，每个人都不一样，不一样的境遇和不一样的人生轨迹，听萍水相逢的他们讲述对婚姻、事业、人生的见解，我也能加深对生活的感悟，这也是通过游历提升自我的重要目的之一。

我到达有“塞外江南”之美誉、龟兹古国和多浪文化发源地阿克苏市已是接近深夜，询问周边住宿费用都是超过 100 一晚，考虑到身上确实没什么钱，我决定搭帐篷过夜。

考虑在阿克苏市我人生地不熟，干脆就抱着试一试的态度，到

附近派出所寻求帮助，看能否在他们门口搭帐篷过夜，那样安全些。见派出所有民警在门口值班，便上前询问他能否晚上在这边搭帐篷，然后他就请示了值班领导。

而后值班领导礼貌问我道："请问有什么事情？"

"我今晚找不到合适住的地方，宾馆费用比较高，请问能否到你们派出所旁边搭个帐篷过夜呢？明早就会离开。"

听到我的请求，值班领导迟疑了一下："100 块左右一晚的宾馆能承受吗？"

"我已出来游历四个多月，身上也没什么钱了，担心这边其他地方搭帐篷不太安全，所以到你们这儿来询问下。"我坦诚相告。

"也是，我们门口都有摄像头，挺安全的，你不用担心。"值班领导表示理解，说完，他让我自己在门口找块地方露营，如果需要什么帮助，可以直接去办公室询问。

我也没想到他这么爽快就答应了，表示谢意后，在派出所墙角搭起帐篷，然后主动找值班领导登记了身份证信息。我还在他们办公室的洗浴间洗了澡，才钻进帐篷休息，因为有人民警察的守护，这晚我睡得从未有过的安稳。

能在派出所搭帐篷过夜，也是我意料之外的事情，本以为他们不会同意的。很特别的经历！

确实，没有人民警察维护全国各地治安的话，我也不会这样安心地走南闯北，感恩他们守护。

早晨大概六点多，天还是一片漆黑的时候，听到帐篷外有人叫醒我："有人在帐篷里头吗？醒醒，该起来咯！"

我有点意外他们起这么早，忙起身拉下帐篷拉链，见一位年轻民警正站在帐篷门口，他告诉我他们要上班了，我得离开了。

再次表示了谢意，为了不影响他们工作，我加快速度整理好行装，到商铺买了些阿克苏苹果和干粮做补给，继续朝下站喀什进发。

74　初见喀什

喀什自古是丝绸之路交通的要冲，其东部是塔克拉玛干大沙漠，西邻帕米尔高原，南部有卡拉昆仑山脉，北部有天山南脉横卧。

位于土曼河畔的喀什老城，至今仍然是常驻商人和过往旅客重要的休整和贸易点。

深夜十二点左右，我来到了喀什老城，背包穿过喀什老城一些幽暗、弯弯曲曲的小道，才到达一家用土块堆砌而成的客栈。进去后发现还有很多人不曾入睡，只见他们聊得正欢，气氛热烈，掌柜的见客人饿了，还会走进厨房切一些小菜送到桌上，一派其乐融融的场面。

隔日我漫无目的地穿梭在蜿蜒曲折的老城，沿路皆是纵横交错的街巷以及以土木、砖木为主要结构的棕黄色老民居，一眼望去，很有特色。

老城的当地老人背着手，慢悠悠地散步，或坐在门口乘凉发呆，也有一些身着艾特莱斯的妇女在打扫着小巷的卫生，整理着门前的花草，呈现出一幅安静祥和的画面。其中见的最多的是穿着开裆裤、天真烂漫的小孩，他们大都在没有家长的看护下肆意

参观当地牛羊巴扎

奔跑着。

当见到远方来的旅客时，当地小孩们也不惧生人，他们或用不大标准的“你好”娇憨地打着招呼，或做个鬼脸并上前要合影，或羞涩地捂上眼睛不敢看人，或用水灵灵的眼睛好奇地望着我。小孩们眼神中透露出来的纯真，让我心灵瞬时受到了洗礼，不自觉少了许多杂念，回归了些本真，也联想到无忧无虑的小时候，一时满是怀念。

走过老城的东南角，因年久失修的高台民居区域相比其他区域的建筑显得有些破旧不堪，但历经岁月的洗礼，它反而有别样的韵味。

走走停停，我还未到达喀什美食广场，远远就闻到了飘来的香味，那里是吃货的天堂。

只见游客们人手一串香嫩的羊肉串，脸上洋溢着幸福的笑容，除了这个外，广场上还有馕坑烤肉、拉面、烤包子、烤羊肚、烤乳鸽等美食。我最喜欢吃的，是那看着金黄油亮、香气四溢的手抓羊肉饭，见到它们我就馋涎欲滴。

逛累了，我就走到老城的百年老茶馆，寻一处角落就坐，听着老人弹着冬不拉，吃着新疆烤馕，茶水一喝，就是一个下午。这样惬意的日子没过几天，我对充满人文气息的喀什老城，已有了莫名的亲近与熟悉感，如果有人问我最喜欢中国的哪座城市，喀什无疑是其中一座。它同样吸引着类似我这样的旅客，不单有全国各地的旅行者来此旅行旅居，还有不少的外国旅人也深深眷恋着喀什的人文风景。

喀什地区还有种特别的牛羊巴扎周日市集，它很原始，位于一个叫荒地乡的老地方，那里离喀什老城不远，叫上一辆的士，十多分钟就能到了。

每逢周日这一天，喀什地区四面八方的人们都会拉着牛羊、骡子和骆驼等牧畜，成群结队来到牛羊巴扎交易。牧民们把它们集中排成一排排，一队队或一圈圈的，当我来到牛羊巴扎时，见到的都是尘土纷飞、熙熙攘攘的景象，显得热闹非凡。

牧民们选牛羊的方法有些特别，先摸摸羊头，再摸摸羊身是否壮实，而后摸摸羊屁股，看是否生病了。旁边的伙伴说羊屁股特

喀什百年老茶馆

别柔软，我也好奇地上手揉了一下，确实特别柔软，一抖一抖的，像水做的一般。于是我也学着牧民背着手，走走摸摸，点评点评，这个羊屁股手感怎样，那个又是如何，但后面走到骆驼区就不能乱摸了，因为对骆驼动手动脚，说不定会被喷一大盆口水，那场面只能想象，不能直视。

牛羊巴扎这边除了以钱易物的买卖外，还有物物交换这种古老的贸易方式。我见他们交易的时候会手拉手藏在袖子里，用我们不了解的神秘而古老的暗号交流，价格合适了就双方拍拍掌，正式成交了。

逛累了，我就在里头尝吃这边别有风味的民间食物，费用方面也比喀什老城要便宜得多。自荒地乡走了一圈，我也买了许多东西，一时间拎不动，也拦不到回头车，只见一位热情的三轮车司机主动过来帮忙，免费把我们载到一处可搭车的地方，并帮忙拦车，这让我感到当地人挺朴实善良的，只要跟他们相处习惯了，尊重当地的习俗，其实也不难交流。

随着时间消逝，我已在喀什待了不少天了，每当夜深人静总会陷入沉思，近四个月来，我一直不停地到处游历，已经有些疲惫感，如今的累，不单只是身体上的，还有种身心俱疲之感。按背包游中国的路线规划，我还得有几个月才能完成目标。自去了一趟塔县后，手头开始有些拮据，以目前手头上的资金，根本无法支撑我继续走下去，一时有些苦恼，我开始尝试去代购干果挣些旅费，同时把这个苦恼分享到网络平台。

不曾想隔天起床，却意外看到干果订单量增加，也收到些陌生和熟悉的朋友留言，才意识到他们是因支持我而购买干果的，顿时非常感动！

此时我感觉重要的并不是赚钱，而是坚持初心，不要辜负那一份份来自陌生人的信任，要把采购的干果质量把关好。

我每天前往喀什的中西亚国际大巴扎采购，那里葡萄干、红枣、苹果、香梨、石榴、无花果、核桃等新疆特色的干果以及其他特产应有尽有，开始不了解市场，我采购的价格较高，几次下来熟悉了行情，再去采购干果，成本直线下降。跟不同的商家打交道，我学到了不少东西，也增强了自信心，生意场上虚虚实实，真真假假，确实挺能锻炼人，我也非常享受这个与人贸易的过程。

每天采购干果，然后发货，我从上午忙到下午，傍晚忙到深夜。每次回客栈时，我都会拖回或抬回一麻袋干果，进进出出跟前台义工涟漪熟络了，我写字慢，那些单号都是她帮忙我抄写的。

买卖的这个过程让我很充实，也有种领悟：不管我们以后做哪

种行业，都不会那么容易，需要把所有的激情完全投入进去，事业才会慢慢壮大。

有天众人聊起关于生意项目来，他们都发现在喀什这边与干果相关的生意比较有市场。我听了分享，若有所思，忙看了下地图，查了相关资料，原来早在 2010 年时，喀什就成为中国第六个经济特区，也是内陆第一个经济特区，在喀什做国际干果贸易生意，也是不错的选择。

从这个见闻中，我也领悟到一个道理：发家致富的机会无处不在，不单在喀什老城，也可能在我们脚下，只待我们善于去发掘。国家越强大，我们的机会就越多，因此远足旅行，开阔视野，是很有意义的。一直保持着对世界的好奇心，我们才能越走越远。

喀什最不缺的就是各种地道美食

75　新藏线历险记

新藏线219国道的起点，是从新疆喀什地区叶城县零公里石碑那里开始算起的，终点是西藏拉孜。219国道平均海拔高达4500米以上，条件非常艰苦，当我决意从喀什老城出发，独行新藏线的时候，也是鼓足了莫大的勇气。

出发新藏线前，我试图寻找同伴，因为俩人一块儿搭顺风车有个照应。还未从喀什老城出发时，我听说新藏线过几天就要大雪封山，内心有些着急：到拉萨的机票昂贵，我买不起，一旦封山，我从陆路也到达不了拉萨，所以我必须赶在道路被暴风雪封路前进入219国道。

我在喀什老城结识了一位女旅者梅子，她也想与我同行，她胆子虽大，但对此行顾虑重重，到了约定的出发日期，却畏惧不前，为赶时间我只好只身前行了。

出发后第二天，喀什老城青旅的义工涟漪联系我，问我为什么不跟她打招呼，她其实愿意跟我一块出发的，我挺喜欢这个女孩子文静的性格，以为她不会跟我一块走新藏线，所以就没询问对方意愿，而我们只能遗憾错过。

当我背包走到三十里营地不远处，有维护道路秩序的巡逻警察把我拦下，原来他们有公事在身，需要车队经过后，我才能通行。民警好心劝阻我不要再往西藏走了，这个季节天气特别恶劣，他双手张开大衣，给我示意道："你看，穿这么厚的衣服去西藏，我们都还很冷呢。"我看大衣已经很厚实了，里边都是保暖的羽绒服，

没想到他还觉得寒冷，那深入新藏线后该有多冷？想到此，我心里不由得有些凝重，知道他们是为我好，但下定决心怎能轻易改变呢？

最后他把身上预防感冒的药丸递过来，说是送给我。我婉拒了好意，他说到了低海拔的地区，就用不着药丸了，我这才收下来，把几张在蒙古国花剩下的钱币作为回礼给了他纪念收藏和表示谢意，我与之挥挥手告别，互道声保重，有缘再见。

十一月份的新藏线公路一片荒凉，一眼望去除了蓝天白云外就是笔直的道路，久久没有看到一位旅行者，哪怕是当地的车辆也要大半天才能见到一辆。我走累了就把背包放下当枕头，在国道边上晒太阳，无聊了就唱着小曲，苦中作乐。

我拄着登山杖，目光坚毅地走在 219 国道，偶尔会遇到迎面而来的车队，路过我的时候接连鸣笛，我开始还不晓得咋回事，回望身后也没有其他人，以为我挡道了，就往国道边上挪了挪。

当越来越多的车辆路过我并鸣笛时，还有开车的司机向我竖起拇指示意时，我才意识到他们是在向我表示敬意，这是在认可我此行是一种壮举吗？

陌生人的鸣笛致敬，对我是一种莫大的鼓励，心里恍然，这个时候我敢独行新藏线，就是他们眼中的勇士。

此时的新藏线，大风肆虐，天空不断洒下鹅毛雪花，但风雪并不能阻挡我的脚步。

如果遇到当地人，我也会搭上他们的顺风车走上一程。

其间有位男性开着小轿车停在我面前，表示愿意载我一段，我见其后座都是年轻女眷，应该是一家人，便放心坐了上去，虽如此，我心里仍保持着极大的警惕，一旦情况不对我就要快速反应，

翻越海拔超过 5000 米的奇台达坂

行走在新藏线上

毕竟人生地不熟，什么事情都可能发生。车主惊叹我胆子之大，他说换成他到一个陌生的地方，也不敢随意坐陌生人的车。不久到了一处小岔口，车主他们要往回家的方向，我便下车了。

当我走到一段荒无人烟的路段时，听到身后有摩托车的声音传来，回身望去，只见三位当地男性骑着摩托车，并排在我不远处停下，带着似笑非笑的笑容看着我。我见他们每个摩托车侧面都挂带小油桶，加上他们表情并不友善，我联想到其他事儿顿时遍体生寒，额头冷汗直冒，心提到了嗓子眼上，干吞起口水，喉结起伏间我紧握登山杖缓缓后退，边退边示以微笑传达善意，三辆摩托骑士也跟着我后退的脚步，缓缓“逼”向我……正当我疯狂地转动着脑筋想着应急方案时，几辆摩托骑士身后远处传来了汽车的鸣笛声，我赶紧踮起脚眺望，是一辆越野车！我紧呼出口气一下放松下来，心安了。这时，三位当地人中间的男性对我笑逐颜开，竟给我一种春风化雨般温暖的感觉，他问我要不要搭他的车，我才意识到他们没有恶意，只是想停下来搭我一程。

原来是虚惊一场，而我的手心手背彼时全都是汗。

当我背包走到第二段临时封路的关卡时，那儿停留了很多大卡车，还有少许小轿车，司机纷纷下车等候车队通过。

当知道我要独行新藏线后，又有个别好心的老司机劝我折返回去：“兄弟你回去吧，太冷了，你会受不了的。”“回去吧，回去吧！天气那么恶劣，再往前走会出人命的。”一路上人们对我的善意劝阻，让我意识到自己低估了新藏线上的风险，只是下了大决心才做好的决定，让我就此放弃，实在不甘心！

志行万里者，不中道而辍足，一旦畏难而退，放弃目标，打破勇往直前不放弃的信念，对自己日后做事的信心必有影响。我眼神凝重地望着前方未知的旅途，既已在路途中，退无可退，那就前进吧，纵使前路万丈深渊，我毅然前行，目光所至，皆是我脚步所达之处！

76　峰回路转，柳暗花明

从中午到傍晚封路期间，看见每一位汽车司机，我都主动上前去询问，看能否搭上他们的顺风车。

“去去去，没有空位。”有的卡车司机不耐烦地挥挥手，像赶苍蝇似的。

“呵呵，不可能搭你的，搭你出事了我们也有责任。”有的司机对我冷冷一笑，把脸别了过去。

有的卡车正开着窗子，司机坐窗边把脚搭在方向盘上，惬意地吹着哨子，我就在车门前询问，他故意视而不见。

“你去找他们吧，我们搭不了你。”

我就像皮球一样被司机们踢来踢去，面对他们的冷眼冷语，我并没气馁，一直到晚上八点多夜幕降临，依旧没有找到愿意让我搭乘的顺风车。

这些我都能理解，但夜晚的新藏线温度近零下 20°，在检查站外露营过夜会被冻僵的，必须要找到顺风车。我注意到检查站里边有司机在排队登记，便挨个礼貌询问能否搭上我一程，到后面，我遇到了一个中年司机。

“怎么，你想搭车？”中年司机双手环抱，面露讥笑，用戏谑

的语气询问我。

“额，是的。”感到对方语气奇怪，我疑惑地看着那中年司机。

“大家瞅瞅啊，这种人就是到处占便宜蹭车的人，你们不要给他搭车。”中年司机突然用手指着我耻笑道，这操作让我措手不及。只听他接着讽刺，“还以为我们便宜那么好占？哈哈哈哈！”

其他正在排队的司机也跟着哄堂大笑起来，遭遇这突来的屈辱一幕，我强忍着怒火，脸带着微笑看了一圈围观的司机们，淡然与他们对视，也许他们觉得没趣，就转头继续排队，不再冷眼旁观。

接着，我盯着那位嘲弄我的司机眼睛，在我的静默注视下，他眼神闪烁地低下了头，不敢与我对视。我顿时觉得无趣，跨步走出检查站大门。

正在等候通行的车辆

我心里颇不平静，站在检查站外的道路边发呆，心想那嘲讽我的中年司机在年轻的时候多半是受过伤害，或者没有受过多少人的帮助，否则就不会用充满恶意的做法针对我这个陌生人。

对比之下，我一路走来受到很多人的帮助，感恩的心早已满满得都要溢出胸膛来。经过这事儿，我也更加地感激在这之前的旅途上曾无私帮助过我的人们。

就在此时，有位同样陌生的老哥主动上前以关心的语气问我："小弟你去哪儿？"

"我往拉萨方向走。"

"你没车吗？"

"没有，我是徒搭的，不知能否搭一程大哥你的便车呢？"我向他请求，不想错过一丝机会。

那陌生大哥听了，脸色有些为难："我们想搭上你，但我们只去下个山口，就要走小道到村子里办事了，到时下车那么冷，没车你怎么办。"

我也在犹豫，这么晚要是中途下车，那很大概率搭不到下辆车了，晚上在新藏线上徒步，也有不可预测的风险。

"唉！你怎么一个人来这么危险的地方！你父母知道吗？"他略有些生气地责怪我道。

从这位陌生老哥话语中，我能感受他对我真切的怜悯之心，特别感动！

这时，封了大半天的关卡突然开放了，卡车司机们急急地开车通行，看与我对话的老哥的车挡道，司机们不耐烦地鸣喇叭催促，那老哥见车上的同伴也在催促他，急切说道："我要走了，你快点决定，要不要上来？我们送你到下个山口？"

“我……不坐了，谢谢大哥。”

“唉！你好自为之，我走了！”

望着他远去的轿车，我轻轻地朝他鞠躬致谢。

看全部车辆即将通行完毕，事不宜迟，我忙去求助值班的民警，说出我的现状后，他二话不说带我在通行的关卡口拦车，每辆路过的车都帮我询问一遍，只是由于各种原因，一直没找到合适的车。

见车辆已通行完毕，不曾有车愿停留，感受着越来越冷的户外温度，我心情不免低落，难道真的要在这野外露宿了吗？

就在我沮丧、失望之时，听到后面隐约有人在呼喊着：“哎，哎，上车！”声音越来越大，我回首望去，只见一个身影快速向我奔来，然后又往回走，同时他高举手掌向我招手呼唤，“快，快，上车，车停在前边！”

“啊？”原来是刚刚过去的两位小伙中的一位，他们已路过我好一会儿，我马上意识到他们俩是折返回来搭我的！

惊喜来得太突然，山重水复疑无路，柳暗花明又一村，峰回路转！在我最需要帮助的时候，他们雪中送炭！随着昏暗的灯光我跟随他跑向大卡车，那刻，心中的喜悦无以言表，感动极了！

很快我上了他们的车，通过交流了解，两位青年司机的名字分别叫丹增扎西和格桑，他们搭伙常年跑新藏线，20 多岁，都已经结婚生子，皆在拼命挣钱养家，我岁数比他们大些，却还在到处旅行，忽然有种奢侈的惭愧感。

晚上他们俩轮班开车，丹增累了，就默契地换格桑来开车，丹增到货车后面休息。夜色如一面巨网，笼罩了新藏线，这儿黑夜中充满着未知的风险。待晚上下车小解，丹增郑重地跟我说快下快上，因曾发生过司机下车解决三急时被狼群伤害的事情。看他不似开玩笑的样子，我忙速战速决，到了凌晨两三点，车停靠在国道边，这一晚我就在大卡车上度过了。

当隔日旭日东升，射进车窗的阳光把我暖醒，只见丹增早已在全身心专注地开车。

行至中午，格桑在后座脸色凝重地向我说道："过一段路就要进入死人沟了，这里容易高反，你注意不要做大幅度的动作。"

我看了下地图，所在位置距死人沟还有约 40 公里，据了解，死人沟是个真正的凶险之地，窒息里的凶险美，可谓是"地上不长草，天上无飞鸟"，晚上风声似鬼哭狼嚎，死人沟的磷火会连成一片，飘荡蔓延着。

死人沟地区大约 300 公里，处于昆仑山脉腹地，是新藏线一道"鬼门关"，是高达五千多米的海拔和氧气稀薄的地方。

在新藏线有句俗语：界山达板撒过尿，死人沟里睡过觉。这句话用来形容一个人经历丰富，且胆大气壮。

坐在大卡车上，我目光炯炯地注视前路，死人沟算什么？新藏线上充满着刺激与挑战，我义无反顾地勇往直前，就算回到生活中，我依然如此勇敢！

笔直的新藏线，很多时候都是一望无际的长道，开车和坐车的人看久了就会犯困，轻微的高原反应和困意袭来，于是我睡着了。

不知过了多久，我醒来打了打哈欠，擦了擦蒙胧的睡眼，突然想起死人沟应该也快到了，见丹增还在开车，赶紧向他问道："现在我们到哪儿了？死人沟到了吗？"

丹增好笑地看着我，说道："死人沟在你睡觉的时候，早已走

过了。”

“啊，我把死人沟睡过了？”我一脸茫然，看着丹增和格桑，直到他们点头这才确认，最危险的死人沟地区竟然让我一睡而过……错过了一个锻炼自己的机会了。

不过我还是很感激丹增和扎西，没有他们，那我可能会因为搭不到车，而在死人沟那段无人区里徒步，结果估计是凶多吉少。

那天丹增他们在阿里地区的狮泉河做补给，我只能告别，留给他们一大袋从新疆买的葡萄干作为谢意。

目送丹增他们驾车离去，心想：我会永远记得他们兄弟俩，在我绝望那刻给我带来了曙光。

继续出发，一路向南前往西藏拉萨。

77 狼的传说

我从新疆喀什出发，在漫长的新藏线徒搭到一半路程时，已是第八天了。

途中遇到一位正在修车的大哥，他看到我路过后，有些不可置信地说道：“我的天，小伙你怎么敢在这个时候独自在新藏线上行走，不怕死吗？！”他说往年这个月份，新藏线上早已封山，积雪都有半米多高，在这个季节来这儿骑行或徒步的旅行者，不是被冻死就是被狼群给吃掉了，今年因为暖冬所以雪没这么厚，所以我的运气不错。

我听闻对方的话后感到有些庆幸，原来新藏线风雪会如此之大，还好今年没有往年那么寒冷，我才得以较为顺利地前行。不过新藏线真的有狼吗？它们有司机说的那么可怕吗？心里半信半疑。

那大哥摇摇头，便不说话了，似乎在笑我的不知者无畏。随后他把我捎上路，到了休息时间，我跟着他到一家川菜馆吃饭，坐在那儿闲聊的司机们听这位大哥介绍我是徒搭过来的，他们都表示惊讶，纷纷对我说道："这个时候你还敢一个人走新藏线？能走到这儿，没遇上狼群，小伙你命真大！"然后给我举个大拇指，见此我不好意思地挠挠头，可能自己的运气真的好吧，一路上也没遇到啥危险。

新藏线的传说很多，说得最多的是关于狼的故事，据说每年这里都会有几个人被狼群吃掉。餐馆里的老司机们聊得兴起时，就说起狼与人这个话题，穿着围裙的四川籍老板娘也拉开凳子加入，坐下托着腮子倾听着，当她听到狼的传说时，跟老司机一样闻狼色变，脸儿都被吓白了。

一位坐在墙边的大胡子司机对我说道："小伙啊，前段时间在这边也有一位像你这样的徒步者，有天晚上露营，被狼群吃掉了，这个是真事儿，你可不要掉以轻心。新藏线上的狼胆子大得很，有狡猾的狼就在无人地区或国道边蹲点，遇到落单的人就上前围攻。"

"一头狼算什么，我可以跟它拼命。"

见我不以为然，他接着说道："你可别小看新藏线的野狼，有时虽只有一头狼，但只要其狼嚎一声，狼群会从四面八方呼应，人没反应过来就被狼群包围了。"

"就是，就是。"在场倾听的众人脸色各异，附和道。

另一位高个壮实的司机接话儿："几个月前，也有一个倔强的老头儿，推着小车优哉游哉地走在新藏线，晚上他不听劝阻在野

外无人区露营，隔日早晨，常跑新藏线的司机在一个小桥下惊恐地发现这位老头分离的肢体，肢体部分在桥下，其余部分在半公里外的地方。”

又有一精瘦的司机跟随其后说：“就在半年前，我那天路上看到一对中年夫妇，他们俩唱着小曲欢快地骑着车，我还羡慕地看着那对夫唱妇随的夫妇，路过时我们还打过招呼，晚上他们在无人区露营，隔日就听说出事儿了。”他缓了缓神，继续回忆道，“那天早上，有人在野外发现一顶破破烂烂的帐篷，帐篷上边有狼抓过的痕迹，满是血迹的头皮沾在上边。帐篷外有两辆单车，但睡里边的人都不见了，估计被野狼群乘着夜色给叼走了，我觉得应该是那对恩爱的夫妇。”

闲聊的众人里边，有两位青年是当地电信公司的员工，听闻精瘦司机话后，他俩面面相觑，彼此从对方眼中看到了恐惧，只见其中一人心有余悸地说：“今晚我们也遇到狼了！几小时前检查完电线在荒郊野外行车，有五六头狼跟随着我们的车走了好几公里，最后才甩开，要是我们徒步，估计后果就悬了。”

他们话音刚落，便听餐馆老板娘忧心忡忡道：“不知道为什么，这两年发生的狼群伤人事件，要比往年多。”

我听老司机分享狼的故事，心里也有些忐忑，不过不管怎样，既然自己已做出了决定，就要承受路上可能的风险与挑战，不能后悔！不过事关生命安全，马虎不得。

听完狼的传说，我准备去付面钱，但意外发现载我的司机大哥早把面钱付了，面食四十多一碗，是当地正常的价格。老板娘收了司机钱后，不满意地看着我，见状我赶忙把钱退给那司机大哥，他笑笑也不接，我马上走到老板娘跟前拿了两瓶价格最贵的饮料递送给他，这才被接受了。

“这才对嘛！做人要懂得感恩！”老板娘在旁边欣慰道，她刚还以为我是故意地让载我的司机付了面钱。

“这位司机大哥都这么帮你了，你可不能让人家付钱。”

其他人见状，也点头认同我的做法，他们也认为我是懂得回馈的人。

78　遭遇孤狼

徒步在寒冬中的新藏线，高原气候让人无从捉摸，时喜时怒，时而大风狂啸，凛冽的寒风如刀割般，极端的寒冷，让我感觉自己手腕那儿连接的是冰块，而不是一双肉手掌，我使劲去捂热它们，许久才有知觉。

路上有位骑着酷炫摩托的当地人把我稍了一程，下车后，我找了下身上最有价值的东西——佩戴两年的佛珠挂坠，不加犹豫地双手递送给这位载我的好心人，对方很惊喜，对我合掌表示谢意！

随后我又坐上一位当地青年的轿车，他请我吃了一顿热腾腾的藏面，对方破费让我于心不安，想到那晚在新疆检查站里嘲讽我占便宜的司机，我不想再被别人这样说了，等对方离去后我微信发了 150 块的红包，算是请那青年吃饭了。他接收了，我心理负担减轻不少。

在去冈仁波齐山路上，我搭了一辆皮卡车，车上有两位当地大叔，他们问我去哪儿。

11 月份的新藏线，少有人烟

“往冈仁波齐山走。”

副座戴牛仔帽的大叔看着我欲言又止，司机道：“我们车上有点脏，你要不介意就上来吧。”

“没关系，不介意的。”我倒无所谓，仗剑走天涯的人，应不拘小节。

打开车门，我刚坐上后座，便闻到到一股奇怪的味道，车启动后我观察车内环境，嗯，座位和右车门上都有血迹？脑海中迅速脑补了一出大戏。而后我突然发现脚下好像压到一个什么东西，弯着身仔细一看，是带有血肉的骨头，脚下也满是血迹，再转头看左脚边，有一个牛头和它少许肢体堆积在那里，牛头上那铜铃大的眼睛正盯着我，感觉它死不瞑目，我真的……吓个半死。我这才意识到自己原来是坐上了屠宰场的车，怪不得刚我上车前那副座大叔欲言又止，估计想说这个事儿。

马上下车也不合适，我只能硬着头皮，坐立不安地随车到他们的目的地，没多久车到站了，我跟两位大叔告别，赶紧原地连跳三下甩甩头，把不自在的感觉给甩掉，然后哭笑不得地继续前行。

距离冈仁波齐山约两公里的 G219 道路旁，我偶尔会见到残余的动物尸骸，上边漏出森森白骨，骨头上还有些许肉块，估摸那是近期被吃掉的动物，听说狼白天不敢出没在国道附近，难道是被野狗吃的吗？一时不得其解，不过我在周边并没有看到过野狗，所以也没太往心里去。

再往前走时，我经过一道 1314 界碑，觉得累了，就在界碑旁边休息了一下，零下二十度的寒风中，我边流着鼻涕边恢复体力。正专注想事情间，我莫名觉得后颈有股凉意，若有所感，便缓缓回身望去，只见有头硕大的灰色毛发的孤狼正站立在我身后不远处，獠牙外露，面目狰狞，我直接被吓出一身冷汗！

刚才差点儿被孤狼偷袭了？我立马站起，下意识看了看孤狼脚下的肉垫，是因肉垫，它才能悄无声息地跑在我身后？太大意了！

我迅速解开背包纽扣减负，双手紧握登山杖作防御状，有意识地护着脖子并神情凝重地看着孤狼。孤狼盯着我看，兽目露出慑人的凶光，顿时我的心砰砰乱跳，能清晰感受到此刻内心无比紧张。我以更凶戾的眼神，回盯着眼前的狼，不露一丝害怕的神色，让孤狼觉得我不可欺！

我和孤狼大约对视了十几秒，只见它逐渐露出害怕的神情，呜咽一声，夹着尾巴跑了。我有些意外地目送它离去，直到它消逝在我的视线里，庆幸对峙中那孤狼没攻击我，或呼叫狼群。

经过这个插曲我心里有种紧迫感，原来前面在餐馆听闻狼的传说是真的，新藏线真的有狼！我警觉地望向四周，看似风平浪静的新藏线上，实则危机四伏，不单有人为风险，还有来自大自然的风险，不能再耽搁时间了，否则小命不保！

趁着夜色未降临，我赶紧继续背起行囊，此刻的饥渴让我嘴唇干瘪，身体也将力竭，脚步摇晃地朝着不远处的神山前进，冈仁波齐山，我来转山了。

新藏线上遭遇凶恶的孤狼，我紧握登山杖与之紧张对恃着 （Mandy 绘图）

79 冈仁波齐山

冈仁波齐山，坐落在西藏自治区西部，它被很多人认为是世界中心。

每到转山季节，来自印度、尼泊尔、不丹以及西藏自治区的人们云集冈仁波齐。很多人这一辈子，都想至少去一次冈仁波齐山转一次山。

转山，分大圈和小圈，小圈要一天一夜才能转完，大圈至少要走个三天两夜。转山的人群中有人万里迢迢，有的人跋山涉水历经艰难，有人不耐风雨路途摧磨，死在路途中。

我终于来到了让我心驰神往的冈仁波齐山山脚，我从新疆南疆喀什老城出发，搭着顺风车和徒步穿过风雪的封锁，路过象征爱的 1314 界碑，历经十天，走到冈仁波齐山脚时，已是筋疲力尽。我的嘴唇被寒风冻裂，饥饿让我神情恍惚，摇摇欲坠，全靠意志力在支撑着身体前行。我望着前方终年白雪皑皑的冈仁波齐山，心想：真开心，终于到目的地了啊！

也许跟很多人一样，我也是因为《冈仁波齐》这部电影才得知有冈仁波齐这座山，电影里的人们，他们的虔诚和赤子之心，让我为之震撼。这次我来转山，是为给亲友祈福求平安，也为了挑战自我和找寻心中的信念而来。

我到达冈仁波齐山山脚时，很多宾馆都关门了，山下已没有多少人，我已一天未进食，又渴又饿，实在是没力气了。我找到山下的一家餐馆，在那里吃了一顿快餐——40 块钱一碗的牦牛肉

盖饭，高原上运输不易，食物成本高些都能理解，不过这肉真多，当地人真实在。我狼吞虎咽，最后猛地灌下几杯酥油茶，终于恢复了些许力气，准备开始登山。

在山的入口处，一位当地的阿姨和姐姐主动上前询问我："你是哪儿人呢？是来转山的吗？"

"是的，我从广东而来。"

"太好了！"阿姨和姐姐听了很开心，对我的态度更是热情，似乎把我当成自己人，主动告知了我不少关于转山的注意事项。比如，在 5~10 月是转山季节，虔诚的人们会蜂拥而来，如今已过 10 月，转山的人不多，让我格外小心山上的野狗群，遇见了它们不要跑，否则狗群会追扑逃跑者。听此，我没有畏惧，我只身而来，亦可独自转完冈仁波齐山。

随后又遇到一位当地的老爷爷，他也问了我同样的问题，我回

冈仁波齐山

复了一样的答案，老人听后开心得手舞足蹈，拊掌哈哈大笑：“好，好，好！”他笑时露出一口稀疏的牙齿，像孩子一样开心，让我感到这个当地爷爷是真心的喜悦，也意识到原来我这个外地人来这儿转山，是对他们文化的认同和尊重，他们自然也对我友好。

登山前，我到小卖部采购干粮，听说山上会有补给，为了减轻负重我只买了两天的干粮。小卖部老板一家知道我要去转山，也很热情地招待我，听他们道：“小伙子，现在都过了登山的季节了，现在太冷，去转山人很少，阿姨们都怕冷不上山去了，你也不要去了嘛！”

“是啊，太冷了，我们都受不了。”店里的客人也点头附和道。好不容易才来到冈仁波齐，我哪能轻易放弃登山呢？

他们见我坚持要出发，就告知我明早六点左右也许会有其他转山者，让我跟他们一块走，这样会安全些。我刚好也是疲惫不堪，就听从了老板的建议，在冈仁波齐山脚找了户当地人家借宿一晚，养精蓄锐，准备第二天出发。

屋里没有暖气，半夜我被冻醒，冷得直哆嗦，特地起来给自己多裹了几层衣物，最后是穿了八件上衣，四条裤子，这才暖和起来。

早晨五点多，我把行李包寄存在阿姨那儿，选择转冈仁波齐大圈的路线轻装出发，零下十五的温度，寒风刺骨，如刀般割在我的脸颊和双手，没走多久，我的手指就冻得受不了了，路过看到居民家有火炉，我就去借火暖手。

待手指回暖后，我沿着冈仁波齐转山路线上去，在山口那里往身后俯瞰，一片大好的景色，不由豪情迸发，在心里默念，我一定会坚持完成这次转山的挑战！

80 高原神犬

我沿着朝拜者的足迹，走入那古老而遥远的神山传说。

途中，不时见有各种各样、叫不出名字的小生灵，它们冒出头，远远看着我，可能是好奇我是从哪儿来，往哪儿走。也有肥壮的高原马在吃草，阳光洒在马群身上，颇有一种圣洁的味道，马儿们看到我轻轻走来了，便轻轻地走开。沿山路几个小时，我并没有发现其他的转山者，眼中的神山一片荒凉的景象，原来，现在真的是过了转山的季节。

待晨阳慢慢爬出来，天气也变得暖和了，我的体力还算充裕，到了中午，我走到了一处经幡广场，看到中央那儿有座高高的佛塔，走近佛塔，发现其下边有只棕色高原犬在寻觅着食物，只见它肩高不到一米，黄黑相间的毛色，像是披了一件别具一格的大棉袄，两个小黄点点缀在它的双眉间，炯炯有神的眼睛，时而蹲坐起来，神态看起来很是威武。

我坐在一块石头上休息，见远处那佛塔下的高原犬瘦弱的身体，似乎很久找不到吃的了，它看了看我，走了过来，我不由心生怜悯，于是上前去喂了它食物，边笑道："哥们儿，我给你喂食，你可别咬我啊！"

高原犬默默等我把食物放下后，再走过去吃掉，我休息好后继续出发，没多久，便发现那只高原犬在我身后跟随着。

"咦？"我觉得惊奇！什么时候它跟在后面了都不晓得，不会是我喂了它食物的原因吧？

在傍晚即将力竭时，我到达了止热寺

我走到哪儿，高原犬也跟到哪儿，吃饭时，见者有份，我也会给它喂吃的。我只带了两天的干粮转山，一人一狗没多久就吃得剩余不多。我觉得高原犬总跟着我也不是办法，走到一个废弃牛棚时，我关上门偷偷躲在里边，等了许久，心想它应该没有再跟着我了吧！但打开门后，发现它还在不远处默默等候着我，心中不免有点感动，走到它跟前我蹲下来，说道："你是要跟我去转山吗？我的食物只能够我们俩吃一天，晚上就不能跟着我了哦！"也不管它听不听得懂，看它眉宇间的两个小黄点，我给它取名叫二郎，我继续朝着冈仁波齐山顶前进。

一人一狗走在转山路，有时我走得快，我就等等二郎，有时它走得快，就默契地在前边等候我。天寒地冻，就连转山路边的小溪流都已被冰雪给冻住，二郎走到冰层上啃雪，它啃着雪块，把嘴都给割破了。

看它嘴角流着血，我心疼地轻轻去抚摸它的头，第一次它躲过了我的手，第二次它不再排斥，趴在冰面啃着雪块，任由我抚摸。我想它应该是渴了，把我的水倒给它，水倒到地上很快没入土壤里，我便重新找了块中间凹下去的石头，把剩余的矿泉水倒里边，给二郎解渴。

水喝没有了，我就用登山杖凿开冰层取雪水，二郎也在旁边帮忙用双脚踩碎冰层，一起协力终取得了水，我开心地看着瓶子里的水，到晚上就不愁喝的了。

午后的天气渐冷，我还未到达第一天的目的地止热寺，听说寺庙那儿正面对着冈仁波齐峰顶，是山上唯一可以休整的地方，我必须傍晚前赶到那儿。

高原上转山不像在平地行走，可能走几步就累得不行了，感到疲惫时，我就到废弃的小屋避避风寒，二郎默契地在门口等候。每当我脚步加快，以为二郎跟丢的时候，只要原地等一会儿，它很快就会出现在我视线里，哪怕我走过些悬崖峭壁路，它依然跟随在后头！

神山上荒无人烟，多的是野狗结群在晃悠，因食物不多，我也不想二郎再跟着我挨饿，便抄近道攀爬高地试图摆脱它，走到一个干草地的时，我突遇七八只体型颇大的野狗，它们见到我后马上站起狂吠并扑袭而来。两条腿毕竟跑不过四条腿，片刻工夫它们就追到跟前，我被迫缓缓后退到悬崖边，进退两难，神情凝重地面对它们："这下麻烦了，跳下悬崖定是绝路，如被野狗咬了，在这无人区找不到狂犬疫苗，弄不好我会死在神山上。"

眼看野狗群眼神不耐，就要对我扑咬，我眉头紧皱心一横，决定拼死搏得一线生机。就在我解下背包，手握登山杖要与它们厮杀之际，突闻后方传来狗吠声：“汪，汪，汪汪汪！”声音越来越大，只见一条身影从远处驰援而来，是二郎，那瞬间我惊喜不已！它快速冲进包围圈，对着野狗群狂吠，一时狗群惊散开来，露出一条通道，我忙走出包围圈，面对着狗群，身体缓缓后退，直到看到它们没有跟上来，这才把悬着的心放下。

我感激地看着二郎，好一条通人性的高原神犬，我把好吃的掏出来犒劳它，对它说道：“谢谢你了！要不是你，我今天估计难过此关。”

我抬头望着前方的冈仁波齐顶峰，看是近实是远，一直走一直未到跟前，至于还有走多久才到达，我也不知道，只能选择坚持！

转山途中，跟随了我八个小时的高原犬

山上天气寒冷，很多藏民们都早已经下撤了，留下些废弃的空屋，乌鸦在空中盘旋，秃鹫在低飞，十里无人烟，一路没有补给点。在冈仁波齐转山，似乎告诉你，转山，你不必用眼睛，只需要你的心，低头走路，头对口，口对心，用心灵低唤，整个过程是一种精神之旅，不身临其境，很难言表。

转山路上我不曾孤单，因为二郎在陪伴着我，虽疲惫，但我很享受这能让精神升华的转山过程。

我不知道二郎累不累，反正我是累得不行了，晚上八点多，我终于看到红色的小建筑群，看地图知道那就是止热寺了，那是供转山的行者休息之所，也是观看神山背面最佳位置。

我特别激动，走到离寺庙差不多500米处，力竭了，瘫坐在路边，大口吸着稀薄的空气，二郎在我脚边盘卧玩耍着，算了算时间，足足有八个小时了，它一直伴随着我转山，明白它可能想认我为主，跟着我走，它不想再挨饿了，但……这不可以，我心情复杂地看着它，想到自己下面还要去环游中国，前路茫茫，但也明白一旦错过这次缘分，就再难遇了，便对它道："二郎啊二郎，你不能再跟着我了，高原才是你的故乡和归宿，还是回到我们相遇的那个地方吧。"带着愧疚感，我把身上最后一块粮食给了它。它就静静卧在雪地望着前方，不知它是否明白了我的心意。

看二郎暂时离开我，去找食物的时候，我狠下心，加快脚步，沿着一排红房子和小佛塔走到止热寺，跑到了楼上，心想，它应该是找不到我了。

在寺庙二楼佛堂，我遇见一个小喇嘛在那儿打坐，当他知道我没吃饭，就指引我到二楼大厅，到那里之后，看到有另外一个小喇嘛在做着饭，其他的喇嘛陆续到大厅等候晚饭，进门看到我这个转山者，都示以善意笑容。

庙里火炉生着火，我站在火炉旁边哈气搓手，抵御着寒气。庙里的斋饭对过来的转山者免费提供，虽然斋饭只是面条，但在物质运输不便的冈仁波齐山上，已经算是大餐了。吃完面再喝一口热汤，我全身重新充满了力量。

看到大厅楼板空隙有小东西在动，一个青年喇嘛走过去，含笑轻轻地喂它，我也好奇地走过去看，原来是一只小老鼠。那小老鼠竟也不惧人，像小孩讨食的神态，看起来煞是可爱，它正拿着青年喇嘛给的食物在那里欢快吃着。

我讶异地看着这幕，不由感叹万物有灵，按我们正常的想法，要在家里见到老鼠肯定要去消灭它，修行的喇嘛们连老鼠都能容下，真正地去接纳这个小生命，这不就是大爱众生的一种体现吗？想到此我似乎有点儿理解了，我虽达不到爱众生的境界，但我可以爱我所爱，对帮助过我的人滴水恩，涌相报。

随后我给寺内每个喇嘛送了一个我从尼泊尔带回的小礼物，以表谢意，并跟众喇嘛分享高原犬二郎护卫跟随我八小时转山的故事，想跟他们讨要点吃的给二郎，他们也很惊讶，这个事情很少见。一个中年喇嘛二话不说，给了我一块风化的羊肉干，他让我把二郎带进寺庙里避过寒夜。我欣喜地快速跑下楼，但在寺庙前并没有看到二郎，我使劲喊它，但在夜色下久久寻找无果，我终是失去了二郎踪影，失去了与二郎这只高原神犬的奇缘。

晚上气温如此冷，二郎它能活下来吗？夜晚似乎有犬声在悲鸣，不知是否是二郎……无数个疑问在我心中蔓延。带着不安的心，我站立在寺庙门口，看着正前方的冈仁波齐峰顶，只见这座神山静静耸立在那里，上面的万年积雪，像一朵雪白的莲花。上

空的弯月，前方的神山，眼前的寺庙，形成一种唯美的意境，让我的心渐渐平静下来。

我来到了冈仁波齐山，这个很多人都梦想到来的地方，此刻的我就站在神山的正前方仰视着它，何其幸运。对着冈仁波齐，我默默为亲友祈福，祈福他们平平安安，也算弥补下我近些年流浪在外对家人的愧疚。也为高原神犬二郎祈福，希望它能活过这年寒冬，并找到真正有缘的主人。

81 星夜赶路人

止热寺的修行者起得很早，我到休息厅时，他们已经做好了斋饭，没有其他补给，我吃完斋饭后就匆忙赶路，以图当天的夜幕降临前，赶到下个庙借宿。

走了许久，我才到达冈仁波齐山最高海拔的卓玛拉山口，在高原上爬山都特别考验人的意志，何况是约 5700 米如此高海拔的地方。

走过卓玛拉山口，只有不到一公里的路程，却花了我两个多小时，走不了几步，就得停下来休息，爬这个山口的时候，我最多一次能走七步。三国时的才子曹植，他走七步就能写出一首传世名诗，然而我走了七步却什么都想不出来，只觉得心脏在怦怦狂跳，有种它要从我身体跳出来的感觉，把手放在胸膛捂住它，才有种安全感。

可能是我提前服用过高原药的原因，只是心跳加快和脑袋刺

冈仁波齐山上，我踏雪前行

痛，并没有引发剧烈的高原反应。

攀爬最高垭口的这个过程，天空下起了小雪，就算此时艳阳高挂，也依旧冷得让人直打战。迎着雪花行走，感受心中的宁静，每一步都是坚持和信念。

走到卓玛拉山口顶部时，风一下子变大了，实在顶不住那刺骨的寒风，我便找到一块巨石，背靠它喘着气避风雪。

就在我休息那会儿，我看到一位三十多岁的人，徒步迎面走来，本以为在这寒冬季节，山上只有我一位转山者，原来还有其他人呢。

不过他是逆向转冈仁波齐山的，我不知道逆走转山的寓意，但在人烟稀少的高原山口遇到陌生人，我本能地提高了警惕，不过当他走近时微微地对我笑了，那笑容竟然给我一种纯真的感觉。他眼神很干净，似乎没有丝毫的杂念在里边，我知道应该是遇到

了一位非常虔诚和善良的转山者，虔诚的信仰，也许真的可让人纯粹。

我想送他礼物表示善意，摸了摸口袋，找到一颗小糖果，递给了他，那是之前我在内蒙古满洲里买的俄罗斯糖果。他合掌感谢，没说话只是对我比划着，我反应过来，对方原来是个哑巴，于是对他说了一声“吉祥如意”。有点可惜了，他还这么年轻，我也好不容易遇到一位转山者，结果交流不了。

虽然我跟这位转山者素不相识，但他真诚的笑容，给我心灵注入新的能量，感觉自己又能坚持走挺远的路程。

我穿着厚重的登山靴，踏着冰路前行，不时发出“咯吱咯吱”的声音，像是奇妙的音乐，让我不再觉得一个人转山孤寂。

过了卓玛拉山口后，我又越过一座座山，似乎没有尽头。在一处较高的山顶口时，我俯瞰山脚，见那儿不远处有两面一大一小的高原湖泊，寒气把湖面冻成了碧蓝色，似镜子一样的光滑，冰湖的四周环山，加上天空飘浮的云团，像是天上人间般的美景，此刻属于我一个人的！

我兴奋极了，加速沿山而下，可能是看到美景太忘情，也可能是徒步已久，腿软打滑了。“啊”的一声，我失足滚下山坡，滚落那瞬间，我下意识双手护头，以免被凹凸不平的山石给伤到，最终我滚到了冰湖边上，“嘶……疼！”我扭到脚了！

登山杖也滚落到我手旁，惊魂未定的我捡起登山杖，戳了戳脚边上的冰湖，稍用力湖面冰块就被戳破了，露出大片的湖水，如果刚才我直接滚到湖中，那绝无生还可能，顿时出了一身冷汗，还算命大！

扭伤的脚勉强可走动，早晨在止热寺吃的斋面，在爬山时早已消化完毕，没有多少体力了，看时间已是下午五六点钟，加上整个山上被风雪覆盖，又冷又饿，我找到一个石头缝避寒，准备休息一下。

这时的我困极了，头越来越沉，视线变得模糊，心里有声音不断劝我“睡吧……睡吧，明天再继续爬山！”可我知道，在这冰天雪地里千万不能睡死过去，因为冈仁波齐山的晚上可能会有零下几十度，一定要找着借宿的地方，否则将会冻毙在寒夜中。

我实在抵挡不住困意，想着就闭眼眯几分钟吧……不知不觉睡着了，睡梦中，感到有冷风在抚摸我的脸颊，身体有股凉意，我慢慢睁开迷糊的双眼，在朦胧中渐渐看清周边的景观……好多雪啊，我这是在哪儿……神山冈仁波齐？！

想到这儿，身体一个激灵，惊醒过来，赶紧猛地甩头把困意赶走，不由心里懊恼，怎么会睡着了呢！看了下时间已经是傍晚七点多，西边只剩落阳余晖，我忙站起来继续赶路，去寻找可投宿之地。

迎着夕阳行走，我一直走到夜幕笼罩神山，还未找到住处。深夜的冈仁波齐山，时而静悄悄的，时而有凌厉呼啸的夜风。身后偶尔传来似狼似犬嗥叫的声音，它们在“嗷……嗷”地叫着，不知道那些野生动物距离我多远，我忐忑不安，不时环顾四周，看是否会窜出一只狼来，意识到自己已经处于一个极危险的环境中，行走的步伐不由加快了几分，我一定要走到今晚的目的——楚祖寺。

深夜十二点多时，我在转山路旁发现了间废弃小屋，但屋子里四面通风，听着山上不知名野兽的叫声，我担心在里边不能安然度过这个夜晚，便继续寻找安全的地方。

一路都是风雪，手持微弱灯光的电筒，我跨步向前走，可越走

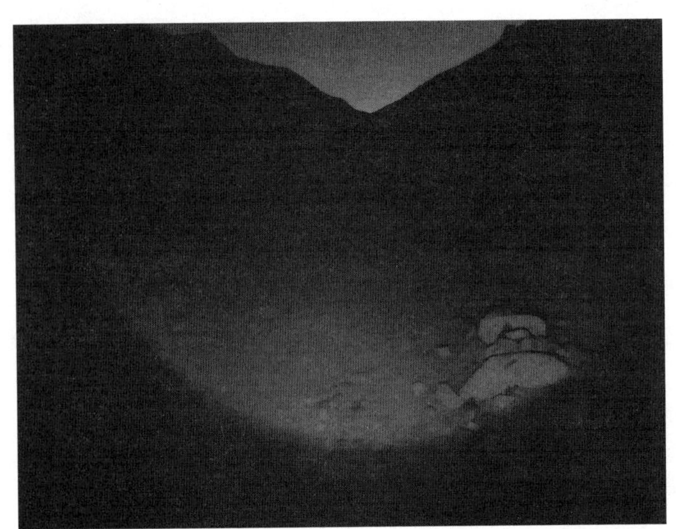

星夜下赶路，我穿行在冈仁波齐山的风雪中

越感觉离目的地越来越远，其实我已经有些力竭了，双脚像灌了铅似的，之所以还能走，凭的是不放弃的信念和身体的惯性。

我的双手冰凉，即使戴着在蒙古国乌兰巴托旅行时买的羊毛手套也不管用。野外的黑夜天寒地冻，如同冰窖般，我行走其中，表层的衣服已被风雪打湿，感到双手冻得像冰棍似的，弯曲不得，要不时地双手互搓紧握取暖，才能有点知觉。

我渴了，但发现挂在胸前的水杯里的水已成了冰块，不能喝，喝了更冷。因饥饿的缘故神情变得恍惚，而后我还踩到雪坑里，差点儿人走不出来了。

高原反应也让我的脑瓜子刺痛，摸摸脸颊，是热乎乎的，不知道是否感冒了，心里不断地给自己打气，要坚持！

穿行在冈仁波齐山的风雪中，我身体疲惫，意志昏沉，支撑不住时，就仰望夜空，群星点灯照亮了深邃的夜，其中似乎也有颗星星在眨眼，它是在对我笑语吗？那轮高挂的弯月，越来越亮，淡淡的月光洒落在前路，像是在给予我指引，望着夜空中的弯月及闪烁的群星，它们似乎都在鼓励着我前行，此时我心里冒出一句话：“星空不问赶路人，岁月不负有心人。”这不正是形容此时在星月下赶路的我吗？

趁着夜色奔赴目标，心驰神往！星星之火可以燎原，我心中炙热的梦也定能实现，有梦想的人，只要不畏困难，勇敢地向前走，坚持完成目标，不放弃，一定会成功！加油，加油！

是信念的力量，在支撑着我一直向前，凌晨两点多时，终于看到前方几百米幽暗处有亮光，还有微弱的念经声。我想应该是到了祖楚寺，欣喜地加快脚步！走近看到一栋小屋，只见窗户上折射出一道弓着腰、手持转经筒念经的身影，身影的主人在烛火面前不断摇动着转经筒，念叨着我听不懂的梵语，不由感叹，这户人家真是虔诚。

转头看距民房几百米的高处，正是祖楚寺，但去寺庙还需一小段坡，那里黑洞洞的，没有灯光，可能工作人员们已经入眠了。我这个时候上去寺庙，也会有摔下来的风险。我在民房窗边踟蹰着，思索要不要上前去敲打眼前的窗户，在这高原的深夜，这么晚会不会打扰到人家？

最后我还是上前轻轻敲了几次窗户，在窗口专注念经的人才被惊醒，通过窗帘，我看到其身影站起来走了几步，很快又不见了，我以为他被打扰，生气不理会我了，但不一会儿屋里传来他的声音，原来另外一边是门口，他正在开门，我小跑过去。

门打开后，我见到那是一位行动不便的老人，他满脸惊讶地看

着我，在这个季节这么冷的夜晚，我一个年轻人竟然还在转山。

老人虽不懂汉语，但他意会到我要住宿，忙把我引进屋来，见我冷得打哆嗦，老人便紧握我的双手，感受到我冰凉的手后，他用怜爱的眼神看向我，并说着些安慰的话儿。

他低头轻轻哈着热气，试图帮我把手捂暖，我虽听不懂老人说的话，但特别感动，眼眶一下就红了，他没有立刻帮我把手捂暖，却把我的心给捂暖了。

到了屋里，老人忙给我烧了壶热水，我坐在火炉边取暖，观察着老人的小屋。屋子不算大，有五六个床铺，有个小架子放了一些方便面，地下有很多装酥油茶的保暖壶，我想老人家这间屋子平时应该是专供给转山者食宿的。

见我睡到床上后，老人便继续端坐在窗边念经，我看着他虔诚的背影，心中对这高原人们的信仰有种深深的触动和敬意。

冈仁波齐山入夜后的气温实在太低了，高原反应也让我脑袋发胀，侧转难眠，盖了几层被子侧着身子曲抱着双膝，不知过了多久才睡着。

隔早自然醒来时，那位老人家早已坐在窗边虔诚地念着经文，见我醒来，赶紧给我打开水取暖。我要给老人住宿费，他只要20块，我觉得要的太少了，这远远不能表达我的谢意，就多给了一些。老人看我这样做，便笑了笑，接受我的好意，随之念了一段经文给我摸顶祝福，我也默默地把他苍老的面容，铭记于心。

告别了老人，我继续赶路，到一个悬崖路口时发现风景正好，便坐在崖边休息拍照留念，这才意外发现照片中的自己嘴角边挂了一条血痕，半干的血液一直流到下巴边，我竟没有丝毫察觉。

也许是昨晚我在高原侧卧而睡的原因吧，心脏不堪高压，这才出现状况，错过转山季只身转山，我活着出来已是不易，男儿流血不流泪，这点小事儿算什么。

当天下午，我终于看到山的出口，瞬间发自内心的喜悦，再回望时有种无言的感动，我再一次成功地挑战了自己，即将完成转山的目标。

这三天两夜，独自在冈仁波齐山转山、星夜赶路的经历，也让我悟得一个道理：只要人有梦想，哪怕身处逆境中，也要勇敢去实践，时光最终都不会辜负有心人！

82　登顶泰山

中华有五岳，数东岳泰山最雄，关于其历史可以上溯到先秦时期，那时泰山称“岱山”，春秋时期才始称泰山。

远古神话传说中，盘古开天辟地，演化万物，其中的头颅变成了后来的“天下第一山”、如今海拔 1545 米的五岳之首泰山。

自古有“泰山安，四海皆安”的说法，在中国传统文化中，泰山占据极为重要的地位，也俱备浓郁的神话色彩。自始皇帝泰山封禅后，千百年来陆续有 13 代帝王曾亲登泰山封禅，24 代帝王遣官祭祀 72 次，历代帝王将相，古今文人骚客无不被泰山的庄重、威严、雄伟所折服。

此次我来泰安登泰山，也是想完成神往已久的目标——访遍三山五岳。

到达泰山脚下，趁着灰蒙蒙的天色，我沿御道直奔与故宫、曲

登顶泰山观日出

阜三孔、承德避暑山庄齐名，号称中国四大古建筑群的道教神府岱宗坊。随后再沿红门宫、斗母宫、经石峪、中天门大步流星一路直上。

中天门之后，我见路途都是开拓好的山梯石路，没有太多挑战，环顾四周，发现远处有崎岖未被开发的野林，突发奇想上去那里走走，也许未被开辟的地方自然景色更多，更美，更具挑战，我也能抄近路到达终点玉皇顶。

在泰山崎岖的野林中穿行了几个小时，我无意走到一处荒芜、杂草丛生的坟墓群，这块区域有墓碑群落，很多土坟似乎多年不曾被人祭拜过，显得有些破败，已有些年份的陪葬物撒得到处都是，偶尔传来乌鸦的叫声，一副乱葬岗的景象展现在我面前。虽然有些意外泰山上竟然也有墓群，但也没太在意，想着过一会儿就走出这片区域了。

不知过了多久，我见还没走出墓区，便有些奇怪，感觉周边环境似乎有些熟悉，仔细一看，这不是刚才路过的地方吗？怪不得对小路边那座最大的坟墓眼熟，回想了下确是刚才见过的，有些疑惑刚明明走的不是同一条道，却还是回到原地。这次我又重新换了一条道走，周边环境显得很安静，走路压到枯黄的树枝叶“嘎吱嘎吱”的声音都清晰可听，没过一会儿，我还是走回到老地方，连站立的位置跟前两次都是一样的，这下心里有些发毛了：“不会遇到灵异事件了吧？”

虽然这样想，但还是用心观察并牢记清楚了周边环境，然后选择第三条小路，穿过一些杂草丛生、东倒西歪的墓群，来到一处宽阔地带，却没有了前路，我在山石上歇息了一会儿，随之陆续听到一些呜呜呜……类似动物的奇怪叫声，眼见天边夕阳余光要没落了，心里也有些着急：必须在天黑前，走出这片野林，不要误了山上旅馆打烊的时辰。

原路折返，又走了一会儿，这次没有回到老地方，我感觉就要走出来了。我到了一处有成人高的小山坡处，用脚蹬着土坡，手抓坡顶费劲往上爬，眼看将要爬上去了，正当欣喜时，可刚从山坡顶探出头就愣了一下：因为此时有块石碑猛地出现在我的视线里，定睛看是一块墓碑连接着矮坟，它正竖立在距离我一米多远的地方，与我面对面！见上面写着某人某年生，卒于某年，墓碑破旧，其余信息我没有去细看，因为此时汗毛早已炸起……

就此原路返回我觉得挂不住面子，很快，我硬着头皮爬上小坡顶，惊诧的心情稍平复了些，想到自己也没做什么亏心事，怕啥呢！不管出现什么情况，都不能阻挡我到达今日的目标玉皇顶。

攀登十八盘天梯

不过反过来看，似乎是我主动来到这里的，也算是打扰了这地方的逝者安眠，于是便对着身旁不远处的墓碑土坟鞠躬，以示敬意。

返回到了官道，沿路我见到数不胜数的名士石刻，感受到一种浓郁的文化底蕴，一路走一路被熏陶，精神在升华！

自古以来，历代名士莫不把泰山题刻看作毕生荣耀，有西汉司马迁把泰山融入千古名句："人固有一死，或重于泰山，或轻于鸿毛。"有出自宋代思想家石介的"诸山知峻极，五岳独尊岩"的"五岳独尊"等。

我走在云雾掩绕的连绵泰山路，忽上忽下，当走到了地势险峻十八盘时，已经挥汗如雨，气喘吁吁。

望着这九曲十八弯的山路、周边巍峨峻拔的景色、脚下年代久远的石阶，心灵有种难言的震撼，也有所悟：登山路，就像人生路，一步一个脚印，中间也许疲惫不堪，过程起起伏伏，只要坚持，最终还是会到达顶点。

攀登过十八盘，就像逆流而上的鲤鱼一般，跃过龙门后，就可大摇大摆地走入南天门了。到达南天门后，是开阔的天街，我有种豁然开朗之感，继续穿过天街往玉皇顶前进。

夜晚的泰山气温骤降，让我冷得直打哆嗦，独自走夜路还是需要些勇气的，一直到晚上十点多，脚都走破皮了，我才终于到达玉皇顶。

我在没有暖气的旅馆将就了一夜，盖了两层被子御寒，被子很硬，像石板一样，被压得快喘不过气儿来了。待到第二天凌晨，我就去观看泰山日出。

清晨五点多的泰山上，晨风一吹，双手似乎已冻成冰棍，发硬发紫，我对双手呵气，揉搓，或把它们捂在胸口，不过都不奏效。十指连心，一时有种痛入心扉之感，为了看这日出，我这也是拼了！

走近日观峰，见那里早已挤满了喧闹而兴奋的人群，其中有个嗓门特大的户外主播，他坐立在犹如起身探海的拱北石上，吸引了周边人们以及我的注意。

黎明时分，置身泰山之巅，我昂首向天，只见远处的天际线之中，云海升腾，一轮朝日从神秘的东方一跃而起，须臾间嫣红的晨光染遍了天边彩云和东岳群山，眼中的景色就如西晋陆机所描写的“泰山一何高，迢迢造天庭”一般，有股恢弘磅礴的气势扑面而来，顿时我胸中豪气迸发，联想到杜甫写的诗句：“会当凌绝顶，一览众山小。”

日落日出总是看不厌，每次观看我总有说不出的感动！

日出能让观者保持心中对美好的向往，也让人涌现希望无限之感。每当我到了疲惫时期，都喜欢登山观日自我锤炼，激励追求理想的初心，相信未来一切皆有可能，成和败我们努力尝试，人若有志应不怕迟！

此次攀登完泰山，我终于完成了今年的小目标：参访三山五岳。一路走来颇有不易，多年以后回忆起今朝来，定会觉得是值得的。

83　目标不是唯一的终点

东北三省是我背包中国行的最后一站，去了辽宁的沈阳和吉林的长春后，我孤身来到了哈尔滨。

1 月份的哈尔滨，天气异常寒冷，气温达到零下三十多度。我来哈尔滨就像来到了冰窟里，目之所及都是漫天飞雪，似乎出口气就会结冰，说句话就会冻住，所以此时的气候对我来说是极大的考验。

我像粽子一样包裹得严严实实的，但在户外没待多久，裸露的脸颊被寒风刮得生疼，耳朵似乎不是自己的，一扯就掉的感觉，就算是戴着手套，在外头久待，手也很快就会失去知觉。

美轮美奂的哈尔滨冰雪大世界

寒冬的哈尔滨，户外虽极冷，但室内却都有暖气，整个东北三省都如此。

在街上走路的人，不管是当地人还是旅客，每人身着一套御寒的羽绒服，基本都脚步轻快且匆匆忙忙，在外头稍久一会就挨不住冻，纷纷都钻进了周边建筑里的暖气怀抱中。

既然来到了美丽冻人的东北，那我自然不能老待在温暖的室内之中。冒着严寒，我穿梭于雪花飘舞的城区中，走走逛逛，沿路冰雕随处可见，都是心灵手巧的哈尔滨人就地取材，或从松花江上取来冰块，用心雕刻而成的。

外地旅客见到特色各异的冰雕群，都特别兴奋，蹦蹦跳跳，乐此不疲地和冰雕们合影留念，为哈尔滨这个城市增添了许多活力，也显得冰城充满了包容与艺术感。

除了人工冰雕外，还有各式教堂和建筑坐落在城区各个角落，

人们在结了冰的松花江面进行户外娱乐活动

有文艺复兴、巴洛克、拜占庭等风格，其中的圣索菲亚大教堂，就是当地的一个拜占庭式代表性建筑。

哈尔滨从战火纷飞的晚清东北小村屯到如今成为东北亚区域中心城市，一路的探索发展来之不易。我就像当初一穷二白的它一般，正走在探索自我的人生道路上。

哈尔滨最著名的地方，是号称亚洲最长的步行街的中央大街，这天，我与之前在甘肃结识的退役军人宫哥聚于中央大街。哈尔滨正是他的老家，虽相隔半年未见，但我们再次见面亲切感依旧。

这次见老朋友，我穿的衣服显得有些破旧，前些日子在拉萨大昭寺磕长头穿的外套还未曾清洗，表面脏兮兮的。旅途中为了减负，我带的衣服不多，来回就几套旧衣服，一路走来也注意到陌生人对我的穿着偶尔露有嫌弃的眼神，但宫哥他不会，东北汉子都直来直去的，我能感觉到对方的善意。

在他注意我穿着这点后，诚心向我建议："老弟，以后你回归生活，不管去社交还是创业，穿体面一些的衣服，也会有助于事业。"

对于他的建议，我认可地点了点头，由于目前还在游历中，我重在心灵收获，不在外表，也不会打扮穿搭，再一个为省钱勒紧裤带，舍不得买新衣服。日后我会慢慢把重心放在生活上，再去重视生活上的细节。

随之，宫哥带我进入中央大街日进斗金的商铺，物色价格亲民的新衣服，等我换了身行装后，顿时有焕然一新之感，相比换装前，整个人变得精神抖擞。

漫步在花岗岩铺面的中央大街，我听到从街边高挂的喇叭里传来的俄罗斯歌曲，在周边异域风情建筑的衬托下，有那么一瞬间，

恍若自己是走在异国他乡的街道中。

伴随着俄罗斯歌曲欢快且悠远的旋律，身旁的宫哥触景生情，突然感慨起来：“那年，我跟你嫂子就在这中央大街确定了恋爱关系，每当到了这里，就会勾起回忆。”说这些话时，他眼中满是甜蜜，原来他和妻子俩人是同学，那时哈尔滨中央大街还没如今繁华，当地人没什么娱乐的地方，和其他的年轻情侣一样，宫哥和女友一有时间就往长街压马路。女友一直等到他退伍，最后在中央大街的见证下宫哥对女友求婚，结为连理。

眨眼之间，宫哥已三十六了，眼角已有了些鱼尾纹，小孩也有五六岁，可以打酱油了，他连连感叹岁月如刀，不饶人。

对于宫哥分享的爱情故事，让我有些憧憬，期望哪天也可以遇到相互喜欢、白头到老的人。

连接中央大街末端的，哈尔滨人的母亲河，源于长白山的松花江。一起到了江边时，我发现辽阔的松花江早已被冰封，冰面坚固，就算机动车在冰面上行走也无妨，男女老少在江面凿冰钓鱼、嬉戏、散步，或拿着铁凳子坐在松花江冰面上溜冰，前面人一拉，或者后面的人稍用力一推，就能滑得很远。冰封的松江已成为冬季哈尔滨人天然的娱乐场地。

虽然此时寒风拂面，但我受人们的快乐影响，情不自禁地加入“狂欢”之中，心里也变得热情似火起来，不再感到那么寒冷。

宫哥招待我尝试了些东北的硬菜，其中有著名的哈尔滨红肠，以及哈尔滨百年老品牌雪糕——玛蒂尔。

临别时，宫哥担心我回广东后不知做什么，特地给我推荐了当地新引进的电烤肉项目，让我回去有机会就尝试下；还建议我尽快立业成家，不要荒废了青春，我备受感动。

夜幕笼罩下，零下 30 多度的东北城市

待宫哥去上班后，我继续独自游览了当地冰雪大世界等地方，更是加深了对冰城哈尔滨的印象。

自走完黑龙江省的哈尔滨，我总算是完成了走遍 33 省、市、自治区大目标和三山五岳小目标。

自 2017 年 7 月 4 号背起行囊出发，到 2018 年 1 月的今日，转眼过去六个月时间了。早在河北的北戴河时，我走在海边看着脚下的沙滩时，就有所感悟，这个世界好比浩瀚无际的河海，人像河海里的沙子，有时随着浪花飘浮，身不由己。我就像那沙子一般，凭着一股不甘之气从海底冲到沙滩上，才能舒心地晒晒太阳，体验到不一样的世界。但体验了多彩世界，我完成背包旅行目标后，并没有当初出发时想象的那样，找到自己的路，结果却是心有空落之感，一时失了方向，不知下一个路口在何方。

此时感到被动的我，不禁反思：在实现长远旅行目标的过程中，应想得更长远一些，现阶段的目标并不是唯一的终点，还可分成几个阶段走，规划不仅仅设限在完成目标时，还有完成目标以后怎么做，这样也许能避免当真正完成目标后，陷入新的迷惑中。

这年的夏、秋、冬三季，一路走来，我见过夜不寐的上海滩，见过繁华香港的霓虹灯，也见过生活在底层人群的艰辛，其间受到太多人的帮助，经历悲欢离合、喜怒哀乐，收获诸多精神财富，心中充塞了感恩之情。加上一直背包旅行许久，平日不按时吃饭，身体上有点儿吃不消了，有些虚弱……我也该回归了。

在即将离开哈尔滨的前一天，一位广州的老友联系到我，今年他的电商业绩不景气，因走不开身，打算找我合作，让我负责开辟一下线下实体生意，一起谋求新出路。

思来想去，我觉得这也许是个机会，便缩短了行程，把去漠河的计划放到未来某天再去实现，决意回归生活尝试做事业。

84　平凡之路，我心我塑

从诗和远方归来，我终要回归平凡的生活之中。

从东北返回广州那天，高挂的太阳火辣辣的，一丝风也没有，当我迈着趔趔趄趄的脚步走出广州火车站时，深深呼了口气，此时清晰感知到自己因舟车劳累的身躯是虚弱的，脸色是苍白的，但神情却是坚毅的，脚步是借着惯力在行走。

身后的背包突然变得特别沉重，背负它就像驮着一座小山般，全凭着意志力在支撑着。

此时我还身穿着厚实的冬季棉服，而广州这边的人们穿的都是清凉的短袖衣裳。背包穿梭于人潮之中，我望着身旁往来的人，心里不禁感慨：“从去年 2017 年炎夏的广州站出走，到今年 2018 年春暖花开时，自己终是回归了原点！”

返回原先与舍友合租的公寓，我稍缓了一会儿神，顾不得身体的虚弱，很快到达朋友的公司汇合，准备与其商量合伙开实体店事宜。

在朋友的公司楼下，有家火爆的冷饮小吃铺，每天都有年轻人排着长龙般的队伍等候着，吸引了周边人的注意。我们想做关于年轻人的生意，也比较看好那样的铺子，打算先研究复制类似的商业模式，后面再在此基础上加以创新，选址就在广州大学城的繁华地段。

合伙人忙于公司的业务，脱不开身，全权授权我开拓这条并不熟悉的路。

说干就干，我开始在网上购买各种材料，研究配方，并抽空到广州各大相关甜品批发市场，寻求、对比原材料，以求降低成本。

边实验边尝试口感，我有时几天才学会一个新品，有时一周多还没头绪，要想开店，必须得熟练掌握十几个新品。

每周我都要去考察店址，跟大小房东，或与要转手铺子的商家们沟通，时常蹲守在街头巷尾，观察着黄金时间段和平均一天的人流，以作为小铺选址参考。

在此期间，我发现一个明显的现象，每过一些天，都会有实体店因高额的租金入不敷出而倒闭、转让。接着便是陆续有后人“飞蛾扑火”接盘，小小的一块区域，千百人来竞争，真正挣有可观利润的，其实没几家，从中不难发现，最大的赢家其实是房东。

旅途归来，我几乎身无分文，仅有的几万块预算启动资金，全都是合伙人的，但这点钱连一个位置偏远地段的小店面都难以盘下，更何况我们还要与大店竞争。

相对资本雄厚的商家，我们的小铺就算正式开业了，生存空间也将狭小。

在几个月筹备创业过程中，我感到举步艰难，每天耐着性子，低声下气地跟“卖方市场”的人们交流，时间一久，自身的棱角慢慢被磨圆了，身在局中，我看不到未来的方向，这段时间的忙碌似乎没有太大意义。

一个人的青春是有限的，我并不想把它耗费在一个看不到希望的小项目上，就算每月营业额可观，减去各项开销分成也是所剩无几，我此时也不知如何把它扩大，这样的状态，何年何月自己才能实现经济自由呢?

这正好印证了一句话：理想很丰满，现实很骨感，两者剧烈冲突，事与愿违，想到此，我不由得有些气馁。

在那些筹备创业的日子里，我每天往返于大学城、批发市场、合伙人的公司，还有公寓，几点一线，感觉时间过得像蜗牛一般缓慢，心情略显急躁起来。

有天午后，天空正下着连绵小雨，天色阴沉沉的，不知何时才能天晴见到阳光，雨中的道路也坑坑洼洼，让人的心情也变得有些沉郁。

我漫步走回“家”，发现自己的床和被子竟不翼而飞，问舍友老王情况，只见他嘴角翘起，脸色淡漠：“我不知道，可能是舍管扔掉了。”

从 2017 炎夏的广州站出发，到 2018 年春暖花开时，回归了原点

我疑惑地看了他一眼，若有所感，去找舍管求证。

“我们不经房客允许，怎么可能私自去动你们的东西呢？”舍管觉得我的问题有些荒谬，在他暗示下，我也确证了是谁干的事儿。终于，在距离所住公寓几百米的垃圾堆里，我找到了已变得脏兮兮的东西。

对这位认识多年的舍友所做之事，我一时陷入沉默之中，既意外又寒心。合租的费用我不会少给，他想独居大可提前说，我会识趣离开，把我的行李当垃圾丢了，大可不必如此。看着正在公寓里聚精会神地打着游戏的舍友，我并未点破这件事情，简单收拾好其余的行李，头也不回地离开了。

这件事对我打击挺大，联想到曾经所经历的事情，一时间陷入失望、失落之中。

想回家，但原生家庭容不下我的灵魂，一时无处可去，心神恍惚地流落广州街头，我开始怀疑起自我旅行的意义：我本以为走完行程，就会成为独当一面的人，可任凭一腔热血做事业就行，哪知回来之后，发现除了精神财富和疲惫，两手空空，似乎除了会旅行，我一无所长，也一事无成。

我终于领悟到，原来社会的复杂性超乎自己的想象，要从中创业，单靠勇敢是行不通的，还需学会变通的智慧和综合能力。

我越想情绪越是低落，自背包游历归来后，似乎有双无形的手帮我拨开迷雾，拿掉遮挡自己目光的那片叶子，让我看清了生活的部分真相。以前游离局外，有意无意忽略的诸多现实问题，现在一下全涌现在我面前，无法不去直面它们。

一直在路上，我没有做好足够的思想准备就回归了生活，有猝不及防、手忙脚乱之感。

自此后的一段时间里，合伙人阿秋收留了身无分文的我，我在他公司狭小的仓库里落脚。我开始变得不乐意与人交流，有些浑浑噩噩的，陷入轻度抑郁的状态，感觉整个世界都在排斥我，我也在排斥整个世界，分不清梦里还是现实，度日如年，甚至有一闪而过轻生的念头。心情低落到极致时，我像着了魔般，又钻了牛角尖，一时无法抵挡自己强烈的负面情绪，有次走路发呆想着事情，被几声急促的“滴滴滴”鸣笛声惊醒，差点儿被飞驰而来的汽车给撞到，我这才发现自己已走到了马路中间，顿时出了一身冷汗。轿车的鸣笛声惊醒了梦中人，意识自己再如此颓废下去就完了：我走过那么多地方，不应该自甘堕落！对啊！我可是无畏无惧的行者，怎能堕入世俗的观念中呢？

偶遇低谷，强者应会自渡。深夜关着门灯，我在仓库幽闭的空间中思索，尝试聆听观看励志的歌曲歌词，用音乐的力量驱走心中的阴霾，让自己振作起来。

我翻看以往旅途中的照片，阅读自己曾经写过的游记，反复追问内心，梦想是否依旧？它需要多长时间、多少血和泪才能慢慢实现？再看一些作词人写的歌词，我似乎能与作者隔着时空交流，每首歌，都在诉说一个真实的人生故事和梦想。

人生中必须经历一些挫折，才更有希望！

于是，我渐渐缓过神来，斗志在无形中重燃，慢慢心情不再那么抑郁。意识到自己之前在路上多年，突然回归生活，需要时间来适应现实与理想两者的落差，我相信人生的低谷都只是暂时的。历年来的旅行经历，我收获了金钱无法购买的精神财富，增长了见闻，学会了感恩，锤炼了独立的意志，坚韧了毅力，不应在该奋斗的年纪，选择碌碌无为。

如果有后来人询问我，怎么才能通过旅行改变、超越自我，迈向成功，我会告诉他：旅行不应是跟现实生活完全分割开来，旅行应是生活的一部分，与之相融。游历世界收获精神财富的同时，必要在其过程中努力积累经济基础，不要心浮气躁。这样归来后，继续为新的生活目标努力奋斗，会让自己更加平淡、从容些。成全个人梦想之余，全面提高自身能力，以及提高个人价值，力所能及地回馈曾经在旅途无私帮助过自己的人们，回馈社会。

平凡之路，我心我塑！穷则益坚，不坠青云之志，我决心带着永不放弃的信念重新出发寻找机遇，带着歉意跟阿秋告别，选择继续环球游历。刚好近期有朋友相邀我到海外不同国家考察市场，我希望借此另谋出路，趁还年轻，男儿心中有梦想，就要勇敢地去闯。